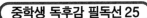

중학생이 보는

GUY DE MAUPASSANT

목 걸 이

모파상 지음 | 김용훈(전 성균관대 총장) 옮김
성낙수(한국교원대 교수) · 이은성(전주 전일중 교사) · 유상우(전주 서중 교사) 엮음

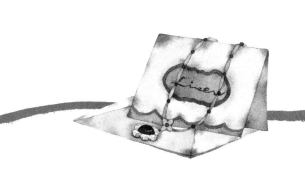

좋은 책 좋은 독자를 만드는─
(주)신원문화사

책 머리에 ••••••••••••••••••••••••••••••

더 이상 언급할 필요도 없지만 요즘은 독서의 중요성이 더욱 강조되는 시대입니다. 첨단과학으로 이루어진 대중매체 덕분에 눈으로 읽는 것보다는 말초신경을 자극하는 동영상 쪽으로 관심이 모아지는 데 대한 우려 때문일 것입니다. 꿈과 희망을 가지고 자라나는 학생들에게는 올바른 사고력과 분별력을 키워주어야 합니다. 그런 점에서 다른 사람들의 생각과 철학, 인생관과 세계관이 들어 있는 명작들을 많이 읽는 것이야말로 바람직한 학습 효과를 거둘 수 있는 지름길이라 생각합니다.

명작은 오랜 세월에 걸쳐 많은 사람들이 읽고 크게 감동을 받은 인정된 작품들로서, 청소년들의 삶에 지침이 되어 주고 인생관에 변화를 주게 될 것입니다.

이번에 중학생들에게 꼭 읽히고 싶은 명작들을 선정하여, 작품을 바르게 감상하고 독후감을 쓰는 데 도움을 주고자 이 시리즈를 기획하게 되었습니다. 작품들은 동서고금에 걸쳐 객관적으로 인정받은, 훌륭한 대상만을 선정하였습니다. 그리고 책의 구성을 다음과 같이 하여, 읽고 쓰는 데 도움이 되도록 하였습니다.

하나, 삶에 대한 지혜와 용기를 주고 중학생이라면 꼭 읽어야 할 명작만을 골랐습니다.

둘, 명작을 읽고 난 후의 솔직한 느낌을 논리적·체계적으로 쓸 수 있도록 중학생들의 독후감 작성에 따르는 부담을 덜어 주도록 구성하였습니다.

셋, 작품 알고 들어가기, 내용 훑어보기, 작품 분석하기, 등장인물 알기를 통해 작품을 분석하는 힘을 기를 수 있도록 하였습니다.

넷, 작가 들여다보기, 시대와 연관짓기, 작품 토론하기 등을 통해 작가의 일생을 알고 시대의 흐름을 파악하여 상상력과 창의력을 키워 주도록 하였습니다.

다섯, 독후감 예시하기와 독후감 제대로 쓰기에서는 책을 읽는 방법과 독후감 모범답안 실례를 제시함으로써 문장력을 길러주는 한편 독후감 쓰기의 충실한 길라잡이가 되도록 했습니다.

아무쪼록 이 책들이 중학생들의 학습 능력 향상에 큰 도움이 되길 빌어 마지 않습니다.

엮은이 성 낙 수

차 례

중학생이 보는

GUY DE MAUPASSANT

목 걸 이

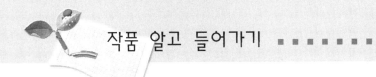

　　장편 《여자의 일생》으로 우리에게 너무나 잘 알려진 모파상은 자유를 꿈꾸다 비참한 삶을 마감한 비운의 작가입니다. 그가 살았던 시대는 정치적·사회적으로 혼란스러운 때였고, 질병과 가정환경으로 인해 그의 작품은 염세적인 성격이 강하게 흐릅니다.

　　본격적인 작가생활을 한 10여 년 동안 그는 장편 6편, 단편소설 3백여 편, 시집 1권, 희곡 3편, 기행문 3편, 평론 2편 등 수많은 작품을 남겼습니다. 이렇듯 모파상은 삶의 열정을 남김없이 문학 작품 속에 표현한 것이지요.

　　그 중 〈목걸이〉는 여자의 허영이 가져오는 슬픈 이야기가 그려져 있습니다. 마틸드라는 여자의 허영심 때문에 부부가 10년 동안 갖은 고생을 하며 살아가는 이야기를 통해 여러분은 세상을 살아가는 삶의 자세를 다시 한번 생각할 수 있게 됩니다.

　　모파상의 처녀작 〈비곗덩어리〉는, 쓸모없는 인간 군상들에 대해 잘 묘사하고 있습니다. '비곗덩어리' 하면 우리는 흔히 덩어리진 돼지 따위의 비계를 연상하기 마련인데, 요리할 때 다 발라 버리는 그런 쓸모없는 부위지요.

　　'비곗덩어리'라는 제목에서 우리는 두 가지를 연상할 수 있습니다. 첫째는 그야말로 뚱뚱한 사람을 놀림조로 일컫는 말일 수도 있고, 둘째는 쓸모없는 것을 비유하는 말이지요. 작품 속 주인공인 창녀 불 드 쉬프는 그야말로 뚱뚱해서 비곗덩어리라는 별명으로 불립니다. 그러나 우리는 그것을 앞에서 언급한 처음의 뜻으로만 해석해서는 안 됩니다. 정작 그녀 주위에 있는 사람들, 다시 말해 돈 많고, 지위가 높고, 권력이 있는 그런 사람들을 두 번째의 의미인 비곗덩어리로 보아야 한다는 것입니다.

사회적 통념에서 볼 때 창녀라는 직업은 멸시받고 소외당하며 인권의 취약 지구에 있다는 것은 분명합니다. 그러나 정작 그들보다도 사회적으로 명망 있고 존경받아야 할 위치에 있는 사람들이 그보다도 더 못한 경우가 많다는 것을 모파상은 작품을 통해 말하려고 했던 것이지요. 즉 뚱뚱한 몸에 천한 직업을 가진 사람이 비곗덩어리가 아니라 위선 속에서 자기 자신의 잇속만을 챙기는 이기주의자와 겉치레만을 중시하는 사람이 비곗덩어리라는 것을요.

자, 그렇다면 모파상의 작품 세계로 한번 들어가 볼까요?

목 걸 이

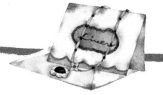

목걸이

  운명의 장난이랄까, 간혹 말단 관리의 가정에 실수로 출생지가 바뀐 것은 아닐까 하고 생각되는 예쁘고 귀여운 여자 아이가 태어나는 일이 있다. 그녀 역시 그런 고운 처녀였다.

  결혼하는 데 필요한 지참금도 없었고, 유산이 굴러 들어올 만한 데도 없었으며, 행세깨나 하는 돈 많은 남자를 만나 귀여움을 받으며 아내로 맞아질 그런 연줄 또한 없었다. 결국 그녀는 교육부에 근무하는 한 말단 관리의 청혼을 받아들이고 말았다.

  몸치장을 하려 해도 그럴 형편이 못 되어 간소하게 지낼 수밖에 없었지만 한 계단 더 아래 계급으로 전락한 여자가 그러하듯 그녀 역시 행복하지 못했다.

  여자란 본래 신분이나 혈통을 떠나 그가 지닌 아름다움과 매력이 곧 그의 태생과 가문의 구실을 하는 법이다. 즉 타고난 기품과 우아한 몸가짐, 애교스런 재치만이 여자의 유일한 등급이며, 그것은 하층 계급의 처녀를 높은 신분의 귀부인과 나란히 설 수 있게 하는 역할을 한다.

온갖 좋은 것, 값진 것을 위해 자기가 태어난 것이라고 생각하는 그녀였기 때문에 그녀는 지금 자신의 삶이 구차스럽고 고통스러워 견딜 수가 없었다.

초라한 집과 얼룩진 벽, 부서져 가는 의자와 누덕누덕 기운 빨랫줄의 헌옷들, 그런 것들 모두가 그녀에게는 보기 싫은 괴로움의 씨였다. 같은 계층에 속하는 다른 여자라면 그다지 심상치 않게 생각했을 그 모든 것이 그녀를 괴롭히고 부아를 돋우는 것이었다.

브루타뉴 태생의 소녀가 그녀의 보잘것없는 가정에 오직 하나 있는 하녀였지만 이 소녀를 볼 적마다 그녀는 더 없는 절망과 안타까움에 미칠 것만 같았다. 그녀는 그 하녀를 보며 자신이 처녀 시절에 꿈꾸었던 여러 가지 꿈들을 생각했기 때문이다.

그녀가 항상 꿈에 그리던 것은, 동양풍의 벽지에 높다란 청동제 촛대의 불이 비치는 웅장한 거실과 건넛방에서는 짧은 바지를 입은 몸집 큰 두 하인이 의자에 묻혀서 졸고 있는, 그것도 난방으로 인한 방안의 훈훈한 열기에 무더워 깜박 졸음이 온 듯한 그런 풍경이었다.

그뿐 아니라 비단을 깔아 놓은 널따란 객실도 그녀의 몽상 거리 중 하나였다. 더없이 귀한 골동품을 올려 놓은 으리으리한 가구와 오후 5시쯤 되면 몰려드는 멋쟁이 상류층 남성들과 아주 가까운 친구들이 모여서 대화를 나누는 살롱, 그곳 역시 그윽한 향기로 가득 차 있어야 하는 것이다.

　저녁을 먹을 때면, 그녀는 사흘씩이나 빨지 않은 식탁보를 씌운 둥근 식탁 앞에 남편과 마주앉는다. 남편은 수프 그릇의 뚜껑을 열며 기쁜 듯이,

　"아, 이 맛있는 수프 냄새……. 맛있겠는데! 이보다 맛있는 건 못 먹어 봤어……."
하고 힘을 주며 말한다. 그럴 때마다 그녀는 으레 호화찬란한 만찬을 생각하지 않을 수 없다. 번쩍거리는 은식기와, 요정이 사는 숲 속 그림이나 옛날 이야기에 등장하는 인물이 그려진 벽걸이, 아름다운 문양의 접시에 듬뿍 담겨진 산해진미(山海珍味)와 빨간 숭어 고기나 기름진 영계의 보드라운 날갯죽지를 입 속에 넣으면서 스핑크스의 미소를 띠며 이야기를 속삭이는 남녀들의 모습들, 그런 것을 연상치 않고는 배길 수가 없는 것이다.

　그녀는 입을 만한 외출복 한 벌 없었거니와 변변한 장신구 하나 없었다. 생각해 보니 뭣 하나 제대로 갖고 있는 게 없었다. 그런데도 그녀는 그런 것만이 좋았고, 늘 가질 수 없는 것만을 상상했다. 역시 그녀는 그런 화려한 것들을 위해서 자신이 태어난 것이라는 생각을 떨쳐 버릴 수가 없었다. 그녀의 간절한 소원은 쾌락과 사치를 마음대로 부리며, 사람들의 마음에 드는 것, 사람들이 부러워하는 것, 사람들의 화제의 대상이 되는 것이었다.

그런데 그녀에게는 돈 많은 친구가 하나 있었다. 수도원의 기숙사 동창이었지만 지금의 그녀로선 찾아갈 마음이 들지 않았다. 그녀를 만나고 돌아올 때면 그만큼 마음이 괴로웠던 것이다. 그래서 며칠이고 연거푸 울며 지새우는 날도 있었다. 분하고 억울했으며 절망과 비탄이 얽혀 있었기 때문이다.

그런데 어느 날 저녁이었다. 남편은 손에 큰 봉투를 들고 집으로 돌아와서는 신이 나서 아내에게 말했다.

"여보, 이것 좀 봐. 당신에게 주는 선물이야."

그녀가 바삐 봉투를 뜯어 보자 초대장이 들어 있었다. 거기에는 다음과 같은 내용이 인쇄되어 있었다.

'교육부 장관 조르주 랑포노 부처는 오는 1월 8일 월요일 밤, 관저에서 열릴 파티에 르와젤 내외를 초대하오니 부디 참석해 주시기 바랍니다.'

그러나 남편의 기대와는 달리 그녀는 기뻐하기는커녕 분을 삭이지 못하며 식탁 위에 초대장을 내던졌다.

"그래서 나더러 어떡하라는 거죠?"

"아니 여보, 난 당신이 기뻐할 줄 알았는데. 여간해서는 외출하는 일도 없으니 이건 참 좋은 기회잖아. 이걸 얻는 데 내가 얼마나 애를 썼는지 알아? 모두들 얼마나 초대받고 싶어했다고. 희망자는 많았지만 아랫사람들에겐 몇 장 할당되지 않았거든. 내로라하는 사람들만 모이는 자리니까 한번 우리도 가 보자고."

아내는 약이 오른 눈초리로 남편의 얼굴을 쳐다보다가 참을 수 없다는 듯 소리쳤다.

"대체 나더러 뭘 입고 가라는 거예요? 그런 곳에 아무렇게나 차려 입고 가도 되는 줄 알아요?"

남편은 미처 거기까지는 생각지 못했다. 그는 아내의 말에 더듬 거리며 대꾸했다.

"극장에 갈 때 입었던 옷은 어때? 그 옷 참 보기 좋던데. 내 겐……."

남편은 거기까지만 말하고 나서 멍하니 앉아 있는 아내의 눈치 를 살폈다. 아내는 울고 있었다. 커다란 눈물 방울이 두 눈에서 볼을 타고 뚝뚝 흘러내렸다.

"왜, 왜 그래, 여보?"

남편은 더듬듯이 말했다.

괴로움을 간신히 참고 있는 듯한 아내는 젖은 볼을 닦으며 조용 히 말했다.

"아무것도 아녜요. 다만, 제겐 변변한 외출복이 없어서 그러는 거예요. 그러니까 초대를 받았다 해도 그런 자리에는 갈 수가 없 어요. 마땅한 옷을 가진 부인이 있는 동료에게나 그 초대장을 드 리세요."

"여보, 마틸드. 대체 그런 옷은 얼마나 하는 거야? 그런 데 입 고 나가거나 다른 행사 때 입어도 부끄럽지 않을 만한 그런 것으로 말이야?"

그녀는 잠시 생각에 잠겼다. 말단 관리에 불과한 남편의 쥐꼬리만한 월급으로 살 수 있는 옷이 무엇이 있을까, 남편이 옷값에 놀라 비명을 지르지 않을 정도의 금액이 얼마쯤 될까 하고 생각했던 것이다. 그녀는 주저하다가 마침내 대답했다.

"저도 정확히는 모르겠지만 아마 4백 프랑쯤은 있어야 될 것 같아요."

그 말에 남편의 얼굴은 약간 창백해졌다. 사실 남편은 일요일마다 친구들과 함께 낭테르 근교로 종달새 사냥을 다니기 위해 엽총을 구입할 양으로 4백 프랑을 예금해 놓은 것이 있었던 것이다. 남편은 속으로 그것을 포기하고 하는 수 없이 부인에게 말을 꺼냈다.

"좋아. 어떻게든 4백 프랑을 변통해 줄 테니 당신 마음에 드는 옷을 사도록 해."

파티 날은 점점 가까워 왔다. 파티 복은 다 준비가 되었다. 그런데도 르와젤 부인은 어딘가 모르게 심란해 보였다. 그래서 하루는 남편이 물었다.

"무슨 일 있어? 어쩐지 당신 얼굴이 안 좋아 보이는군."

아내는 대답했다.

"옷만 있으면 뭐해요. 장신구가 있어야죠. 몸에 붙일 보석이나 패물이 하나도 없으니 얼마나 궁색해 보이겠어요. 차라리 그 모임에 참석하지 않는 편이 낫겠어요."

이에 남편이 말했다.

"꽃이라도 달면 어떻겠어? 생화를 달면 아주 산뜻해 보일 거야. 10프랑쯤이면 아름다운 장미꽃 두세 송이쯤은 살 수 있을 걸."

그녀는 남편의 말에 좀처럼 수긍하지 않고 더욱 화가 나서 말했다.

"싫어요! 돈 많은 여자들 틈에 끼어서 그런 궁색한 꼴을 보인다는 건 치욕스런 일이에요."

그러자 남편은 큰소리로 말했다.

"참, 당신도 바보군! 당신 친구라는 그 폴레스체 부인을 찾아가서 빌려 달라고 부탁해 보면 될 일을 가지고 그렇게 걱정을 하고 있어? 당신과는 친한 사이니까 그 정도는 빌려 줄 거야. 안 그래?"

아내는 갑자기 환호성을 지르며 말했다.

"맞아요, 여보! 제가 왜 그 생각을 못했는지 모르겠어요."

다음날, 그녀는 친구 집에 찾아가 자기가 처한 상황을 이야기했다. 그 말을 들은 폴레스체 부인은 거울 달린 장롱 쪽으로 가더니 커다란 상자를 꺼내 가지고 왔다. 그리고는 뚜껑을 열며 르와젤 부인에게 말했다.

"자, 마음에 드는 걸로 골라 봐."

르와젤 부인은 먼저 팔찌를 껴 보았다. 그리고는 진주 목걸이와 섬세하게 세공된 금은 보석들, 베니스제 십자가를 살펴보았다.

그녀는 거울 앞에 서서 이것저것 달아 보기도 하고, 무엇을 선택할까 망설이기도 하면서 고르지 못하고 서 있었다. 그러면서 다시 물었다.

"이게 전부야? 또 다른 건 없어?"

"또 있어. 어떤 게 네 마음에 들지 나로서는 잘 모르겠으니까 다시 한 번 잘 골라 봐."

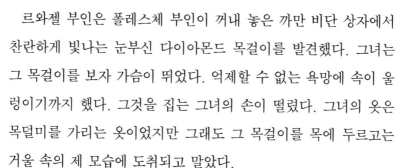

르와젤 부인은 폴레스체 부인이 꺼내 놓은 까만 비단 상자에서 찬란하게 빛나는 눈부신 다이아몬드 목걸이를 발견했다. 그녀는 그 목걸이를 보자 가슴이 뛰었다. 억제할 수 없는 욕망에 속이 울렁이기까지 했다. 그것을 집는 그녀의 손이 떨렸다. 그녀의 옷은 목덜미를 가리는 옷이었지만 그래도 그 목걸이를 목에 두르고는 거울 속의 제 모습에 도취되고 말았다.

그리고는 주저하면서 불안에 싸인 목소리로 친구에게 물었다.

"이거 빌려 줄 수 있어? 이것 하나면 충분할 것 같아."

"그럼, 물론이지. 괜찮아. 그걸 가져가도록 해."

르와젤 부인은 친구의 목을 껴안고는 감사의 마음에 마구 입맞춤을 했다. 그리고는 그 보석을 갖고 도망치듯 집으로 왔다.

　

이윽고 파티가 개최되었다. 르와젤 부인은 파티에 참석한 그 어느 여자보다도 아름답고 우아했다. 그녀는 점잖을 유지하며 명랑하게 웃어 댔다. 너무 기뻐서 정신이 없는 그녀는 아주 대만족이었다. 모든 남자들은 그녀에게 시선을 집중하고 있었고, 그녀에게 소개받기를 원했다. 정부(政府)의 높은 사람들까지도 그녀와 함께 춤을 추고 싶어했다. 대신(大臣)도 그녀에게 눈길을 고정하고 있었다.

그녀는 몹시 도취되어 정신 없이 춤을 추었다. 그녀는 지금 이 순간 아무것도 생각할 수 없었고 다만 쾌락에만 취해 있었다. 그녀의 아름다움의 승리, 이 영광스러운 밤의 성공, 모든 사람들의 찬사로 그녀의 욕망은 되살아났으며 여자로서 느끼는 행복의 절정에 이르렀다. 그래서 그녀는 일체의 모든 것을 잊고 구름 속에 떠 있었다.

새벽 네시경이 되자 파티는 겨우 끝이 났다. 남편은 이미 자정이 넘어섰을 때부터 다른 세 남자와 함께 사람의 출입이 드문 조그마한 응접실에서 자고 있었다. 그러나 이 세 남자의 부인들도 마음껏 쾌락의 도가니에 빠져 즐기고 있었다.

이제 돌아갈 시간이 되자 남편은 아내의 어깨 위에 겉옷을 걸쳐 주려 했다. 그러나 돌아갈 때 입기 위해 가져온 그 소박한 겉옷은 화려한 파티 복과는 전혀 어울리지 않는 것이었다. 그래서 그녀는 남편이 옷을 걸쳐 주려 하자 달아나고 싶었다. 화사한 모피로 온몸을 휘감은 귀부인에게 자신의 모습을 보이고 싶지 않았기 때문이다.

남편은 달아나려 하는 아내를 붙잡으며 말했다.

"기다려. 그대로 밖에 나갔다간 감기에 걸리기 딱 알맞아. 내가 곧 마차를 불러올게."

그러나 그녀는 남편의 말은 귓등으로 흘려 버리고 재빨리 계단을 내려갔다. 남편은 곧 뒤를 따랐다. 두 사람은 거리로 나왔으나 마차라곤 한 대도 보이지 않았다. 저 멀리 달려가는 마차가 보이기에 소리쳐 불러 보았지만 마차는 서지 않았다.

어쩔 수 없이 그들은 마차를 잡지 못하고 추위에 벌벌 떨며 센 강 둑을 향해 내려갔다. 그곳에서 간신히 마차 한 대를 잡은 그들은 거기에 올라탔다. 그 마차는 밤에만 다니는 쿠페로서 낮에는 그 초라함이 부끄러운지 꼭 해가 저물기 전에는 나타나지 않는 그런 마차였다.

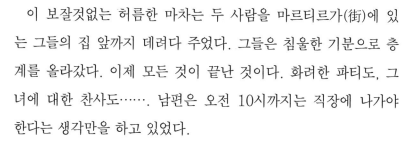

이 보잘것없는 허름한 마차는 두 사람을 마르티르가(街)에 있는 그들의 집 앞까지 데려다 주었다. 그들은 침울한 기분으로 층계를 올라갔다. 이제 모든 것이 끝난 것이다. 화려한 파티도, 그녀에 대한 찬사도……. 남편은 오전 10시까지는 직장에 나가야 한다는 생각만을 하고 있었다.

그녀는 어깨를 감싼 옷을 벗어 던지고는 거울 앞에 서서 다시 한 번 자기의 모습을 바라보았다. 조금 전의 영광 속에 있었던 자신을 찾으려 했던 것이다. 그런데 바로 그 순간이었다. 그녀는 돌연 앗! 하고 비명을 질렀다. 목에 걸었던 목걸이가 없어진 것이다. 벌써 옷을 반쯤 벗어 던진 남편이 그 소리를 듣고는 깜짝 놀라 물었다.

"왜 그래, 여보?"

그녀는 미칠 것 같은 심정으로 남편을 돌아보았다.

"그…… 글쎄…… 잔느한테서 빌려 온 목걸이가 없어졌어요."

그 바람에 남편도 깜짝 놀라며 소리쳤다.

"뭐…… 뭐라고? 설마…….."

그들 부부는 드레스 갈피며 망토 구석구석, 그리고 주머니 속 등 모든 곳을 다 뒤져 보았다. 그런데도 목걸이는 아무데서도 보이지 않았다. 남편은 몇 번이나 되물었다.

"연회장에서 나올 땐 분명히 목에 걸고 있었단 말이지?"

"그렇다니까요. 현관 문을 나올 때도 내 손으로 직접 만져 본 걸요."

"거리에서 떨어졌다면 틀림없이 소리가 났을 텐데 아마 마차에서 흘린 게 분명해."

"맞아요. 그런 것 같아요. 혹시 그 마차 번호 기억하세요?"

"아니, 당신은? 당신도 그 번호를 보지 못했나?"

"못 봤어요."

두 사람은 망연자실한 채 서로 얼굴을 마주 보았다. 결국 남편은 다시 옷을 주섬주섬 입었다.

"우리들이 걸어왔던 길을 다시 한 번 되밟아 봐야겠어. 누가 알아? 혹 찾을 수 있을지…….."

이렇게 말하고는 그는 다시 밖으로 나갔다. 그녀는 파티 복을 입은 채 그 자리에 털썩 주저앉고 말았다. 잠자리에 들 힘도 없었고, 아무것도 생각할 기력도 없이 그저 꼼짝 않고 있을 뿐이었다.

남편은 아침 7시경에나 돌아왔다. 아무것도 찾지 못한 빈손이었다.

밖으로 나갔던 남편은 경찰서에 가서 잃어버린 목걸이를 신고하고, 신문사에 찾아가 광고를 내기도 했다. 그 목걸이를 찾기 위해서 현상금까지 내걸어야 했다. 그리고는 마차 조합에 들러 수소문해 보기도 했다. 조금이라도 마음 가는 곳이면 모든 수고를 마다 않고 돌아다녔던 것이다.

아내는 하루 종일 이 무서운 재난 앞에서 안절부절못하고 마치 혼이라도 나간 사람처럼 절망적으로 목걸이에 관한 소식만을 기다리고 있었다.

저녁쯤 되자 남편은 헬쑥해진 얼굴로 돌아왔다. 그 창백한 얼굴로 보아 아무런 수확이 없었음이 분명했다. 남편은 힘없는 목소리로 아내에게 말했다.

"목걸이 걸쇠가 망가져 수리를 맡겼다는 편지를 쓰는 편이 낫겠어. 그 사이 백방으로 알아봐야지 어떡하겠어."

아내는 남편이 일러주는 대로 편지를 썼다. 하지만 일 주일이 지나도 아무런 소식이 없자 모든 희망의 줄이 끊어지고 말았다.

그 동안 그녀는 얼마나 노심초사했는지 갑자기 대여섯 살이나 더 늙어 보였다.

"안 되겠어. 차라리 새로 사서 갖다 주는 게 나을 것 같아."

다음날, 이들 부부는 목걸이가 들어 있던 상자에 새겨져 있는 보석상의 이름을 보고 그곳을 찾아갔다. 보석상은 친절하게 장부를 조사해 주었다.

"이 목걸이는 저희가 판 것이 아닙니다, 부인. 여기엔 이 상자만 드린 것으로 나와 있는데요."

두 사람은 이 보석상 저 보석상을 다니며 비슷한 목걸이를 찾아 헤맸다. 심신이 지칠 대로 지친 둘은 근심과 불안으로 마치 어딘가 아픈 사람들처럼 보였다.

마침내 이들은 여기저기 돌아다닌 끝에 팔레 르와얄이라는 보석상에서 문제의 목걸이와 비슷하게 보이는 다이아몬드 목걸이를 발견했다. 가격은 4만 프랑이나 되었다. 그런데 주인은 3만 6천 프랑까지는 깎아 줄 수 있다고 했다.

두 사람은 3일 동안 이 목걸이를 다른 사람에게 팔지 말아 달라고 신신당부를 했다. 그리고 만약 2월말까지 자신들이 찾고 있던 목걸이가 발견되면 3만 4천 프랑에 도로 물려주겠다는 약속도 받아 냈다.

남편은 부친이 남겨 준 1만 8천 프랑의 유산을 갖고 있었다. 그러나 나머지는 다른 사람에게 빌릴 수밖에 없었다.

그는 이 사람에게 1천 프랑, 저 사람에게 5백 프랑 하는 식으로 부탁을 했고, 여기서 5루이(20프랑짜리 금화를 말함 — 옮긴이), 저기서 3루이를 꾸는 등 가리지 않고 빚을 냈다. 이 때문에 적지 않은 차용증을 써야 했고, 전 재산을 저당잡혀야 했으며, 고리대금업자와도 거래를 해야 했다. 남은 인생을 다 바쳐 이 빚을 갚을 수 있을지 없을지도 생각하지 않은 채 이 서류 저 서류에 마구 서명을 한 것이다.

그리고는 닥쳐 올 불안에 떨며 앞으로 자기 인생에서 부딪힐 절망적인 생활과 모든 물질적 부자유, 그리고 정신적 고뇌에 시달릴 생각에 마음 아파하면서 새 목걸이를 찾으러 보석상으로 갔다. 그리고는 계산대 위에 3만 6천 프랑이란 돈을 늘어놓아야만 했다.

르와젤 부인이 폴레스체 부인에게 목걸이를 돌려주러 갔을 때 부인은 늦게 갖다 준 데 대해 감정이 상했는지 쌀쌀맞게 대했다.

목
걸
이

"좀 일찍 갖다 줘야 되는 거 아니야? 나도 언제 쓸지 모르는데 말이야."

폴레스체 부인은 상자의 뚜껑을 열어 보지도 않았다. 그러나 르와젤 부인으로서는 다행스런 일이었다. 만약 물건이 뒤바뀌었다는 것을 알아차린다면 어떻게 될까? 나를 도둑으로 생각지는 않을까? 르와젤 부인은 오히려 그 상자의 뚜껑을 열까 봐 은근히 두려웠던 것이다.

이후 르와젤 부인의 생활은 먹느냐 굶느냐 하는 빈민들의 무서운 생활을 겪어야만 했다. 물론 이것은 이미 각오한 바였다. 무서운 빚을 갚아야만 하지 않는가. 그녀는 하나밖에 없는 하녀마저 내보내야 했고 다락방으로 이사하지 않으면 안 되었다.

그녀는 살림살이가 얼마나 고된지, 그리고 하기 싫은 부엌일의 맛이 어떤지를 직접 체험해야 했다. 식기도 손수 씻어야 했음은 물론이다. 장밋빛 손톱은 기름 묻은 질그릇과 냄비 바닥을 닦아서 다 닳아 버렸다. 더러워진 속옷과 셔츠, 걸레도 직접 빨고 줄에 널어 말려야 했다.

뿐만 아니라 매일 아침 큰길까지 부엌 쓰레기를 운반하고 물을 길어 오는 고된 일까지 했다. 계단을 오를 때마다 한 번씩 멈춰 서서 숨을 돌리고는 다락까지 올라가는 것이다. 전에 입었던 수수한 옷차림은 고사하고 하층 계급 여자들 차림으로 거리낌없이 바구니를 팔에 낀 채 과일 가게에도 갔고, 잡화점에도 갔으며, 고깃간에 가서도 물건값을 깎느라고 막된 말까지 들어야 했다. 그렇게 비참한 생활을 하면서 한 푼 두 푼 아껴야 했던 것이다.

그렇게 아낀 돈으로 매달 돌아오는 어음을 막아야 했다. 물론 다시 써서 유예(猶豫)받지 않으면 안 되는 것도 있었다.

남편은 매일 밤, 한 상점의 장부 정리까지 해서 돈벌이를 해야 했다. 또 때로는 한 쪽에 5루이씩 받고 복사하는 일까지 가리지 않고 닥치는 대로 일을 했다.

이런 생활이 10년이나 계속되었다. 10년이 지나서야 두 사람은 한 푼도 남기지 않고 일체의 빚을 다 갚을 수 있었다. 고리대금의 터무니없는 이자, 그 이자에 또 이자가 붙은 모든 것을 다 갚아 버린 것이다.

르와젤 부인은 그간의 고생으로 인해 마치 할머니처럼 보이기도 했다. 거세고 우락부락한 지독한 여자로, 가난에 젖은 거친 여편네로 변해 버린 것이다. 머리도 제대로 빗어 내리지 않았고, 치마가 구겨졌어도 태연했으며, 손은 마디마디 굵어졌다. 남자와 같은 목소리로는 수다쟁이처럼 지껄여 댔고, 물을 첨벙거리면서 걸레질을 했다.

그러나 남편이 출근하고 없을 때면 가끔씩은 창가에 앉아 지난날의 파티를 생각하고는 했다. 아름답게 차려 입은 자신을 여왕처럼 떠받들었던 그 하룻밤, 그 옛일을 어렴풋하게 떠올려 보는 것이다.

만약 그 목걸이를 잃어버리지 않았더라면 지금쯤 어떻게 살고 있을까? 아, 그 누가 알리요, 사람의 앞날을……. 인생이란 참으로 무상한 것이로다. 사람 하나를 파멸케 하거나 구원하는 데 있어서 어쩌면 그렇게 작은 것 하나로 충분한 것일까!

그러던 어느 일요일이었다. 그녀는 일 주일을 바삐 일하고 잠시 숨을 돌리기 위해 샹젤리제 거리를 산책하고 있는 중이었다. 그런데 어린아이를 데리고 산책하는 한 여인이 문득 그녀의 시야에 들어왔다. 낯익은 얼굴이었다. 자세히 보니 폴레스체 부인이었다. 그녀는 아직도 젊고 여전히 매력적이었다.

르와젤 부인은 갑자기 가슴에서 무언가 치밀어 오르는 것을 느꼈다. 가서 말을 걸어 볼까? 그러나 좀 머뭇거려졌다. 아니야, 가서 아는 체를 해야지. 그리고는 말해 줄 거야. 이제 모든 빚도 청산했으니 꺼릴 게 뭐 있어.

그녀는 터벅터벅 폴레스체 부인 곁으로 가까이 걸어갔다.

"잘 있었어, 잔느?"

상대는 르와젤 부인의 모습을 알아보지 못했다. 그리고는 웬 아낙네 차림의 여인이 자신을 허물없이 부르는 데 놀라서 말을 더듬으며 말했다.

"저, 실례지만…… 혹시…… 아주머니께서…… 사람을 잘못 보신 게……."

"아니야, 잔느. 나, 마틸드 르와젤이야."

폴레스체 부인은 깜짝 놀랐다.

"뭐? 마틸드라고? 어머나, 마틸드! 너, 너무 많이 변했구나!"

"그래, 보다시피 많이 변했어. 그 동안 너무 많은 고생을 했거든. 그게 다 너를 만나고부터지. 그래, 모든 게 너 때문이었어!"

"나 때문이라고? 왜 그런 말을 하지?"

"너 기억 나니? 그 다이아몬드 목걸이 말이야. 내가 파티에 간다며 빌렸던 거 있잖아."

"물론이지, 기억하고 말고. 그런데 그게 어쨌다는 거야?"

"그게 말이야, 실은 내가 그걸 잃어버렸어."

"잃어버렸다고? 하지만 네가 돌려줬잖니."

"아니, 사실 네 거는 잃어버리고 대신에 아주 비슷한 걸로 새로 사다 줬던 거야. 자그마치 꼭 십 년이 걸렸구나, 그 돈을 갚는 데 말이야. 우리처럼 아무 재산도 없는 사람들이 그 어마어마한 돈을 갚는다는 게 얼마나 힘든 일이었는지 아니? 어쨌든 이제서야 간신히 청산했어. 지금은 한숨 돌린 처지지."

폴레스체 부인은 걸음을 멈춘 채 가만히 서 있다가 입을 열었다.

"그때 빌려 간 것 대신에 다른 목걸이를 사서 줬단 말이지?"

"그래, 그랬었어. 넌 아직까지 눈치채지 못했었구나. 하긴 거의 똑같은 목걸이였으니까."

그녀는 자랑스러운 듯 순진한 웃음을 띠며 말했다. 이 말에 폴레스체 부인은 숨이 탁 막혀 오면서 친구의 양손을 잡았다.

"어머나! 어쩜 그런 일이 다 있니? 이 일을 어떡하면 좋아, 마틸드! 그건 가짜였어. 기껏해야 오백 프랑짜리 가짜 목걸이였다고……."

목
걸
이

비곗덩어리

비렁뎅어리

　며칠을 두고 연달아 패주하는 군대의 토막난 행렬이 차례로 이 도시를 지나갔다. 그들은 이미 군대라고 할 수도 없는 오합지졸에 불과했다. 병사들은 덥수룩한 수염이 자랄 대로 자라 모두들 지저분했고, 군복은 너덜너덜 다 해졌으며, 군대를 알리는 깃발도, 대열도, 사령부도 없었다. 그저 모두들 아무 생각 없이 터벅터벅 걷고 있을 뿐이었다. 너무 지치고 허기가 져서 무엇을 생각하거나 결심할 수도 없었으며, 본능적으로 걸을 뿐이었다. 그러다 일단 그 걸음마저 멈추는 날에는 곧 흐느적거리며 쓰러질 것만 같았다.

　그런데 그러한 무리들 중에서 특별히 눈에 띈 자들이 있었다. 그들은 강제 소집된 동원병들이었다. 그들은 평화를 사랑했으며, 연금으로 평안한 생활을 하던 사람들이었지만 지금은 어깨에 짊

어진 총의 무게로 인하여 등이 굽어 있었다. 그리고 또 한 무리들이 있었는데 그것은 젊은 청년 유격대원들이었다. 그들은 물새의 날갯짓에 놀라 도망치듯 행동이 민첩했고, 정열에 불타 있었다. 나이가 젊어서인지 그들은 도망치는 걸음 또한 빨랐다. 한편 이런 무리들 틈에 섞여 행군하는 빨간 바지의 병사들도 있었는데, 그들은 정규병으로서 어느 큰 전투에서 격멸된 사단의 패잔병들이었다. 이러한 잡다한 보병들 속에서 한 포병이 음울한 얼굴을 한 채 이들과 함께 대열을 짜며 걸어가고 있었다. 또 무거운 발걸음의 용기병(龍騎兵 : 16~17세기 이래의 유럽에서 갑옷에 총을 든 기마병 — 옮긴이)들이 반짝이는 철모를 쓰고 간신히 대열을 뒤따르고 있었다.

비곗덩어리

그 뒤를 이어 '패전의 복수자'니, '묘비의 시민'이니 혹은 '죽음을 나누는 자'니 하며 그 이름도 거창한 부대 명을 붙인 의용군들이 도둑 떼와 견줄 만한 형상으로 지나가고 있었다.

그들의 대장은 나사 상인들이거나 종자상(種子商)들, 혹은 비누 장수들이었다. 한때는 장사치들이었던 그들이 이렇게 군인이 된 것은 특별한 사명 의식이 아니라 시대의 부름에 불과한 것이었다. 이들 중 장교로 임명된 자는 돈이 많거나, 수염의 길이가 길어서라는 타당치도 않은 이유들 때문이었다. 무기나 계급 따위를 표시하는 표장, 그리고 금줄을 한껏 몸에 지닌 그들은 쩌렁쩌렁 울리는 음성으로 작전 계획을 논하면서 죽어 가는 프랑스군을 자신들이 구해 보자는 등의 말을 하고 있었다. 좌우간 그들은 가끔

엉뚱한 용맹성을 발휘하기도 했지만 대부분은 극악하고 무도했으며 약탈과 방탕을 일삼고 있었다.

이윽고 프러시아(프로이센 : 독일 북동부, 발트 해 연안의 옛 지역 — 옮긴이)군이 루앙 거리로 쳐들어온다는 소문이 나돌았다. 이에 국민군은 두 달 전부터 인근 숲을 조심스럽게 정찰하며 다녔다. 때로는 착각으로 인해 우군 보초에게 총질을 하기도 하고, 수풀에서 토끼가 바스락거리는 소리에 놀라 전투 태세를 취하기도 했으나 이제는 그나마도 모두 제 집으로 돌아가 버렸다. 국민군이 사용하던 무기나 군복들, 그리고 불과 얼마 전까지만 해도 사방 30리나 되는 국도(國道)의 언저리들을 위압하던 일체의 살인 도구는 홀연히 자취를 감추고 말았다.

맨 뒤에 따라오던 부대마저 마침내 센 강을 모두 건넜다. 생스베르와 부르 아샤르를 앞을 거쳐 퐁 오드메르로 나아가기 위해서였다. 맨 뒤에 오는 장군은 절망에 빠져 있었다. 이런 지리멸렬한 부대로는 아무런 일도 기도(企圖)할 수 없었기 때문이다. 이기는 싸움만 알았던 국민, 그리고 그 전설적 용맹에도 불구하고 지금 참담한 패배를 맛본 국민의 일대 괴멸(壞滅) 속에서 그는 자신을 잃은 채 두 부관의 호위를 받으며 터벅터벅 걷고 있었다.

깊은 정적과 공포가 감도는 침묵 속에서도 어떤 기대감이 도사리고 있다는 것이 느껴졌다. 장사 때문에 거세(去勢)당한 배불뚝이 중산층의 대부분은 불안한 심정으로 승리자의 개선 행진을 기다리고 있었다. 그들은 자신들의 포크나 대형 식칼이 무기로 오인받지나 않을까 해서 두렵기만 했다.

시민들의 생활은 정지되어 버린 것만 같았다. 가게마다 모두 문을 닫아걸었고 거리는 고요했다. 가끔 한 시민이 잔뜩 겁을 먹은 채 빠른 걸음으로 추녀 밑을 달아나는 모습이 보이기도 했다.

기다림에 지친 시민들은 오히려 적이 빨리 진격해 오기를 바랐다. 적이 다가오는 것을 기다리고 있는 시간이 더 공포스러웠던 것이다.

프랑스군이 철퇴한 이튿날 오후였다. 어디선가 프러시아군의 창기병(槍騎兵) 대여섯이 나타나더니 날아갈 듯 말을 몰며 거리를 가로질러 갔다. 그로부터 얼마 지나지 않아 시꺼먼 일단(一團)의 군대가 생 드 카트린 언덕에서 내려오는가 싶더니 또 다른 침입군이 두 물결을 이루며 다르느탈과 브와기욤의 가도(街道)를 지나 밀려왔다.

세 부대의 전위대는 똑같은 시간에 시청 앞 광장에서 만났다. 그 딱딱하고 정연한 행렬로 길바닥에 깔린 돌을 울리며 대오도 나란히 당당하게 도착했다. 그리고는 일대의 거리란 거리를 가득 메웠다.

귀에 익지 않은, 목구멍에 무언가 걸린 듯한 음성으로 외쳐 대는 구령이 죽은 듯이 고요한 주변 집들의 지붕 밑에서 치받듯이 들려 왔다. 꼭 닫은 덧문 사이로는 모든 눈들이 숨을 죽이며 이 승리를 자랑하는 사나이들을, '전쟁의 권리'에 의한 거리의 지배자들을, 자신들의 재산과 생명을 지배할 자들을 엿보고 있었다.

사람들은 어떠한 힘이나 지혜로도 어쩔 수 없는 천재지변을 겪는 듯 어두운 방안에서 꼼짝하지 않은 채 경악 속에서 떨고 있었다. 이러한 감정들은 기존 질서가 전복될 때마다, 그러니까 그들의 안전이 보장받지 못하고 인간의 규범과 자연의 법칙이 무지하고 잔인한 폭력의 수중으로 떨어질 때마다 되풀이해서 나타났다.

지진 때문에 무너져 내린 가옥 밑에 깔려 죽어 가는 사람들, 홍수로 인해 자신의 집에서 기르던 소의 주검이나 지붕의 일부였던 대들보와 함께 물 속에서 허우적거리며 떠내려가는 농부, 전쟁을 방어하는 자를 살해하거나 포로로 데리고 가는 적군들, 검(劍)의 이름으로 약탈을 자행하고 대포를 쏘아 대며 신에게 감사하는 승전군(勝戰軍), 그것들은 모두 한결같이 두려운 재앙이었다. 영원한 정의에 대한 일체의 신앙을 전복시키고, 사람들이 말하는 하늘의 가호와 인간 이성에 대한 신뢰를 갈팡질팡하게 하는 것들이었다.

이윽고 집집마다 소분대(小分隊)가 문을 두드리고 집안으로 들어갔다. 침입 다음에 오는 점령이었다. 피정복자는 승리자에 대해 고분고분하게 굴어야만 한다.

시간이 조금 지나면 처음 느꼈던 공포가 사라지고 사람들은 대부분 침착을 되찾는다. 점령당한 많은 가정들이 프러시아 장교와 함께 식탁에 앉아 식사를 했다. 그들 중에는 태생이 점잖은 자도 있어서 예의상 프랑스를 동정하며, 이 전쟁의 참가가 본래 자신의 뜻이 아니었다는 것을 화제로 삼기도 했다. 그러면 점령당한 사람들은 그런 배려에 감사했다. 게다가 언젠가는 이 사나이의 보호에 의지해야 할 일이 생길지도 모르는 일이다. 또한 이 사나이에게 친절한 접대를 하면 어쩌면 숙박을 떠맡아야 할 병사의 수효를 줄여 줄지도 모른다. 더구나 이들은 자신들의 생살여탈권(生殺與奪權)을 쥐고 있으니 일부러 심기를 불편하게 할 필요는 없지 않은가. 그런 짓을 하는 건 용기가 아니라 만용인 것이다.

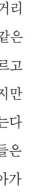

만용이라는 것은 이미 루앙 시민이 알 바 아니다. 옛날 이 거리가 영웅적인 방어전을 펼치므로 해서 이름을 날린 시대와 같은 만용은 지금 필요없다. 사람들은 이런 식으로 스스로를 타이르고 있는 것이다. 프랑스적인 우아함에서 일종의 핑계일지 모르지만 어쨌든 사람들이 많은 공적인 장소에서만 친숙하게 굴지 않는다면 집안에서 정중하게 대한들 무슨 상관이랴. 그래서 사람들은 밖에서는 쌀쌀맞은 척하면서도, 집안에서는 기꺼이 세상 돌아가는 이야기꽃을 피우거나 따뜻한 난롯불을 쬐며 수군수군 대화를 나누기도 했다. 때문에 프러시아군은 매일 밤 더 긴 시간을 머물기도 했다.

점령당한 거리도 차츰 제 모습을 찾아 갔다. 그래도 아직 프랑스인들은 거의 외출을 하지 않고 있었기 때문에 거리는 프러시아군들로 우글거렸다. 그리고 그들의 커다란 살인 도구를 보란 듯이 보도 위로 끌고 가는 푸른 복장의 경기병(가벼운 장비로써 민첩하게 행동할 수 있는 기병―옮긴이) 장교도, 지난해 같은 카페에서 술을 마셨던 프랑스 엽기병(獵騎兵) 장교와 비교해 볼 때 별반 다를 바가 없었다. 양쪽 모두 일반 시민을 경멸하는 기색은 보이지 않았던 것이다.

그렇다고는 해도 무어라 설명할 수 없는 미묘한 공기가 감돌고 있다는 것만은 부정할 수 없었다. 알 수 없는 야릇한 그 무엇과 견디기 힘든 이질적(異質的) 분위기, 쫙 깔린 듯한 점령의 냄새가 떠돌고 있었기 때문이다. 그것은 집집마다, 광장마다 가득 차서 음식의 맛을 변하게 하고, 사람들에게 고향을 멀리 떠나 있는 것 같은 인상을 주었으며 왠지 위험한 야만인들 사이에 끼어 있다는 느낌을 갖게 했다.

이 점령군들은 대부분 점령지 주민들에게 많은 돈을 요구했다. 주민들은 그들이 돈을 요구해 올 때마다 어쩔 수 없이 지불해야만 했다. 원래 그들은 부자였다. 그러나 아주 큰 규모로 장사하는 노르망디의 호상(豪商)들은 부유했지만 그럴수록에 더욱더 많은 희생을 치르게 되어 부유함이 오히려 고통의 씨앗이 되어 버렸다. 아주 작은 재산의 일부라도 남의 손에 넘어가는 것을 본다는 것은 가슴 아픈 일이었다.

이런 생활이 계속되는 동안, 강 하류에서 2, 30리 되는 곳인 크르와세, 디에프, 혹은 비에사르 부근에서는 뱃사공이나 어부들이 프로이센 군사의 시체를 강물에서 건져내는 일이 자주 있곤 했다. 그들은 단검에 찔리거나 매맞아 죽어 있었다. 그리고 돌에 맞아 죽거나 다리 위에서 떨어져 죽은 자도 있었다. 그들 대부분은 군복 차림이었으며 물에 퉁퉁 불어 있었다. 강바닥의 개흙은 이렇게 은밀하고 야만적인, 그러나 루앙 주민들로서는 당연한 복수를 어둠 속에 매장해 버렸다. 이 남모를 행동은 대낮의 전투보다도 위험하고 영예의 반향도 불러일으키지 않는 무언의 공격이었지만 분명 영웅적이라 할 만했다.

보통 외국인에 대한 증오는 항상 사상 때문에 발생한다. 이러한 사상에 목숨을 거는 사람들에게 무기를 공급하기 때문에 전쟁이 일어나는 것이다.

이 프러시아 점령군은 가혹한 규율로써 이 지역과 주민들을 복종시켰다고 한다. 그러나 승전하는 도중 그들이 저질렀다고 전해진 잔학 행위들이 이곳에서는 전혀 벌어지지 않았으므로 주민들은 차츰 대담해져 갔다. 다시 장사하고픈 생각이 이 고장 상인들의 마음속에서 고개를 쳐들기 시작한 것이다. 그중에는 프랑스군이 점령하고 있는 르 아브르에 막대한 이익을 가져다주는 거래처를 갖고 있는 자도 있었다. 디에프까지 육로로 가서 거기서부터는 배를 타고 르 아브르 항구까지 간다……, 사람들은 그런 일을 해 볼 생각까지 하게 되었다. 그리고 어느덧 친숙해진 독일 장교와의 안면을 이용해서 사령관으로부터 출발 허가증을 받아 내기도 했다.

사람들은 이 여행을 위해 커다란 사두마차 한 대를 마련했고, 열 사람의 손님이 이에 합석하고자 신청했다.

어느 화요일 아침, 사람이 모여들기 전인 이른 새벽에 이들은 떠나기로 합의를 했다.

이미 겨울은 와 있었고 땅은 꽁꽁 얼어붙어 있었다. 월요일 3시 쯤에는 북쪽에서 커다란 먹구름이 이동하는가 싶더니 드디어는 눈이 내리기 시작해서 밤이 될 때까지 쉬지 않고 내렸다.

새벽 4시 30분이 되자 승객 일동은 노르망디 호텔 가운데에 자리잡은 한 뜰에 모였다. 거기서 마차를 타기로 약속되어 있었던 것이다.

이른 아침인지라 사람들은 아직 잠에서 완전히 깨어나지 못하고 있었으며 무릎 덮개를 덮은 채 추위에 떨고 있었다. 어두워서 서로의 얼굴을 잘 알아볼 수는 없었으나 모두들 두꺼운 겨울옷을 몇 겹이나 껴입고 있었기 때문에 마치 긴 옷을 입은 뚱뚱한 사제(司祭)의 모습들을 하고 있었다. 그런데 먼저 두 사나이가 서로를 알아보자, 다시 세 번째 사나이가 다가와서 이야기가 시작되었다.

"난 집사람과 함께 갑니다."

하고 한 사람이 말했다.

"나도 그래요."

"나도 그렇습니다."

처음의 사나이가 덧붙여 말했다.

"이젠 루앙으로 돌아오지 않겠습니다. 프러시아군이 르 아브르까지 왔다고 하니 영국으로 가겠어요."

일행은 같은 계획을 가지고 있었다. 모두 비슷한 기질을 지닌 사람들이니까.

그런데 도무지 마차에 말을 맬 수가 없었다. 마부의 손에 들린

작은 칸델라(호롱에 석유를 넣어 불을 켜 들고 다니는 등 — 옮긴이)가 가끔 어두운 문에서 나와 곧 다른 문 안으로 사라지는 것이 보였다. 말이 다리로 바닥을 차고 있었지만 짚이 깔려 있어서인지 요란한 소리는 나지 않았다. 건물 안쪽에서는 말에게 말을 걸기도 하고 걸쭉하게 욕설을 퍼붓기도 하는 사나이의 음성이 들려왔다. 희미하게 들리는 방울 소리로 보아 마구(馬具)를 만지고 있는 것 같았다. 그 소리는 말의 걸음걸이에 따라 맑고 투명하게 연속적으로 울렸다. 방울 소리는 가끔씩 그쳤다가 땅을 밟는 둔한 말발굽 소리와 함께 다시 짤랑댔다.

비
겟
덩
어
리

그런데 갑자기 문이 닫혔다. 그 안에서 들려 왔던 모든 소리도 사라졌다. 승객들은 추위에 몸이 언 탓인지 여전히 굳게 입을 다문 채 뻣뻣이 서 있었다.

그칠 줄 모르는 눈의 장막이 땅으로 떨어지면서 연방 빛을 냈다. 그것이 쌓일 때마다 사물의 형태는 사라지고 주변 일대는 얼음 이끼로 뒤덮였다. 겨울옷 밑에 묻힌 거리는 마냥 고요하기만 했다. 그 거대한 침묵 속에서 쉬지 않고 내리는 눈만이 삭막한 주위에서 살랑대는 것 같았다. 그것은 소리가 아니라 느낌이었으며, 공간을 채우고 이어 온 세계를 뒤덮어 버릴 것 같은 가벼운 분자(分子)의 교차였다.

이때 한 사나이가 다시 칸델라를 들고 나타났다. 그는 내키지 않는 걸음걸이로 어릿어릿하는 말의 고삐를 잡아끌고 있었다. 사나이는 수레 양쪽의 끌채 안으로 말을 밀어 넣고는 가죽 멍에를 씌웠다. 그러고 나서도 오랫동안 말의 주변을 돌며 마구의 이모 저모를 살폈다. 한쪽 손엔 칸델라를 들고 있어서 다른 한쪽 손밖에 쓸 수가 없었던 까닭이다. 사나이는 두 번째 말을 끌고 오기 위해 들어가려다가 아직도 승객들이 눈을 허옇게 뒤집어쓴 채 그 자리에 서 있는 모습을 보고는 말을 걸었다.

"왜 안으로 들어가지 않고 거기에들 서 계십니까? 그랬다면 저 쏟아지는 눈만이라도 피할 수 있었을 텐데요……."

승객들은 자신들이 미처 그런 생각은 하지도 못했다는 것에 놀란 양 급히 마차 안으로 올라갔다.

금방 대화를 나누던 세 남자는 각각 자신의 아내를 마차 안쪽 자리에 앉게 한 다음 올라탔다.

그들이 마차에 오르자 뒤를 이어서 그다지 활발한 성격이 아닌 것 같은, 무언가를 머리에 쓰고 있는 사람 몇몇이 조용히 자리를 잡고 앉았다.

바닥에는 짚이 깔려 있었다. 사람들은 그 속에다 꽁꽁 언 발을 들이밀었다. 구석 자리의 부인네들은 가공탄(加工炭)을 사용하는 구리로 된 손화로를 갖고 왔으므로 거기에 불을 붙여 쬐고 있었다. 그녀들은 잠시 동안 그것의 효용(效用)에 대해 늘어놓다가 서로 예전부터 잘 알고 있는 일들을 화제 삼아 이야기꽃을 피우기 시작했다.

겨우 마차에 말을 매는 일이 끝났다. 짐이 무겁다는 이유로 네 필이 아닌 여섯 필의 말을 마차에 달아야 했다. 그때 밖에서 누군가가 소리쳤다.

"그럼, 오실 분은 다 오신 겁니까?"

"어이, 모두 왔네."

마차는 출발했다.

말은 트로트로 달렸다. 마차 바퀴가 눈 속에 묻혀 둔한 소리를 냈다. 말은 눈길에 다리가 미끄러지며 콧김을 뿜어냈다. 김이 솟았다.

마부의 큰 채찍이 쉬지 않고 소리를 내며 사방으로 날아가는 뱀처럼 얽혔다가는 또다시 뻗곤 했다. 마부는 둥글고 불룩한 말의 엉덩이를 불시에 때렸다. 그러면 그 채찍을 맞은 엉덩이는 더욱 힘을 주며 긴장했다.

비 겟 덩 어 리

어느새 주위가 밝아 오기 시작했다. 루앙 토박이로 보이는 승객 한 사람이 쏟아지는 눈송이를 보고 솜비라고 했던 눈도 이제는 그쳤다. 먹구름이 걷히고 햇빛마저 비치자 눈 덮인 들판은 더욱 눈부시게 빛났다. 가지마다 얼음 꽃이 핀 키 큰 나무들과, 또 마치 눈의 두건(頭巾)을 쓴 것 같은 초가 지붕들도 보였다.

사람들은 어두웠던 마차 안으로 희미한 햇빛이 스며들자 그제서야 비로소 서로의 얼굴을 신기한 듯 바라보았다.

가장 좋은 구석 자리에는 그랑 퐁가(街)에서 포도 도매상을 하는 르와조 부부가 서로 마주앉아 꾸벅꾸벅 졸고 있었다.

르와조는 옛날에 가게 점원이었다가 주인이 사업에 실패하자 그의 주식을 사서 한밑천 잡은 사람이었다. 그는 질이 좋지 않은 포도주를 시골 소매업자들에게 팔았으므로 그다지 평판이 좋은 사람은 아니었다. 게다가 술책에 능하고 농담을 좋아하는 전형적인 노르망디인으로 알려졌다.

그가 사기꾼이라는 소문은 이미 자자하게 퍼져 있었다. 어느 날 밤 일이었다. 지사 관사에서 우화 시인(寓話詩人)이자 작사가이면서 동시에 통렬한 독설가로도 유명한 지방 명사 투르넬이, 부하들이 졸린 듯한 기미를 보이자 한 가지 놀이를 제안했다. 그것은 '르와조 볼르'라는 놀이로 '새가 난다' 혹은 '르와조가 도둑질을 한다'라는 두 가지 뜻이 있었다. 그가 이 놀이를 제의하자 이 말은 즉시 지사 관저에 퍼졌고, 한 달 동안이나 이 고장의 사람들 입에 오르내리기도 했다.

르와조는 또한 못된 농담을 잘하는 것으로도 유명했는데 그는 악의가 있는 농담이든 없는 농담이든 그것을 자랑으로 여겼다. 누구나 그에 대한 소문을 듣고 나면 바로 뒤에 이러한 말이 덧붙여졌다.

"정말 재미있는 놈이야, 저 르와조는."

무척 작은 키에 풍선처럼 튀어나온 배, 게다가 희끗희끗한 구레나룻이 그 붉은 얼굴을 둘러싸고 있는 모습이었다.

그의 아내 역시 뚱뚱한 체격이었지만 큰 키에 절도 있는 동작, 우렁찬 목소리, 그리고 빠른 결단력으로 남편이 설쳐 대는 가게 안의 질서를 바로잡는 일과 맺고 끊는 일을 도맡아 하고 있었다.

그 부부가 앉은 바로 옆자리에는 상류 계급에 속하는 카레 라마

44

동이 르와조보다도 다소 위엄 있는 모습으로 앉아 있었다. 그는 훌륭한 인물로 면직물 업계의 고참이었고, 방직 공장을 세 개나 경영하고 있었으며, 레지옹 도뇌르의 훈장까지 받은 동시에 현회 (縣會) 의원이었다. 제정(帝政) 시대에는 온건한 야당의 수령을 지내기도 했다. 그의 표현에 의하면 그것은 오로지 정정당당하게 싸움을 함으로써 공화제에 가담한 자신의 태도가 올바른 것이었음을 평가받기 위한 것뿐이라고 했다. 카레 라마동 부인은 남편보다도 훨씬 젊은 나이여서, 루앙의 주둔 부대에 파견된 상류 가정 출신의 사관들에게 위안이 되는 존재였다.

비켓덩어리

그녀가 남편과 마주앉아 있는 모습은 참으로 아름답고 귀여웠다. 털옷에 몸을 파묻은 채 얼굴만 내민 그녀는 매우 안타까운 눈길로 이 처량한 마차 안을 둘러보고 있었다.

그 옆의 위베르 드 브레빌 백작 부부는 노르망디에서도 유서 깊은 집안의 주인이었다. 백작은 공식 석상에 나설 때면 언제나 풍채 당당하고 훌륭한 모습이었으며, 몸치장에 몹시 신경을 씀으로써 자신이 명군(名君) 앙리 4세와는 태어나면서부터 닮은 점이 많음을 뚜렷이 보이게 하려고 노력하는 모습이 역력했다. 그의 가계(家系)의 영광적인 전설에 의하면, 명군 앙리 4세가 브레빌 가(家)의 어떤 부인을 임신케 하였기에 그로 인해 그의 남편은 백작의 열에 끼어 지방 총독에 임명되었다고 한다.

카메 라마동의 동료인 브레빌 백작은 현(縣)에서 오를레앙 계통의 왕당파 대표였다. 낭트의 가난한 선주(船主)의 딸과 이 백작

45

과의 결혼은 아직도 수수께끼에 싸인 채 있었다. 그러나 백작 부인은 이제는 어엿한 귀족 부인으로 어느 누구보다도 손님 접대에 능숙했으며, 루이 필립의 왕자 중 한 사람으로부터 연모를 받는다는 소문까지 돌았다. 그래서 그녀는 나라 안의 귀족들로부터 특별한 대우를 받고 있었다. 때문에 부인의 객실은 이 고장에서 제일가는 지위를 계속 유지하고 있었으며, 그 옛날의 기사도 정신이 보존되는 유일한 곳이라는 말까지 듣고 있었다. 따라서 이곳을 출입하기란 매우 까다롭기로 알려졌다. 이 브레빌 집안의 재산은 모두가 부동산으로 되어 있었으며 연수입 50만 프랑에 달하는 것으로 알려져 있었다.

이상의 여섯 인물이 마차의 가장 구석에 자리를 잡고 있었다. 그들은 재산이 많아 안락하고 평안한 생활을 했으며, 종교와 권력을 가졌고, 게다가 견고한 도덕심마저 지녀 더 이상 바랄 것이 없는 사람들이었다.

우연의 일치인지 이 부인들은 모두 같은 줄의 의자에 앉아 있었다. 특히 백작 부인의 옆자리에는 수녀 두 명이 앉아 있었는데, 그녀들은 ‘주의 기도’와 ‘성모송’을 외며 손가락 끝으로 묵주를 돌리고 있었다. 한 수녀는 나이가 많아 보였는데, 마치 얼굴 전체가 산탄(霰彈)을 맞은 것 같은 곰보였다. 다른 한 수녀는 젊었으나 병약해 보였으며, 그 가슴 위로 독실한 신앙심이 전해져 오는 깨끗하고 병적인 얼굴을 숙이고 있었다.

이 두 수녀(修女)와 마주보고 앉아 있는 남자와 여자도 모든 사람의 눈길을 끌었다.

남자는 코르뉘데라 불리는 자로 이 지방에서는 잘 알려진 공화
주의자였다. 그는 기득권을 가진 사회 저명 인사들에게 공포의
대상이 되었다. 벌써 20년 전부터 그는 자신의 불그레한 위대한
수염을 민주주의적 카페의 맥주 잔 속에 적셔 왔다. 그는 과자 가
게를 하던 부친에게서 물려받은 상당한 재산을 동지나 친구들과
함께 혁명을 위해 다 써 버렸다. 그러나 공화국이 도래하기만 한
다면야 그까짓것쯤은 얼마든지 보상받을 만한 자격을 부여받을
수가 있었다. 그래서 그는 공화국의 도래를 학수고대하는 처지였
다.

9월 4일 사건(제3공화국 설립) 때, 그는 누군가의 못된 장난질
로 그만 자신이 지사로 임명된 줄 알고 있었다. 그래서 임무에 임
하기 위해 청사 안으로 들어가려 하자, 아무도 없는 빈 청사(廳
舍)를 마치 자기들 것인 양 지키고 있던 급사들이 그를 지사로 인
정하지 않았기 때문에 끝내 그는 퇴각하지 않을 수 없었다. 하지
만 그는 사람 좋기로 평판이 나 있었고, 남의 뒷바라지를 잘해 주
는 성미였으며, 이 루앙 시의 방어(防禦)를 튼튼히 하는 일에 다
시 없이 몰두해 왔다.

그는 사람들로 하여금 들판에 굴을 파게 하고 인근 숲의 어린
나무를 잘라 치웠으며, 가도마다 함정을 만들어 놓았다. 그는 자
신이 이룩해 놓은 만반의 준비에 만족해하며 적이 진군해 오자
서둘러 시내로 되돌아왔다. 새로운 방어 진지가 필요할지도 모를

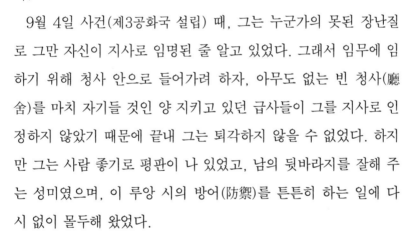

47

르 아브르로 가서 자신의 뜻을 펼치는 것이 훨씬 더 보람 있는 일이라고 여겼기 때문이다.

그런데 나머지 한 여자는 세상에서 흔히 말하는 매춘부였다. 나이보다 일찍 비만해졌으므로 '불 드 쉬프(비곗덩어리)'라는 별명이 붙어 버린 그녀는, 작달막한 체구에 여기저기 비곗살이 붙어 있는 그런 여자였다. 그 여자의 오동통한 손은 손가락 마디마다 볼록볼록한 것이 마치 짧은 소시지를 묶주처럼 이어 놓은 것 같았다.

그건 그렇고, 반질반질하게 윤이 나는 팽팽한 피부와 옷 속에 감추어진 크고 불룩한 가슴은 일품이어서 뭇남성들의 시선을 잡아끌기에 충분했다. 그래서 그녀는 매우 인기가 있었다. 그만큼 그녀의 모습은 나름대로 보는 이의 눈을 즐겁게 해 주었다. 얼굴은 빨간 사과처럼 보이기도 했고, 방금이라도 봉오리가 터질 것 같은 모란꽃 같았다. 얼굴 위의 검은 눈동자는 반짝반짝 빛이 났고, 그 위로 기다란 속눈썹이 그림자를 더해 주고 있어 보기에도 매혹적이었다. 얼굴 아래쪽의 이는 고르게 났으며 꼭 다문 작은 입술은 마치 키스를 바라는 듯한 투로 촉촉이 젖어 있었다. 뿐만 아니라 그녀는 눈으로 보이는 외모 외에도 헤아릴 수 없는 많은 매력을 갖고 있다는 풍문이 자자했다.

곧 그녀가 누구라는 것을 알아차린 부인네들은 서로 소곤대기 시작했다. 그리고는 '매춘부'니, '세상의 수치'니 하는 말이 다소 큰소리로 이어졌으므로 이윽고 그 여자가 얼굴을 들었다. 그리고

도전적이며 대담한 눈초리로 주위에 앉아 있는 사람들을 훑어보았다. 그러자 곧 주위는 잠잠해졌으며 르와조 영감을 제외한 일동은 그만 자신들의 눈길을 아래로 향했다. 다만 르와조만이 들뜬 마음으로 그 여자를 찬찬히 훑어보고 있었다.

그러나 얼마 안 있어 세 부인들은 다시 대화를 시작했다. 한 매춘부의 출현이 갑자기 세 부인들을 친밀하게 유착시켜 거의 친구 사이로 만들어 놓은 것이다. 그녀들은 수치를 모르는 매춘부 앞에서 가정주부의 위엄을 지켜야만 한다고 생각했다. 원래, 모범적인 사람은 자유 분방한 상대를 언제나 경멸의 눈초리로 바라보기 마련 아닌가.

세 남자들도 코르뉘데의 모습을 보자 보수당(保守黨)의 본능을 드러냈다. 그들은 가난한 사람을 모욕하는 말투로 돈 이야기를 꺼냈으며, 브레빌 백작은 프러시아군 때문에 자신이 입은 손해에 관해 이야기를 했다. 그가 말한 손해란 도난당한 가축과 올해의 수확물이 엉망이었다는 것을 두고 하는 말이었다. 그러나 그는 흥분하지 않고 차분한 말투로 이야기했으며, 그런 손해를 입어 생활이 곤란해진다 해도 기껏해야 1년이면 만회할 수 있다는 억만장자다운 태도를 보이기도 했다.

카레 라마동은 면직물 업계에서 사업을 하다가 괴로운 경험을 몇 번 당했던 사람이라 만일의 경우에 대비하여 영국에 60만 프랑을 보내 놓기까지 한 주도면밀함을 보였다. 불시에 어떤 일을 당할지 모르는 일이기 때문이었다. 르와조로 말하면 땅굴 창고에 남아 있는 포도주 전부를 프랑스군 병참부에 팔아 넘기기로 수배해 두었으므로 국가는 그에게 막대한 채무가 있는 셈이었고, 그는 르 아브르에 가서 그 돈을 받을 작정이라고 했다.

세 사람은 이러한 이야기들을 통해 서로 마음이 통한 것 같았다. 각기 신분은 달랐지만 돈이라는 공통분모로 인해 마치 형제라도 된 듯한 느낌이 들었던 것이다. 그들은 재빨리 시선을 주고받았다. 바지 호주머니에 손을 넣고 금화 소리를 내는 무리, 즉 돈을 가진 자들끼리의 일대 비밀 결사대에 소속한다는 뜻이었다.

마차는 너무나 느리게 달려 아침 10시가 되었는데도 아직 4마일도 채 가지 못했다. 언덕길에 이르러서는 그곳을 걸어서 올라야 했기 때문에 세 남자들은 세 번이나 마차에서 내려야 했다. 일동은 슬슬 걱정되기 시작했다. 토트에서 점심을 먹을 예정이었는데 이렇게 된다면 밤이 되기 전까지 그곳에 도착하기란 불가능했기 때문이다. 서로들 어디 길가 주점이라도 없을까 해서 창 너머로 살피고 있었으나 마차가 눈구덩이 속에 처박히는 바람에 그것을 끌어내는 데만도 두 시간이나 걸렸다.

사람들은 차츰 허기가 심해져서 마음까지 산란해지기 시작했다. 그러나 그 어디에서고 문을 연 허름한 요릿집 하나 보이지 않았으며 선술집 하나 없었다. 프러시아군의 접근과 굶주린 프랑스군의 통과로 인해 잔뜩 겁을 집어먹은 주인들이 아예 문을 닫아걸었기 때문이다.

남자들은 길가의 농가로 음식물을 얻기 위해 달려가 보기도 했으나 빵조차 얻을 수 없었다. 의심 많은 농부들이 병사들에게 약탈당할 것을 두려워해서 모든 식량을 숨겨 버린 것이다. 전쟁에 지친 병사들은 입에 들어가는 것이 아무것도 없었으므로 먹을 것을 발견하기만 하면 완력을 써서라도 빼앗아 가곤 했다.

오후 1시쯤 되자, 르와조는 위에 큰 구멍이 뚫린 것 같다며 입을 열기 시작했다. 모두들 아까부터 그와 똑같은 괴로움을 느끼고 있던 터였다. 사람들은 무엇이든 좀 먹어야 한다는 생각으로 가득 차 시시각각으로 대화를 삼켜 버리곤 했다.

가끔 누군가가 하품을 하면, 거의 기다렸다는 듯이 연달아 하품을 해대기도 했다. 각자의 성격과 사회적 지위에 따라 점잖게 입을 벌리고 김을 토해 내는가 하면, 조심성 없이 소리를 내며 요란한 몸동작을 해 보이는 사람도 있었다.

불 드 쉬프는 네댓 번인가 자신의 치맛자락에서 무언가를 찾는 듯 몸을 구부리더니 일순 머뭇거리며 주위를 한번 둘러보고는 다시 조용히 몸을 일으키곤 했다. 사람들의 얼굴은 점점 창백해져 갔다.

르와조는 햄이 든 작은 자루가 있다면 1천 프랑을 지불하고서라도 사겠다고 말했다. 그의 아내는 터무니없는 소리 말라며 입을 열려다 도로 입을 다물어 버렸다. 그녀로서는 낭비하는 일은 말만으로도 질색이었고 그런 것은 농담조차 받아들이지 못하겠다는 태도를 보였다.

"아, 정말 참기 힘들군. 어째서 음식을 가져와야겠다는 생각을 하지 못했을까."

하고 백작이 말했다. 그러자 각자가 똑같은 후회를 하고 있는 표정들이 역력했다.

그런데 코르뉘데는 물통에다가 럼주를 담아 가지고 왔다. 그는 그것을 사람들에게 권했으나 모두 쌀쌀하게 거절했다. 다만 르와조만이 럼주를 조금 얻어 마시고는 물통을 돌려주며 사례를 했다.

"아, 어쨌든 술이란 좋은 것입니다. 몸도 따뜻해지고 허기가 좀 없어지네요."

그는 술기운에 기분이 좋아져서인지 다음과 같이 말했다.

"왜, 노래에도 있잖습니까? 작은 배의 갑판에서 한다는 그런 짓을 우리도 해 보면 어떨까요?"

즉 배에 탄 손님 중에서 가장 비계 많은 자를 잡아먹자는 노래 가사를 두고 한 말이었다. 불 드 쉬프를 두고 간접적으로 한 이 농담은 태생이 점잖은 사람들의 기분을 상하게 해서 아무도 이에 맞장구를 치는 자가 없었다. 다만 코르뉘데만이 능글맞게 웃어 보였다.

두 수녀는 입 속으로 기도를 올리는 일을 그만두고 큰소매 속으로 두 손을 찔러 넣은 채 꼼짝 않고 앉아서 완고한 표정으로 눈을 감고 있었다. 하늘이 보낸 그 괴로움을 하늘로 돌려보내려 하고 있음이 분명했다.

드디어 3시가 되었다. 눈에 보이는 것이라고는 마을 하나 없는 끝없이 펼쳐진 벌판뿐이었다. 불 드 쉬프는 갑자기 불쑥 몸을 굽히더니 좌석 밑에서 흰 천을 씌운 커다란 광주리를 끌어냈다.

그녀는 먼저 작은 오지 접시와 은으로 만든 얇은 술잔, 그리고 커다란 그릇을 광주리 속에서 끄집어냈다. 그릇 속에는 잘게 칼질이 된 통닭 두 마리가 젤리에 재여 있었다. 그 외에도 여러 가지 맛있는 음식이 많이 들어 있는 것이 보였다. 파이며 과일, 과자 등 요컨대 여관이나 식당 신세를 지지 않고도 사흘 동안의 여행을 충분히 할 수 있는 만큼의 음식이 준비되어 있던 것이다. 게다가 광주리 안에는 네 개나 되는 술병이 그 가느다란 목을 음식물 사이로 내밀고 있었다.

그녀는 닭고기의 가슴살을 뜯더니 노르망디에서 '레장스'라 불리는 작은 빵을 곁들여 맛있게 먹기 시작했다.

그러자 모든 눈길이 그쪽으로 쏠렸다. 주위는 음식 냄새로 가득 찼다. 함께 탑승한 사람들의 콧구멍은 냄새로 인해 벌름벌름거렸으며, 크게 벌려진 입에는 군침이 돌았다. 어찌나 입맛을 다셨는지 귀밑 언저리에서 아픔이 느껴질 정도로 턱이 당겨졌다. 그러나 매춘부를 대하는 부인들의 모멸은 광포하리만큼 고조되었다. 그녀를 죽여 버리거나, 그렇지 않으면 술잔이며 음식물 등 그녀가 가져온 광주리와 함께 그녀를 눈구덩이 속으로 처박아 버리고 싶은 심정이었다.

르와조는 그 통닭구이가 담겨진 그릇을 뚫어지게 바라보며 말했다.

"야아, 참 훌륭하시군요. 이렇게 준비를 잘 해 오시다니……. 어디를 가든 항상 빈틈없는 사람이 있다니까요."

여자는 고개를 들어 르와조를 쳐다보며 말했다.

"좀 드셔 보시겠어요? 아무것도 먹지 않고 견딘다는 건 힘든 일이죠."

르와조는 가볍게 고개를 숙이고는 말했다.

"아, 배에 든 것이 없어서 더 이상 사양할 수가 없군요. 이제는 오기만으로 버티기에도 한계가 왔습니다. 왜, 전시(戰時)에는 전시답게라는 말도 있잖습니까? 그렇죠?"

이렇게 말한 그는 주위를 둘러보며 덧붙였다.

"이렇게 힘든 상황에서 친절을 베풀어 주는 사람이 있다는 건 정말 감격할 노릇이지요."

그는 바지에 음식물이 묻을까 봐 조심조심 신문지를 폈다. 그리고 늘 호주머니에 넣고 다니는 잭나이프 끝으로 젤리가 잘 발라진 번들번들한 허벅다리 살 한 쪽을 베어 내고는 맛있게 뜯어먹기 시작했다. 그러자 누군가 신음하는 듯한 깊은 한숨을 내쉬었다.

불 드 쉬프는 조심스럽게 수녀들을 향해 음식을 권했다. 두 수녀는 그녀의 제의를 즉각 받아들이고는 감사의 기도를 올리며 눈길을 아래로 내리깐 채 음식을 먹기 시작했다.

코르뉘데도 그 여자의 제의를 사양하지 않았다. 그리고 수녀들과 함께 무릎 위에 신문지를 펴고는 즉석으로 식탁을 만들었다.

쉬지 않고 입들이 열렸다가 닫혔다. 맹렬한 기세로 음식물이 입에 넣어지고 삼키는 소리가 들렸다. 르와조는 한쪽 구석에서 부지런히 먹고 있다가 아내를 쳐다보며 음식을 권했다. 그의 아내는 남편의 권유에 오랫동안 냉소를 보였으나, 끝내는 창자 속에서 경련이 일어나는지 무릎을 꿇고 말았다. 그래서 남편은 이 '매혹적인 합승객'에게 자기 아내에게도 조금 나누어줄 수 있느냐며 되도록이면 정중하게 말하려고 애를 썼다.

그 여자는 상냥한 웃음과 함께 그릇을 내밀며 말했다.

"물론이죠. 좋고 말고요."

보르도 술병 뚜껑을 막 따자 난감한 일이 발생했다. 하필 술잔이 하나밖에 없었던 것이다. 그래서 입에 닿았던 부분만 닦아서 잔을 돌리기로 했다. 단지 코르뉘데만은 여자에게 공손히 구는 버릇이 있어서 그런지 여자의 입술이 닿아 아직 채 마르지도 않은 데에다 자기 입술을 갖다 댔다.

이렇게 마구 먹어대고 있는 무리들에게 둘러싸인 브레빌 백작 부부와 카레 라마동 부부는 음식물에서 나는 냄새 때문에 숨이 막힐 지경이었다. 이들은 그야말로 그리스 신화에 등장하는 탄탈로스(천상에서 신들의 음식을 훔쳐 인간에게 주었기 때문에 지옥에 떨어져 영원한 형벌을 받게 되었는데 그 벌이란, 늪 속에 목까지 잠겨 있게 하고 머리 위에는 익은 과일이 열려 있는 나뭇가지가 늘어져 있으나, 손을 뻗쳐 과일을 따려고 하면 나뭇가지는 위로 올라가고, 물을 마시려고 하면 물이 입 아래로 내려가, 영원한 굶주림과 갈증으로 고통을 받고 있는 인물이다—옮긴이)와도 같은 고통을 당하고 있었다. 그때 갑자기 카레 라마동 부인이 긴 한숨을 내쉬는 바람에 모두가 그녀를 돌아다보았다. 그녀의 얼굴은 바깥의 하얀 눈처럼 창백했다. 그리고는 눈을 감은 채 고개를 아래로 푹 하고 떨구었다. 실신한 것이다.

남편은 안절부절못하고 사람들에게 구원을 요청했다. 모두들 당황해서 덤벙거리고 있는데 나이 많은 수녀 하나가 침착하게 병자의 고개를 받쳐 주며 불 드 쉬프의 술잔을 그녀의 입술 사이로 밀어 넣고는 포도주 몇 방울을 떨어뜨렸다. 미인으로 알려진 부인은 잠시 후 몸을 움직이더니 눈을 떴다. 그녀는 미소를 지어 보이며,

"이제 괜찮습니다."

하고 죽어 가는 소리로 말했다. 그렇지만 또다시 쓰러질 염려가 있었기 때문에 그 나이 지긋한 수녀는 술잔에 보르도 포도주를 가득 부어 억지로 입에 떨어뜨려 주며 말했다.

"허기에 지쳐 그런 겁니다. 별일 아니에요."

그러자 불 드 쉬프는 여태껏 음식을 먹지 못한 나머지 네 명을 향해 더듬더듬 말을 했다. 그런 그 여자의 얼굴은 새빨개졌다.

"저쪽의…… 나리들이나…… 부인에게도…… 음식을…… 좀…… 드릴 수 있으면…… 좋겠는데……."

그녀는 그렇게 말하고는 마치 자신이 무슨 실례라도 범한 것이나 아닌지 모른다는 생각이 들어 입을 꼭 다물었다. 그 뒤를 이어 르와조가 말을 받았다.

"아, 그럼요, 그럼요, 이런 상황에선 모두가 형제입죠. 그러니 서로 돕는 것은 당연합니다. 자아, 염려 마시고 부인네들께서도 음식을 받으십시오. 뭐, 상관 있습니까? 오늘 밤 우리가 묵을 곳이나 있을지 그것조차 모르는 판국인데요. 이런 식으로 가다가는 내일 점심 전에 토트에 닿을지 안 닿을지도 알 수 없는 일입니다."

르와조가 그렇게까지 말했는데도 모두들 주저하는 눈치를 보였다. 그리고는 감히 그러겠노라고 말하는 자가 아무도 없었다.

결국 백작이 나서서 이 문제를 해결했다. 그는 눈치를 살피고 있는 창부를 향해 귀족답게 거드름을 피우며 말했다.

"나누어주신다니 기꺼이 받겠소."

첫발을 들여놓는 것이 어렵지 일단 들여놓고 나니 모두들 체면 따위에는 아랑곳하지 않았다. 그렇게 많은 사람들이 먹어 치우니 곧 광주리가 바닥나고 말았다. 그래도 아직은 거위 간으로 만든 파이나 종달새 파이, 구워 낸 소의 혀, 크라산의 배[梨], 퐁 레베크의 향신료를 듬뿍 넣은 빵, 한입에 넣는 브티 플 과자, 게다가 식초에 절인 오이와 양파가 가득 든 그릇이 남아 있었다. 불 드 쉬프도 역시 다른 여자와 다름없이 싱싱한 날것을 좋아했던 것이다.

여자에게서 음식물을 얻어먹고 있으면서 아무 말도 걸지 않는다는 건 예의에 어긋난 일이다. 그래서 조심스레 세상 돌아가는 이야기를 꺼냈으나 의외로 불 드 쉬프가 예절바른 행동을 취했으므로 사람들은 그녀를 경계하지 않고 편하게 대화할 수 있게 되었다.

세상일에 대해 훤한 브레빌 부인과 카레 라마동 부인은 도를 넘어서지 않는 범위 내에서 그녀에게 상냥하게 굴었다. 백작 부인은 더럽힘을 당하는 일만 없다면 신분 높은 귀부인이 취할 수 있는 싹싹하고 너그러운 태도를 유감없이 발휘했다 그러나 체구가 큰 르와조의 아내는 마치 헌병 같은 근성을 지닌 위인이어서 좀처럼 친숙해지려고 들지 않았다. 그녀는 말을 거는 대신 먹는 데에만 열중했다.

화제는 자연히 전쟁에 관한 것으로 돌아갔다. 프러시아군의 잔학 행위와 프랑스 병사들의 용감상이 주된 내용이었다. 루앙 시를 빠져 나온 이 사람들은 입을 모아 남의 용기를 찬양했다. 그리고는 이윽고 개인의 경험담을 이야기하기 시작했다.

불 드 쉬프는 진정으로 감동했다는 듯이, 간혹 창부들이 화를 낼 때 보이는 열띤 말투로 루앙을 떠날 때의 모습을 다음과 같이 말했다.

"처음에는 이렇게 떠나게 될 줄은 모르고 시가지에 남아 있게 될 줄로만 알았어요. 그래서 무작정 시가지를 빠져 나오기보다는 먹을 것은 듬뿍 준비해 놓고 차라리 병사 대여섯 명을 먹이며 지내는 편이 나으리라고 생각한 거죠. 그런데 실제로 프러시아의 병사와 맞닥뜨리니까 내 스스로를 주체할 수가 없더군요. 나도 모르게 욱하고 화가 치밀었거든요. 그래서 분한 마음에 하루 종일 울고 또 울었답니다. 내가 남자였다면 그대로 두지는 않았을 거예요. 나는 계속해서 창문을 통해 그들에게 눈을 흘겼지요. 뾰족한 헬멧을 쓴 그 뚱보들한테 말이에요. 오죽하면 내 하녀가 손목을 잡고 놔주지를 않았겠어요. 내가 방안에 있는 도구를 놈들의 등에다가 내던져 버리려 했거든요. 그런데 놈들이 우리 집에도 분숙(分宿)을 하러 왔더군요. 나는 맨 먼저 들어온 놈의 목에 달려들었답니다. 놈들도 인간인데 목 졸라 죽이는 데 힘이 더 들 것은 없었으니까요. 누군가가 내 머리채만 낚아채지 않았더라면 틀림없이 그놈을 처치하고 말았을 겁니다. 일이 이렇게 되자 나는 몸을 숨겨야 했어요. 그래서 이렇게 도망을 치게 된 거랍니다."

여자는 모두에게 대단하다는 칭송의 말을 들었다. 그렇게 보이지 않았던 여자가 그런 용감무쌍한 행동을 했다는 것을 알자 그때까지도 별다른 빛을 보이지 않았던 합승객들은 갑자기 그녀를 존경의 눈길로 바라보기 시작한 것이다.

코르뉘데는 마치 사제가 신을 칭송하는 신자의 말을 듣고 있는 듯한 태도로 여자의 말에 귀를 기울이며 악의 없는 사람답게 호의적인 미소를 띠고 있었다. 즉 법복을 입은 인간이 종교를 독점하듯이, 수염을 길게 기른 공화주의자가 애국심을 판매하는 태도를 보인 것이다. 그는 자신이 말할 차례가 되자 거드름을 피우며 매일같이 벽에 나붙은 포고문을 읽다가 배운 문구를 늘어놓기 시작했다. 마지막에 가서는 당당한 연설 투가 되어 거창하게 '바댕게의 방탕자(나폴레옹 3세의 별명)'를 규탄하고 있었다.

그때였다. 잠자코 이야기를 듣고 있던 불 드 쉬프가 갑자기 성을 냈다. 여자는 보나파르트(정식 이름은 샤를 루이 나폴레옹 보나파르트이다 ─ 옮긴이) 편이었던 것이다. 그녀는 버찌보다 더 빨개진 얼굴로 너무나 분개한 나머지 더듬거리며 말했다.

"당신이 그 사람의 위치에 있었다면 어떻게 했을지 보고 싶군요. 물론 훌륭하게 해내셨을 테죠! 그 사람을 배반한 사람들은 바로 당신들 아닌가요? 당신들 같은 도락가들이 나라를 다스릴 양이면 차라리 프랑스에서 도망치겠어요."

코르뉘데는 안색 하나 변하지 않고 여전히 잘난 체하는 표정을 하고 있었지만 입가에는 경멸적인 미소를 띠고 있었다. 그래서 당장에라도 난폭한 말이 튀어나올 것만 같았다. 그러자 백작이 그 사이에 끼어들어, 모든 사람들의 의견은 존중되어야 한다며 엄숙하게 선언하고 나섰기에 격앙된 창부 불 드 쉬프는 마음을 진정시켰다. 한편 백작 부인과 카레 라마동 부인은 상류층에 속하는 여자로서, 화려한 전제적(專制的) 정부에 대한 여자로서의 본능적 애정을 품고 있었으므로, 공화주의자들에 대해 무작정 증오를 하고 있던 터였다. 그런데 자기들과 비슷한 생각을 하고 있는 이 당당한 매춘부에게 점점 마음이 끌리고 있었다.

이제 광주리는 텅 비었다. 열 사람이 붙어서 먹어 치웠으니 오죽했으랴. 오히려 광주리가 좀더 크지 않은 것이 유감스러울 정도였다. 세상 돌아가는 이야기는 다시 계속되었으나 모두가 음식을 다 먹고 난 뒤라 다소 열이 식은 것 같았다.

날은 차츰 저물어 주위는 조금씩 어두워져 갔다. 배를 채우고 나니 이번에는 추위가 고통으로 다가왔다. 불 드 쉬프는 살찐 몸에도 불구하고 추위로 벌벌 떨고 있었다. 그러자 브레빌 부인이 아침부터 몇 번이나 탄을 바꾸어 넣은 손난로를 그녀에게 권했다. 발이 꽁꽁 얼 것만 같았던 불 드 쉬프는 곧 그 제의를 받아들였다. 카레 라마동 부인과 르와조 부인도 두 수녀들에게 자신들의 손난로를 빌려 주었다.

마부는 이미 등불을 켜 놓았다. 등불은 마차에 매여진 말의 엉덩이의 땀에서 피어오르는 김과 길 양옆의 눈을 비추고 있었다. 빛의 반사 때문인지 눈이 자꾸 뒤로 미끄러져 가는 것 같은 느낌이 들었다.

이제 마차 안은 사물을 분별할 수 없을 정도로 어두워졌다. 갑자기 불 드 쉬프와 코르뉘데 사이에서 무엇인가 움직이는 기척이 있었다. 어둠 속을 뚫어지게 바라보고 있던 르와조는 긴 수염을 기른 사나이가 소리나지 않게 멋진 따귀라도 한 대 맞았는지 날쌔게 몸을 날려 떨어져 나가는 것을 본 듯했다.

마차가 달리는 앞길에서 갑자기 작은 불빛들이 점점이 보였다. 토트였다. 마차는 여기까지 11시간을 달려온 것이다. 그러나 말에게 귀리를 먹이고 한숨 돌릴 수 있는 시간을 네 번이나 준 것을 합한다면 13시간을 달려온 셈이나 마찬가지다. 이윽고 마차는 마을로 들어섰다. 마부는 콤메르스라는 간판이 붙은 여인숙 앞에서 마차를 세웠다.

마차는 이미 멎어 움직이지 않고 있었는데도 불구하고 아무도

비곗덩어리

61

그 안에서 내리려 하지를 않았다. 마치 땅에다가 발을 내딛는 날에는 죽기를 각오하기라도 해야 하는 양 여기는 듯했다. 그러자 마부가 등불을 들고 나타났다. 그때까지 가만히 앉아 있던 사람들은 갑자기 마차 안이 환해지자 겁을 집어먹은 채 당황하고 있었다. 느닷없이 등불이 비쳐 오니 놀라움과 두려움으로 인해 입이 멍하니 벌어지고 눈이 크게 떠졌다.

마부 옆에는 한 프러시아 장교가 온몸에 등불을 받으며 서 있었다. 몹시 야위고 키가 큰 금발의 청년이었다. 코르셋을 착용한 아가씨처럼 몸에 딱 맞는 군복 차림을 한 그는 초칠이 된 납작한 군모를 비스듬하게 쓴 모습이 마치 영국 호텔의 보이와 흡사했다. 그는 양쪽으로 갈라진 코밑 수염을 기르고 있었는데 끝으로 갈수록 가늘어져서 맨 끝에 가서는 한 가닥의 금실처럼 보였다. 그러나 그것은 어울리지 않게 숱이 많고 덥수룩해서 입가에 묵직한 뭔가가 달린 것처럼 보였고, 그 때문에 뺨이 늘어져 입술 아래로 주름이 잡혀 있었다.

그는 알자스 사투리가 섞인 프랑스어로,

"모두 내리십시오."

하고 딱딱하게 말하며 여행자들을 재촉했다.

모든 복종에 익숙한 동정녀(童貞女)답게 두 수녀가 앞장서서 명령에 따랐다. 이어서 백작 부부와 카레 라마동 부부가 뒤를 따랐다. 그 다음에는 르와조가 몸집이 큰 그의 아내를 앞세우며 내려왔다. 르와조는 발을 땅에 디디면서 그 프러시아 장교를 향해,

"안녕하쇼."

하고 인사를 했다. 그러나 그것은 예의를 차린 인사라기보다는 조심스러운 마음에서였다. 장교는 그런 그를 흘끔 바라보기만 할 뿐 아무런 대꾸도 하지 않았다.

불 드 쉬프와 코르뉘데는 출입구 가까이 있었음에도 불구하고 맨 나중에 내렸다. 적 앞에서 늠름하고 당당하게 굴고 싶었기 때문이다. 살이 찐 불 드 쉬프는 되도록 감정을 억제하고 냉정해지려고 애를 썼다. 공화주의자 쪽은 붉은 턱수염을 다소 떨리는 손으로 쓰다듬고 있었는데 그 모습이 비극적이었다.

그 둘은 다소나마 나라를 대표한다는 심정에서 위엄을 유지하려고 노력했다. 그러나 합승객들이 무기력한 모습을 보이고 있는 데에는 똑같이 분개하고 있었다. 불 드 쉬프는 주위의 여인네들보다는 의연한 태도를 보이려 했고, 코르뉘데는 나름대로 모범을 보여야겠다고 느꼈다. 그래서인지 모든 태도에 있어서 예전에 적의 침입을 막기 위해 도로를 파괴했던 때부터 시작된 항전(抗戰)의 사명을 계속하고 있었다.

일행은 여인숙의 넓은 부엌으로 들어갔다. 프러시아 장교는 여행자의 이름과 인상, 그리고 직업이 기입되어 있는 군사령관의 출발 허가증을 제출하라며 요구했다. 그리고는 기재 조항과 본인이 맞는지를 일일이 확인하며 대조를 했다.

그리고 나서는,

"좋소."

하며 퉁명스럽게 말하고는 어디론가 가 버렸다.

일행은 안도의 숨을 쉬었다. 그러나 다시 배가 고파 왔으므로 음식을 주문해야 했다. 여인숙측에서는 준비하는 데 30분은 족히 걸린다고 대답해 왔다. 하녀 둘이 부지런하게 일하는 모습을 보이는 동안에 일행은 방을 보러 갔다. 복도 끝에 나란히 붙어 있는 방은 유리 문으로 되어 있었으며, 알 수 없는 번호(100번 · 변소)가 표시되어 있었다.

기다리던 끝에 일행은 간신히 식탁에 둘러앉을 수가 있었다. 그런데 거기에 여인숙 주인이 몸소 모습을 나타냈다. 그는 말지기 출신의 뚱뚱한 사나이로 해소병 때문에 언제나 숨찬 소리를 냈으며, 목구멍에서는 끊임없이 가래 끓는 소리가 들려 왔다. 포랑비(살아 있는 미치광이)라는 묘한 이름이 그가 어버이로부터 물려받은 이름이었다.

주인이 물었다.

"엘리자베스 루세 님이 어느 분이십니까?"

불 드 쉬프가 찔끔해서 돌아다보았다.

"나예요."

"프러시아 장교가 할말이 있답니다."

"나에게 말입니까?"

"그렇습니다. 당신이 분명 엘리자베스 루세 님이라면 말입니다."

그녀는 잠시 당황하며 생각에 잠기는 듯하더니 딱 잘라 이렇게

64

말했다.

"불렀는지는 모르겠지만 나는 가지 않겠어요."

그러자 주위에서 웅성거리기 시작했다. 제각기 멋대로들 말을 주고받으면서 그 명령의 이유를 이리저리 생각해 보는 것이었다. 잠시 후 백작이 곁으로 다가왔다.

"그건 잘못된 생각이오, 당신이 거절한다면 당신 하나로 끝나는 것이 아니라 합승한 사람들 전부가 곤란을 겪을지도 모르는 문제잖소. 강한 자에게는 맞서지 않는 게 현명하오. 잠깐 얼굴만 내놓는 것이라면 별위험은 없을 것이오. 수속 절차 시 필경 빠진 점이 있었을 거요."

모두가 백작의 말이 맞다며 그의 말에 성원을 보냈다. 그리고는 불 드 쉬프에게 재촉하기도 하고 설교하기도 하면서 마침내 그녀를 설득할 수가 있었다. 사람들은 물불 안 가리는 불 드 쉬프의 태도로 보아 어떤 일이 발생할지도 모른다는 생각에 두려웠기 때문이다. 마침내 불 드 쉬프가 이렇게 말했다.

"내가 나가는 건 순전히 당신들을 위해서 그러는 겁니다. 아시겠어요?"

백작 부인이 여자의 손을 잡으며 말했다.

"당신의 태도에 모두들 고마워할 거예요."

드디어 불 드 쉬프가 밖으로 나갔다. 그녀를 기다려야 했으므로 일행은 모두 식탁에서 물러나야 했다.

사람들은 저마다 생각에 잠겼다. 왜 하필이면 저렇게 거칠고 화를 잘 내는 창부가 불려 나갔을까? 왜 저 여자 대신 내가 불려 나가지 않았지? 하며 내심으론 모두 안타까워했던 것이다. 그리고는 모두들 다음 차례에 자신이 불려 가게 되면 어떤 식으로 아양을 떨어야 할지 마음속으로 준비하고 있었다.

그런데 한 10분쯤 지나자 불 드 쉬프가 얼굴이 시뻘개져 가지고 흥분해서 돌아왔다. 그리고 숨을 거칠게 몰아쉬며,

"빌어먹을 놈! 빌어먹을 놈!"

하며 같은 말을 되풀이하면서 분을 삭이고 있었다.

모두들 그 까닭을 알고 싶어했으나 불 드 쉬프는 한 마디도 하지 않았다. 그래도 백작이 집요하게 캐묻자 여자가 눈을 치켜 뜨며 대답했다.

"아뇨, 말하지 않겠어요. 당신들과는 관계없는 일입니다."

그래서 하는 수 없이 일행은 양배추 냄새가 솔솔 나는 밑이 깊은 수프 냄비를 둘러싸고 자리를 잡았다. 간담이 서늘했던 사건을 뒤로 하고 저녁 식탁의 분위기는 비교적 쾌활했다. 르와조 부부와 두 수녀들은 돈을 아끼기 위해 사과주를 청했다. 사과주는 상급품이었다. 코르뉘데를 제외한 다른 사람들은 모두 포도주를 주문했다.

코르뉘데는 맥주를 가져오라고 했다. 그는 마개를 딴 후 잔에다가 거품이 일게 따르더니 그 잔을 말없이 바라보았다. 그리고는 잔을 쳐들어 등불에 비춰 보며 그 빛깔을 유심히 감상했다. 그것이 맥주를 마시는 그만의 독특한 방식이었다. 그의 긴 수염은 애

음하는 맥주와 같은 빛깔이었는데 마치 맥주에 대한 애정으로 떠는 것처럼 보였다. 비스듬히 잔을 세워 돌리고 있던 그는 한순간도 놓치지 않고 눈으로 잔을 쫓고 있었다.

그러한 그의 모습은 '나는 이 일을 수행하기 위해 태어났다.' 하는 투였다. 그의 모든 생활을 차지하고 있는 두 가지 큰 정열, 그러니까 빛깔 고운 맥주와 공화주의로의 혁명이라는 두 가지 큰 정열을 하나로 연결하는 친화력을 마음속으로 생각하는 것 같았다. 즉 그는 맥주를 천천히 음미하면서 틀림없이 혁명을 생각했으리라.

포랑비 부부는 식탁 끝에 앉아서 식사를 하고 있었다. 고장난 기관차와도 같은 소리를 내며 음식을 먹는 남편은 숨이 차서 음식을 먹는 것만도 힘들어 씩씩거렸으나 아내는 줄곧 수다를 떨며 식사를 하고 있었다. 듣자 하니 그녀는 프러시아군이 도착했을 때의 인상을 낱낱이 엮어 대고 있는 중이었다. 그들이 한 일, 그들이 한 말들을 되뇌고 또 되뇌었다. 그 말투에는 미움이 어려 있었는데 그것은 우선 그들이 그녀로 하여금 돈을 쓰게 했기 때문이며, 다음으로는 두 아들을 군대에 빼앗긴 때문이었다. 그녀는 신분 높은 부인과 같이 앉아 식사를 하고, 이야기를 나누는 것이 기뻐서 특별히 백작 부인에게 더욱 많은 말을 걸었다.

그리고 여러 가지 미묘한 말을 할 때는 은근히 음성을 낮추기도 했다. 남편은 가끔 그런 아내의 말을 가로막으며 이렇게 말하곤 했다.

"입을 다물고 있는 게 좋아, 그런 일은……."

그러나 아내는 남편의 말에는 전혀 신경 쓰지 않고 계속 지껄여 댔다.

"그렇답니다, 부인. 그 녀석들 하는 짓이라곤 감자와 돼지고기를 먹는 것뿐이라니까요. 게다가 부인 앞에서 이런 말씀드리기는 뭣하지만 얼마나 불결한지 몰라요. 글쎄, 아무데나 가리지 않고 대소변을 본다니까요. 또 훈련하는 모습은 얼마나 우스꽝스러운지, 모두들 들판으로 나가서는 앞으로 가, 뒤로 돌아, 우향우, 좌향좌를 몇 시간이고 계속해서 되풀이하는 꼴이 바보스럽기 짝이 없더라고요. 하다못해 밭이라도 일구고 고향으로 돌아가서 길이라도 넓히는 편이 더 낫지 않겠어요? 암요, 그게 차라리 낫지요. 군대란 아무 짝에도 쓸모가 없는 것이에요. 살인하는 법이나 가르치는 군대를 위해서 우리 같은 가난뱅이가 군대를 먹여살려야 하다니 그게 어디 될 성싶은 일이냐고요. 아침부터 밤까지 괜한 걸음 연습으로 기진맥진한 놈들을 보니까 나 같은 무식한 할멈도 속이 터지더군요. 우리 사람들을 편하게 하고 또 유익한 것들을 발명하기 위해 계속 연구하시는 분도 계시다는데 한편에선 저렇게 재난을 일으키기 위해 뼈빠지게 걸음이나 걷고 있어야 하느냐고요. 정말이지 프러시아인이건, 영국인이건, 네덜란드인이건, 프랑스인이건 간에 사람을 죽이는 일이란 천부당만부당한 짓이죠. 자기에게 나쁜 짓을 한 녀석에게조차 보복을 한다는 건 옳지 않다고 했어요. 보복이란 죄를 짓는 일이니까요. 그런데 총으로 우리 아이들을 짐승 잡듯 죽이는 게 과연 옳은 일일까요? 보세요, 가장 많이 죽인 놈이 훈장을 탄다고 하니 그게 어디 말이나 될 법한 일이냐고요. 도대체 그럴 수가 있습니까, 네? 그렇죠? 도저히 이해할 수 없는 일이라니까요."

이때 코르뉘데가 언성을 높이며 말했다.

"전쟁이란 평화로운 이웃 나라를 공격할 경우에나 야만적인 것이지, 조국을 지키기 위해서는 성스러운 의무라오."

포랑비 부인은 이 말에 고개를 떨구며 말했다.

"물론 자신을 지키기 위해서라면 별문제겠지요. 애당초 그런 일을 저지르는 나라의 왕들을 죄다 죽여 버리는 것은 어떨까요?"

"멋진 말씀이오. 진작 그렇게 나왔어야지!"

코르뉘데가 두 눈을 번쩍이며 말했다.

카레 라마동은 깊은 생각에 잠겨 있었다. 그는 명성 높은 장군들을 열렬히 숭배하는 사람이었지만 이 하찮은 시골 여자의 사리 분별이 그로 하여금 무엇인가를 떠오르게 했기 때문이다. 만약 완성시키는 데 몇 백 년이나 걸리는 대규모 산업 공사가 있다면 거기에다가 이 헛되이 놀고 있는 군인들의 팔뚝을, 비생산적인 채로 방치되어 있는 이 쌀벌레들의 힘을 사용한다면 얼마나 효율적이며 한 나라에 번영을 가져다줄 것인가를 생각했던 것이다.

이때 르와조가 자리에서 일어나 여인숙 주인에게로 가더니 낮은 목소리로 무어라 말하기 시작했다. 뚱보 주인은 무엇이 그리 좋은지 연신 웃어제치다가 그만 사레에 걸려 기침을 하고는 가래를 뱉기까지 했다. 북처럼 뚱뚱한 그의 배는 르와조의 농담에 맞춰 즐거운 듯 파도치고 있었다. 그는 언제건 프러시아군이 철수하게 되면 봄철에 쓸 보르도 포도주 여섯 통을 사기로 약속했다.

모두들 긴 여행에 지칠 대로 지쳐 있었으므로 저녁 식사가 끝나자마자 일찍 잠자리에 들었다.

그런데 갖가지 사태를 관찰해 온 르와조는 아내가 먼저 잠들자 조용히 문 가까이로 다가갔다. 그리고는 열쇠 구멍에 귀를 대보기도 하고 눈으로 바깥을 들여다보기도 했다. 그는 소위 '복도의 비밀'을 엿보려고 하는 중이었다.

한 시간쯤 지나자 복도에서 옷자락 스치는 소리가 들려 왔다. 그는 얼른 열쇠 구멍으로 바깥을 내다보았다. 불 드 쉬프의 모습이 보였다. 흰 레이스로 옷섶을 장식한 푸른색 캐시미어 잠옷은 그녀를 더욱 뚱뚱한 모습으로 보이게 했다. 그녀는 한 손에 촛대를 들고 아까의 번호가 쓰인 문 쪽으로 걸어가고 있었다.

이윽고 옆방의 문이 조금 열렸다. 약 2~3분 후 그녀가 옆방에서 나오자 멜빵을 맨 코르뉘데가 그녀의 뒤를 따랐다. 두 사람은 작은 소리로 이야기를 나누더니 갑자기 걸음을 멈추었다. 남자는 어떻게 해서든 방으로 들어가려 했고 불 드 쉬프는 죽기 살기로 그것을 저지하는 듯했다.

르와조의 귀에는 그들이 하는 말이 도무지 들리지 않았지만 마지막에 가서는 그 둘의 목소리가 커졌으므로 끝의 몇 마디는 알아들을 수 있었다. 자세히 듣자 하니 코르뉘데가 몸이 달아서 그

녀에게 무엇인가를 조르는 참이었다. 코르뉘데는 이렇게 말하고
있었다.

"당신은 정말 바보로군. 당신으로서는 대수롭지 않은 일이잖
아. 안 그래?"

그러자 불 드 쉬프는 성이 난 투로 대답했다.

"절대 안 돼요. 전 아무데서나 그런 일을 하지 않아요. 그런 일
을 할 때가 있고 해서는 안 될 때가 있는 거예요. 게다가 여기서
그런 일을 한다는 건 수치스런 일이에요."

코르뉘데는 마음이 들떠 있는 판이라 그녀가 하는 말을 알아듣
지 못했다. 그래서 대체 왜 그러느냐고 묻는 중이었다. 그의 말을
듣자 불 드 쉬프는 화를 벌컥 내며 쏘아붙였다.

"왜 그러느냐고요? 내가 왜 그러는지 정말 그 까닭을 모르신다
는 말씀인가요? 프러시아인이 같은 지붕 밑에 있습니다. 아니, 어
쩌면 바로 옆방에 있을지도 모르겠군요."

남자는 그녀의 말에 아무런 대꾸도 없었다. 적이 바로 곁에 있
는 데서는 절대로 몸을 허락지 않겠다는 이 매춘부의 말에 그의
애국심이 막 땅에 떨어져 버릴 뻔한 수치심을 느꼈던 것이다. 그
는 마음을 환기시킨 후 불 드 쉬프에게 가벼운 입맞춤을 하고는
조용히 자기 방으로 돌아갔다.

이를 본 르와조는 몹시 흥분하여 잠들어 있는 아내 곁으로 껑충
뛰어갔다. 머리에 나이트 캡을 덮어쓰고 자는 그다지 볼품없는
아내에게 달려간 그는 아내가 덮고 자는 이불을 걷어치웠다. 그

리고는 연달아 키스를 해 대며 속삭였다.

"사랑해 줄 테야."

이 바람에 아내는 잠에서 깨고 말았다. 그리고는 온 여인숙이 고요에 휩싸였다. 다만 어느 방에선지 모르나 기운차게 코고는 소리가 규칙적으로 들려 올 뿐이었다. 기관차의 진동과도 같은 그 소리는 처음엔 커졌다가 여운을 남기듯 사라지면서 다시 커졌는데 바로 포랑비의 잠자는 숨소리였다.

이윽고 날이 밝았다. 8시에 출발할 예정이었으므로 모두들 일찍 일어나 부엌으로 모여들었다. 그러나 마차를 덮어놓은 포장에는 눈이 잔뜩 쌓인 채 치워지지 않은 상태였다. 더군다나 수레 끌채에는 말도 매여 있지 않았다. 마부 역시 어디로 갔는지 보이지 않았다. 다만 여인숙의 뜰 한복판에 마차만이 덩그렇게 세워져 있었다. 마부가 잤던 방과 마구간 이곳저곳을 두루 찾아보아도 마부의 모습은 보이지 않았다.

남자들은 주위를 살펴보기로 하고 바깥으로 나갔다. 마을 앞 광장으로 들어서니 그 끝에 성당이 있었고 광장 양쪽에는 추녀가 낮은 집들이 늘어서 있었다. 프러시아군의 모습이 곳곳에서 보였다. 최초로 눈에 띈 프러시아군은 감자 껍질을 벗기고 있었고, 조금 앞쪽에서는 두 번째 병사가 이발소 앞을 청소하고 있었다.

또 한 사람, 얼굴이 온통 수염투성이인 이 남자는 울어 대는 갓난아기를 안고 어떻게든 달래 보려고 무릎 위에서 얼러 대고 있었다. 남편과 가족들을 군대에 빼앗긴 뚱뚱한 시골 여자들은 몸

짓 손짓을 써 가며 유순한 정복자들에게 그들이 해야 할 일들을
가르치고 있었다. 장작을 팬다든가 수프를 만든다든가 커피를 끓
이는 일 따위의 소소한 일들이었다. 그중 한 남자는 자기가 머물
고 있는 안주인의 속옷까지 빨아 주는 정도였다. 안주인이라고는
하지만 거의 수족을 쓰지 못하는 할머니였다.

비 겟 덩 어 리

백작은 이 모든 상황에 깜짝 놀라 마침 사제관에서 나오는 성당
지기에게 물어 보았다. 그러자 신앙심 깊은 늙은 성당지기는 이
렇게 대답했다.

"이 사람들은 나쁜 사람들이 아니랍니다. 프러시아인이 아니라
는 얘기가 있어요. 어딘지는 모르지만 프러시아보다 좀더 먼 곳
사람들이래요. 이자들은 모두 고향에 처자식을 두고 온 사람들뿐
이라는군요. 그러니 전쟁 따위가 즐거울 까닭이 없지요. 그렇고
말고요. 저쪽에서도 떠나보낸 군인 때문에 분명 울고 있는 사람
이 있겠지요. 우리들도 그렇지만 저쪽에서도 전쟁 때문에 비참하
기는 매한가지 아니겠어요? 여기서는 그래도 이렇다 할 혹독한
일은 없었습니다. 저들도 나쁜 짓은 하지 않고 마치 자기 집인 양
일들을 하고 있지요. 뭐, 사는 게 다 그런 거 아니겠습니까? 가난
한 사람들은 그저 서로 돕고 살지 않으면 안 되니까요. 전쟁을 시
키는 것은 다 높은 놈들의 짓이지요."

코르뉘데는 정복자와 피정복자 사이에 성립되어 있는 이 협조
에 화가 났다. 그래서 차라리 숙소에 틀어박혀 있는 편이 낫겠다
고 하면서 돌아가 버렸다. 하지만 르와조는 늘 그렇듯이 또 장난

기 어린 생떼를 썼다.

"인구가 줄었으니 그 빈자리를 보충하고 있군."

카레 라마동은 정색을 하고 말했다.

"저들은 자신들이 한 짓에 속죄를 하고 있는 셈이지."

그러나 이곳에서도 그들이 찾고 있던 마부는 보이지 않았다. 하지만 여기저기 돌아다닌 끝에 간신히 마을의 한 찻집에서 예의 그 장교 부하와 의좋게 마주앉아 있는 그를 찾아냈다. 백작은 화가 나서 나무라듯이 그에게 물었다.

"여덟시에 말을 매기로 한 걸 잊었나?"

"네, 그렇긴 하지만요, 그 후 또 다른 지시를 받았기 때문에 어쩔 수가 없었습니다요."

"또 다른 지시라니?"

"말을 매지 말라더군요."

"누가 그런 지시를 내렸다는 건가?"

"그야 물론 프러시아 장교지요."

"어째서 그런 지시를 내렸지?"

"글쎄, 그건 저도 모르는 일입니다요. 궁금하시면 가서 한번 물어 보세요. 말을 매어서는 안 된다고 하니 명령에 따랐을 뿐이니까요. 그것뿐이에요. 정말입니다."

"대장이 직접 자네한테 그렇게 말했단 말이지?"

"직접 말한 게 아니라 장교의 명령이라고 하면서 여인숙 주인이 말했어요."

"그게 언제쯤 얘긴가?"

"아마 어제 저녁 잠들 무렵이었을 겁니다."

브레빌 백작과 카레 라마동 그리고 르와조 이 세 남자는 몹시 불안한 마음으로 돌아오고야 말았다.

그들은 여인숙 주인인 포랑비를 만나려고 했지만 그는 천식 때문에 절대로 아침 찬바람을 쐬면 안 되는 까닭으로 10시 전에는 일어나지 않는다고 그의 하녀가 전했다. 물론 불이 났을 경우를 제외하고는 어떠한 일이 있어도 10시 전에 깨워서는 안 된다는 엄명을 받았다는 것이다.

비곗덩어리

장교를 직접 만나 봐야겠다는 생각도 해 보았으나, 그가 같은 숙소에 머물러 있다고는 하지만 이것이야말로 포랑비를 깨우는 것보다 더 불가능한 일이라고 생각되었다. 군무 외의 일로 그를 만나는 일은 포랑비에게만 허용되어 있었기 때문이다. 그저 기다리는 것밖에는 도리가 없었다. 하는 수 없이 여자들은 도로 방으로 물러가 자잘한 일들에 시간을 보냈다.

코르뉘데는 부엌 한쪽에서 기세 좋게 불타고 있는 키 큰 난로 옆에 자리를 잡았다. 그는 그 앞에다가 작은 탁자 하나를 가져다 놓더니 맥주 한 병을 주문하고는 파이프를 꺼내 들었다.

이 파이프는 코르뉘데의 옆에서 시중을 들어줌으로써 마치 조국에 봉사라도 하는 것 같았다. 그래서 공화주의자들 사이에서는 코르뉘데에 대한 경의와 거의 맞먹는 대우를 받고 있는 물건이었다. 해포석(海泡石)으로 만든 이 멋진 파이프는 소유주의 이빨과

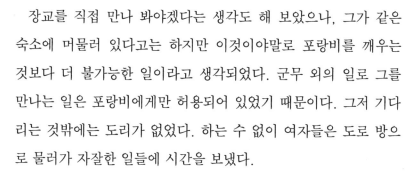

같을 만큼 까맣게 물들어 있었지만 좋은 향이 났고 윤이 반질반질 나 있었다. 또한 그것은 손에 익숙해져 있어서 그런지 코르뉘데에게 어떤 운치를 부여해 주고 있었다.

난로의 불길이라든가 잔에 담긴 맥주의 거품을 바라보면서 그는 꼼짝 않고 앉아 있었다. 한 모금씩 마실 때마다 그 야윈 손가락으로 기름기 있는 머리칼을 만족스러운 듯이 쓸어올리면서, 한편으로는 거품이 묻은 입가의 수염을 쓰다듬고 있었다.

르와조는 발이 저리다며 조금 걸어다녀야겠다고 했지만 그건 하나의 핑계였고 실은 이 고장의 소매상한테 술을 팔러 다니기 위함이었다.

브레빌 백작과 카레 라마동은 정치에 관한 이야기를 주고받았다. 두 사람은 프랑스의 미래를 점치고 있었다. 한 사람은 오를레앙가(家)의 복귀를 믿어 의심치 않았고, 다른 한 사람은 아무도 모르는 구세주, 즉 모든 것이 절망에 다다르는 순간에 영웅이 나타날 것을 믿었다. 뒤 게스클랭이라든가 잔다르크, 혹은 나폴레옹 1세와 같은 인물이 나타나지 말라는 법이 없지 않은가. 아, 황태자가 저토록 어리지만 않았어도…….

코르뉘데는 이 말을 듣고는 마치 앞일을 알고 있지만 말은 하지 않고 있는 사람처럼 입가에 엷은 웃음을 머금고 있었다. 그의 파이프에서 뿜어져 나오는 연기가 온통 부엌 안을 메웠다.

드디어 10시가 되자 포랑비가 나타났다. 사람들은 그에게 몰려들어 질문을 퍼부었다. 그러나 그는 마부와 똑같은 말을 토시 하나 틀리지 않고 되풀이했다.

"장교가 그러더군요. '포랑비 씨, 저 손님들이 타고 온 마차에 내일 말을 매어서는 안 된다고 전해 주시오. 출발을 보류시켜야 겠소. 알겠소?' 라고요."

그래서 일동은 어떻게 해서든 장교를 만나야 한다며 이야기를 모았다. 백작이 자신의 명함을 장교에게 보냈다. 카레 라마동도 거기에 자기의 이름과 직함을 써넣었다. 잠시 후, 프러시아 장교로부터 점심 식사 후에 면담을 허용한다는 전갈이 왔다.

방안에 틀어박혀 있던 부인들도 모습을 나타냈다. 일동은 불안해하면서도 음식물을 조금씩 입에 넣었다. 그러나 불 드 쉬프는 어디가 아픈 건지 안색이 좋지 않았고, 마음마저 어수선해 있는 것 같았다.

커피를 다 마시고 나니 장교의 부하가 남자들을 부르러 왔다. 르와조도 같이 동행하기로 했다. 그런데 이 면담에 한층 무게를 더하기 위해 코르뉘데도 같이 끌고 가려고 했으나 그는 프러시아 인과는 절대로 어떠한 관계도 갖지 않겠다며 한마디로 거절했다. 그리고는 다시 맥주를 주문하면서 난롯가로 가 앉았다.

그래서 세 사람만이 이층으로 올라가야 했다. 그들은 여인숙에서 가장 좋은 방으로 안내되었다. 장교는 팔걸이 의자 위에 눕다시피 앉아서는 발을 난로 위에 올려놓은 채 도자기로 된 파이프를 물고 있었다. 그는 요란한 색깔의 실내복을 걸치고 있었는데, 이것은 아마도 몰취미한 부르주아가 버리고 달아난 저택에서 훔친 것 같아 보였다. 그는 일어나지도 않고, 인사도 받지 않았다. 더군다나 그를 찾아온 사람들을 거들떠보지도 않았다. 그야말로 전쟁에서 이긴 군인의 건방진 태도를 보이고 있는 것이었다.

하지만 조금 시간이 흐르니 간단히 한마디 던졌다.

"무슨 일이오?"

백작이 입을 열었다.

"우리들은 지금 떠나야만 하오."

"그렇게는 안 되지."

"무슨 이유 때문인지 그 까닭을 말해 주시오."

"이유? 이유라……. 그냥 출발을 허락하고 싶지 않을 따름이오."

"같은 말을 되풀이하는 것 같아 미안하지만, 우리는 디에프까지 가도 좋다는 사령관의 허가증을 갖고 있소. 때문에 이런 조치를 받을 하등의 이유가 없다고 생각됩니다만."

"출발시키고 싶지 않소……. 이유는 그것뿐이오……. 이제 그만 물러들 가시지."

세 사람은 인사를 하고 물러날 수밖에 없었다.

오후는 정말 참담하게 보내야 했다. 아무리 생각해도 프러시아 장교의 변덕이 이해되지 않는 것이었다. 그래서 그들은 계속 엉뚱한 상상만을 할 수밖에 없었다. 이윽고 그들의 머리는 헷갈리기 시작했다. 모두들 별대안도 없이 앉아 끊임없는 토론을 거듭해야 했다. 있을 것 같지도 않은 일들을 상상하면서…….

어쩌면 우리를 인질로 붙잡아 두려는 것인지도 모른다. 그렇다면 무슨 목적 때문일까? 혹 포로로 데려가려는 건 아닐까? 그 대가로 막대한 몸값을 요구할 속셈인가? 이런 생각이 들자 그들은 차라리 몰래 도망치고 싶다는 생각이 굴뚝 같았다. 가장 돈이 많은 사람들이 가장 당황하는 모습은 정말 가관이었다. 그들은 목숨을 건지기 위해서 짤그랑거리는 금화가 잔뜩 담긴 자신들의 주머니를 넘겨야 할지도 모른다고 생각한 것이다.

여기에까지 생각이 미치자 사람들은 누가 보아도 믿을 만한 거짓을 만들기 위해 머리를 쥐어짜 내야 했다. 모두들 재산을 숨기고 자신은 가난뱅이라는 것을 보여주기 위해 궁리를 했다. 그러자 르와조가 제일 먼저 시계 줄을 풀어서 호주머니 속에 넣었다.

날이 저물자 사람들의 불안은 더해 갔다. 이미 등잔에 불이 붙여진 상태였지만 저녁 식사까지는 아직 두 시간 정도 남아 있었다. 르와조 부인은 트럼프 놀이를 하자며 제안했다. 그러면 울적한 기분이 좀 가실 것 같아 사람들은 모두 그 의견에 찬성했다. 그때까지 파이프를 물고 있던 코르뉘데도 예의를 지켜야 할 것 같아 파이프를 끄고는 놀이에 합세했다.

백작이 패를 치고 돌렸다. 불 드 쉬프는 단번에 으뜸패를 잡았다. 시간이 갈수록 게임은 흥미를 더해 사람들은 마음을 헤집어 놓았던 상념에서 잠시 벗어날 수 있었다. 다만 코르뉘데만이 르와조 부부가 익숙한 솜씨로 패를 속이고 있다는 것을 눈치챘다.

저녁 식사를 들기 위해 일행이 식탁에 앉으려고 할 때였다. 포랑비가 그들 앞에 나타나서는 예의 그 가래 끓는 목소리로 말했다.

"엘리자베스 루세 양이 생각을 달리하셨는지 아닌지, 프러시아 장교가 알아보고 오라고 하더군요."

이 말을 들은 불 드 쉬프는 파랗게 질린 채로 서 있었다. 그러고는 얼굴이 빨개지더니 분노한 나머지 숨이 막혀 제대로 입을 열지 못했다. 그녀는 간신히 고함 지르듯 말했다.

"그놈에게 전해 주세요. 그 더럽고 변변치 못한 프러시아 놈에게 절대로, 절대로 그럴 수는 없다고요. 절대로 그렇게는 하지 않겠다고 전하라고요! 알겠어요? 어떤 일이 있어도 바라는 대로 되지는 않을 것이라고요!"

뚱보 주인은 악을 써 대는 불 드 쉬프의 말을 듣고 밖으로 나갔다. 불 드 쉬프는 여러 사람에게 둘러싸여 질문을 받았다. 그들은 어제 장교가 불렀을 때 무슨 말을 했는지 그 비밀을 밝히라며 졸라 댔다. 불 드 쉬프는 완강히 거절하다가 마침내 흥분을 삭이지 못하고 소리쳤다.

"그놈이 뭐라 했냐고요? 그 더러운 놈의 요구가 뭔지 아시겠어요? 그놈이 글쎄, 나하고 같이 자고 싶다고 했어요. 됐어요?"

불 드 쉬프가 모든 걸 털어놓자 이 말에 기분이 상한 사람은 아무도 없었다. 모두들 불 드 쉬프와 마찬가지로 분노의 마음이 치솟았기 때문이다. 특히 제일 화가 난 코르뉘데는 그만 맥주 잔을 탁 하고 식탁에 놓는 바람에 깨지고 말았다. 이 비열한 군인에 대한 탄핵의 소리가, 분노의 한숨이, 마치 그녀에게 요구된 희생의 일부분을 각자가 요구받기라도 한 것처럼 사람들은 저항을 위한 단합으로 똘똘 뭉치게 되었다.

백작은, 이건 옛날 야만인의 방법이라며 분노했다. 부인들은 불드 쉬프에게 동정을 보내고 위로해 주었다. 식사 시간 외에는 얼굴을 내밀지 않았던 수녀들도 이 말에 고개를 떨군 채 가만히 앉아만 있었다.

어느 정도 분노가 사그라지자 어쨌든 사람들은 저녁 식사를 마치기는 마쳤다. 그러나 모두들 아무 말도 않은 채 깊은 생각에 잠겨 있었다.

부인들은 일찍 방으로 돌아갔다. 남자들은 담배를 피우면서 자리를 지켰다. 그리고는 트럼프 놀이나 하자며 거기에 포랑비도 끌어들였다. 장교를 달래 볼 수 있는 어떤 방법이 있을까 해서 그를 떠볼 심산이었다. 그러나 주인은 손에 든 패에만 정신이 쏠려 있을 뿐, 남의 이야기에는 귀를 기울이지 않았다. 그는 아무런 대답도 하지 않은 채 쉴 새 없이,

"자아, 여러분, 자아."

하며 놀이에만 열중했다. 그래서 그는 가래를 뱉는 일조차 잊고 있었다. 그 때문에 가슴속에서 그르렁그르렁하는 가래 끓는 소리가 끊이지 않고 들려 왔다. 어쨌든 이 뚱보 주인의 쌕쌕거리는 폐는 깊고 낮은 음(音)에서 시작해서, 거센 음에 이르기까지 천식의 모든 음계(音階)를 내보이고 있었다.

이윽고 졸음을 참지 못한 그의 아내가 내려오자 그는 2층에 올라가지 않겠다며 버텼다. 그러자 그의 아내는 혼자 나가 버렸다. 그의 아내는 언제나 태양과 함께 일어나는 '새벽형'이고, 남편은 언제나 친구들과 어울려 밤을 지새는 '밤형'이었기 때문이다. 주인은,

"내 진정제를 난로에 얹어놓고 나가."

하며 소리를 지르고는 다시 놀음에 달라붙었다. 이자에게서는 아무것도 알아낼 수가 없다는 것을 알아차린 사람들은 이제 잘 시간이 되었다고 하면서 각자 잠자리로 돌아갔다.

다음날도 사람들은 아침 일찍부터 일어났다. 오늘은 떠날 수 있지 않을까 하는 막연한 희망과 함께 떠나고 싶은 마음이 점점 더 간절해졌다. 그러나 한편으론 이 지긋지긋한 여인숙에서 또 하루를 보내게 되는 건 아닐까 하는 생각에 더욱 마음이 착잡해졌다.

말은 여전히 마구간에 있고 마부의 모습은 보이지 않았다. 사람들은 마차 주위만 맴돌 뿐 어찌할 바를 몰랐다.

그래서 점심 식사는 더욱 침울했다. 불 드 쉬프에 대해서는 일종의 냉담한 기류가 흐르고 있었다. 하룻밤 자고 나면 좋은 생각이 떠오를 줄 알았지만, 그 하룻밤 사이에 그들의 판단을 자기 중심적인 생각으로 바꿔 놓았기 때문이다. 지금에 와서는 차라리 이 여자가 밤중에 몰래 프러시아 장교를 만나러 갔었고, 아침에 일어나 보니 자신들이 바라는 깜짝 놀랄 소식이 기다리고 있기를 바랐던 것이다. 때문에 이제는 그녀가 그렇게 행동해 주지 않는

것이 원망스럽기까지 했다. 실로 간단한 일 아닌가. 게다가 아무도 알지 못할 텐데 저 여자는 왜 저렇게 한사코 거부를 하는 걸까. 장교에게는 여러 사람이 곤란을 겪는 것을 차마 보고만 있을 수 없었노라고 말함으로써 체면을 세울 수도 있는 노릇일 테고, 이 여자로서는 그런 일쯤이야 정말 대수롭지 않은 일 아닌가!

그러나 어느 누구도 그런 생각을 입 밖에 내는 사람은 없었다.

오후가 되자 사람들은 따분해져서 견딜 수가 없었다. 그래서 백작은 마을 근교라도 산책하자며 제안을 했다. 각자들 두터운 외투로 든든하게 몸을 감싸고는 난로 곁에 앉아 있는 편이 낫다는 코르뉘데와, 성당에 가거나 사제들과 하루를 지내겠다는 수녀들을 제외한 많지 않은 사람들이 길을 나섰다.

극심한 추위는 코와 귀를 엘 듯했고, 게다가 발까지 아파 왔기 때문에 한 걸음 한 걸음 내딛는 것이 고역이었다. 벌판이 보이는 곳에 다다르니 끝없이 펼쳐진 눈 덮인 평야가 왠지 무섭고 불길하게 느껴지기 시작했다. 모두들 마음이 얼어붙고 가슴이 죄어드는 것 같아 일찌감치 여인숙으로 발길을 되돌렸다.

여자 넷이 앞서 가고, 남자 셋이 조금 뒤쳐져서 걷는 중이었다. 사태를 충분히 인식하고 있던 르와조가 느닷없이 이야기를 꺼내기 시작했다.

"저 창녀가 언제까지 우리들을 여기다가 묶어 둘 참이야!"

그러나 어떠한 경우에서든 여자한테는 예의가 바른 백작이, 한 여성에게 그런 희생을 강요할 수는 없는 일이며, 희생이란 본인이 자진해서 하는 것이지 결코 남들이 강요할 문제는 아니라고 대꾸했다. 카레 라마동은 만일 프랑스군이 지금 자기네들이 가려고 하는 디에프에서 반격해 온다면, 양군의 충돌은 틀림없이 이곳 토트에서 일어날 것이라며 걱정했다.

이 말을 듣자 나머지 두 남자는 갑자기 초조해졌다.

"걸어서 도망치면 어떨까요?"

르와조가 말을 꺼냈다. 백작은 어깨를 으쓱해 보이며 말했다.

"안 될 말이오. 이 눈 쌓인 벌판을 걸어간다는 건 쉬운 일이 아니지. 더욱이 여자가 딸려 있지 않소. 또 도망쳐 봤자 곧 추격당할 것이 뻔하오. 아마 10분도 안 돼 붙잡히고 말 것이오. 만약 그런 짓을 하다가 포로로 붙잡히는 날에는 무슨 꼴을 당하게 될지 알 수 없는 일이잖소."

구구절절 옳은 말이었다. 그래서 그만 모두들 입을 다물고 말았다. 부인들은 몸치장에 관한 이야기를 화제에 올렸지만 어딘지 모르게 흥이 나지를 않았다.

그런데 갑자기 길 저편에서 장교가 나타났다. 아득히 펼쳐진 하얀 눈의 평원을 뒤로 한 채 키가 크고 허리가 잘록한 군복 차림이 선명하게 보였다. 정성 들여 닦은 장화가 조금이라도 더럽혀질세라 그는 군인 특유의 걸음걸이로 무릎을 벌리며 걸어왔다.

그는 여자들 옆을 지나치면서 인사를 했다. 하지만 남자들에게는 경멸의 눈초리를 던지고 있었다. 물론 남자들 쪽에서도 그에게 모자를 살짝 들어 보이는 예를 지키지는 않았다. 나름대로 최소한의 자존심은 지키고 있었던 것이다. 다만 르와조만이 자신의 모자에다가 손을 대는 시늉을 하다가 곧 떼었을 뿐이다.

불 드 쉬프는 장교를 보자 귓불까지 빨개져 있었다. 나머지 세 기혼 부인은 이 군인한테 얕보인 창녀와 자신들이 어울려 있는 것을 발각당한 데에 심한 굴욕감마저 느끼고 있었다. 거기에서부터 이 장교에 대한 이야기가 벌어져 그의 행동이나 얼굴에 관한 품평이 시작되었다. 많은 장교들을 알고 있는 카레 라마동 부인은, 이 장교는 꽤 쓸 만한 위인인데 프랑스인이 아닌 것이 유감이라고까지 말했다. 만약 그가 프랑스인이었다면 기막힌 미남 장교로서 모든 부인들이 그에게 열을 올렸을 것이 틀림없다고도 덧붙였다.

어쨌든 산책을 마친 일행은 숙소로 돌아갔으나 도무지 할 일이라곤 없었다. 모두들 신경이 곤두서서 하찮은 일에도 가시 돋친 말이 오갈 뿐이었다. 저녁 식사는 거의 조용한 가운데 빨리 끝났다. 그 다음은 각자 방으로 돌아가 잠자리에 들었다. 이 지루한 시간을 보내기 위해서 잠이라도 제대로 와 준다면 고마운 일이었다.

다음날은 모두가 지칠 대로 지친 얼굴에다가 울화가 치민 가슴을 안고 내려왔다. 부인들은 불 드 쉬프에게 거의 아무 말도 걸지 않았다.

종이 울리는 소리가 들려 왔다. 세례식이 있는 것이다. 이 뚱보 창녀한테는 사내아이가 하나 있어 이브토의 농가에 맡겨 키우고 있었는데 1년에 한 번도 만나지 않았고 또 그 아들을 만나 봐야겠다고 생각하는 일조차 없었다. 그러나 지금 세례를 받는 아이들을 생각하니 갑자기 아들에 대한 뜨거운 애정이 솟구쳐 올랐다. 그래서 그녀는 이 세례식에 한번 가 봐야겠다고 생각했다

그녀가 밖으로 나가자 일동은 기다렸다는 듯 얼굴을 마주보며 의자를 앞으로 당겨 앉았다. 이제는 어떻게든 하지 않으면 안 된다는 것을 모두 똑같은 마음으로 느끼고 있었던 것이다. 르와조가 불쑥 좋은 생각이 났다며 한 가지 의견을 내놓았다. 불 드 쉬프만 붙들어 두고, 나머지 사람들은 떠나도록 해 달라고 장교에게 요구하자는 것이었다.

그렇게 해서 다시 한 번 포랑비가 대표로 나섰지만 그는 장교에게 가자마자 내려왔다. 인간의 본성을 잘 터득하고 있는 프러시아 장교가 보기 좋게 주인을 내쫓아버린 것이다. 포랑비에 의하면 장교는 그의 소망이 채워지지 않는 한 불 드 쉬프뿐만 아니라 모든 사람을 붙들어 둘 생각이라고 우기더라는 것이었다.

그러자 끝내 르와조 부인의 그 야비한 근성이 폭발하고 말았다.

"늙어 죽을 때까지 이런 곳에서 마냥 기다릴 수는 없어요. 난 빨리 장사를 해야 해요. 어차피 남자들을 상대로 그 짓을 하면서 먹고사는 주제에 이 남자는 좋고 저 남자는 싫다며 가릴 처지가 못된다고 생각하는데요. 안 그렇습니까? 루앙에서는 닥치는 대로 손님을 받았잖아요. 손님 중에는 마부도 있었어요. 그래요, 부인. 저 주청(州廳)의 마부가 바로 그 사람이에요. 난 그 사실을 잘 알

고 있어요. 저 마부는 술을 사러 우리 가게에 자주 왔었거든요. 그런데 지금 저 갈보가 이렇게 잘난 척하고 버틴다는 게 말이나 됩니까? 말이 나와서 얘긴데 내가 보기에는 오히려 장교가 퍽 점 잖은 것 같아요. 이 전쟁통에 여자와의 접촉이 전혀 없었을 것 아 네요. 더구나 우리 쪽은 지금 부인이 셋이나 있어요. 예전 같으면 틀림없이 우리 중 하나가 희생되었을 거예요. 우리는 그의 전리 품이니까요. 안 그래요? 그런데도 지금 우리는 건드리지 않고 저 몸을 파는 계집 하나로 만족하겠다는 것 아니겠어요? 즉 유부녀 는 존중해 주겠다는 거지요. 생각해 보세요. 저 장교는 지금 무엇 이든 마음대로 할 수 있는 위치에 있는 사람이에요. 모든 걸 자기 마음이라고 하면 그것으로 끝나는 거라고요. 어쩜 병사들을 시켜 우리들을 겁탈할 수도 있었을 거예요.”

비

곗

덩

어

리

들고 있던 두 부인들은 가늘게 몸을 떨었다. 아름다운 카레 라 마동 부인의 눈은 빛났으나 얼굴빛은 파랗게 질려 있었다. 마치 어느새 그 장교한테 자기가 희생되기라도 한 것처럼 말이다.

이 여인네들과 좀 떨어진 장소에서 뭔가 의논하고 있던 남자들 이 이쪽으로 다가왔다. 흥분하기 잘 하고 격해지기 쉬운 르와조 는 ‘저 약 올리는 여자’의 손발을 묶어 장교에게 인도해 버리자고 말했다. 그러나 3대에 걸쳐 대사(大使)를 배출한 가문 출신에다 가 원래 외교관의 자질이 풍부한 백작은 그러한 강압적인 수단보 다는 불 드 쉬프에게 어떤 술책을 사용하는 것이 더 나을 것이라 고 말했다.

"그 여자가 스스로 마음을 고쳐먹을 수 있도록 해야 합니다."

그가 이렇게 말하자 모두들 음모를 꾸미기로 했다. 부인들은 서로 다가앉으며 목소리를 낮췄다. 사람들은 각자가 자기 생각을 진술했다. 물론 예를 갖춘 의논이었다. 특히 부인들은, 음탕한 말을 미묘한 표현으로, 아슬아슬한 장면을 재치 있게 표현하는 재주를 몸에 지니고 있었다. 아마 관계없는 사람들이었다면 무슨 이야기인지 전혀 알아듣지 못했을 정도였다. 그만큼 말 한마디 한마디에 신중을 기하고 있었던 것이다.

그러나 상류 사회의 부인들은 대개 약간의 부끄러움이란 베일로 자기 자신을 감싸는 법이라 실제로는 그녀들 역시 이 음탕한 모험에 마음이 들떠 버렸다. 마치 풀려난 물고기가 다시 물에서 노닐 듯 마음속으로는 흥에 겨워 있었던 것이다. 게걸들린 요리사가 군침을 삼키면서 다른 사람의 음식을 준비하는 것처럼 그녀들은 타인의 정사(情事)를 이리저리 주무르고 있는 것과 같았다.

그러자 들뜬 기분이 절로 넘쳐 났다. 나중에는 이런 이야기가 어찌나 재미있는지 서로들 이야기 자체를 즐기고 있었다. 백작까지도 품위를 잃을 정도의 아슬아슬한 농담을 꺼냈지만, 모든 사람이 미소로 넘겨 버릴 정도의 말솜씨로 재치 있게 해치웠다. 르와조는 그의 성격상 노골적으로 음탕한 말을 입에 담았지만 아무도 그것에 대해 불쾌해하지 않았다. 조금 전에 그의 처가 지껄이던 말이 지금 모든 사람의 마음을 지배하고 있었기 때문이었다. '그 짓을 하면서 먹고사는 주제에 이 남자는 좋고 저 남자는 싫다며 가릴 처지가 못된다.' 는 그 말이……. 우아한 카레 라마동 부인조차 자기 같으면 오히려 다른 남자들보다 장교 쪽을 거절하지 않았을 것이라고까지 이야기를 했다.

사람들은 마치 무슨 요새라도 공격할 것처럼 긴 시간을 들여 포위진을 정비했다. 각자 자기가 연출할 역할, 의존해야 할 논법, 실행할 작전 등에 관해서 합의에 도달했다. 이 살아 있는 요새로 하여금 적을 무릎 꿇게 하기 위한 공격 계획과 계략, 그리고 기습 절차가 끝났다.

그러는 동안 코르뉘데만은 혼자 떨어져서 이 사건에 전혀 가담하지 않았다.

사람들은 이 의논에 얼마나 빠져 있었는지 불 드 쉬프가 돌아온 것조차 아무도 모르고 있었다. 백작이 낮은 소리로 '쉿!' 하고 신호를 보내자 그제서야 비로소 모든 사람들은 일제히 눈을 들었다. 거기에 불 드 쉬프가 서 있었다. 일동은 멈칫하고 입을 다물어 버렸다. 묘한 분위기가 감돌아 불쑥 말을 걸기가 어색했다.

그러자 다른 무리들보다 표리가 많은 사교 생활에 익숙한 백작부인이 불 드 쉬프에게 말을 걸었다.

"세례식은 어땠어요? 재미있었습니까?"

아직 세례식의 감동에서 덜 깨어난 이 뚱보 창녀는 사람들의 얼굴에서부터 그들의 태도와 교회 부근의 상세한 풍경까지 모든 것을 말하고는 이렇게 덧붙였다.

"가끔씩 신에게 기도를 드린다는 것은 정말 사람의 마음을 숙연해지게 하더군요."

그러나 부인네들의 싹싹하고 붙임성 있는 행동은 단지 점심 식사 때까지만이었고, 자신들의 충고에 그녀를 굴복시키기 위한 속임수에 불과했다.

식탁에 자리잡자 곧 그들의 작전이 시작되었다. 처음에는 헌신에 관한 막연한 이야기가 화제에 올랐으며 이를 위해 많은 고사(故事)가 인용되기도 했다. 주디스와 오로페르느, 그리고 아무런 상관없는 뤼크레스와 세크스튀스의 이름이 튀어나오고, 적의 장군을 모조리 잠자리에 끌어들여 노예처럼 무릎 꿇게 한 클레오파트라의 이름까지 거론되었다. 그리고 이기적이고 무지한 이들 재산가들의 상상이 만들어 낸 황당무계한 이야기가 전개되었다.

로마의 여성들은 카푸에 가서 한니발과 그의 장수들뿐만 아니라 일개 병사들까지 그녀들의 품에 안고 잠을 재웠다는 등의 이야기였다. 즉 승리감에 불타 있는 적에게 복수를 하기 위해 여인들은 자신의 육체를 무기로 하여 사나이들을 정복하였고, 적에게 영웅적인 애무를 해 댐으로써 자신들의 정조를 희생했다는 대충 그러한 내용들이었다.

영국의 어떤 명문가 부인에 관한 이야기도 언급되었다. 즉 그녀는 일부러 무서운 전염병에 걸려 그것을 프랑스의 보나파르트에게 옮기려고 했지만 보나파르트는 그 운명적인 밀회의 날 느닷없이 성불능 상태에 빠져 기적적으로 이 병을 모면했다는 것이었다. 이러한 모든 얘기들은 예의에 벗어나지 않는 조심스러운 화

술로 진행되었고, 때때로 불 드 쉬프로 하여금 경쟁심을 불러일으키기 위한 계산된 속셈이 그 속에서 번뜩였다.

나중에 가서는 '이 세상에서 여성이 해야 할 유일한 역할은 항상 자기 자신을 희생하는 일이며, 거친 무뢰한들의 욕정에 끊임없이 몸을 내맡기는 일이다.'라고 할 정도로 이야기가 비약되었다. 두 수녀는 깊은 생각에 잠겨 아무것도 듣지 못하는 것 같았고, 불 드 쉬프는 단 한마디도 하지 않았다.

오후에는 그녀로 하여금 천천히 생각할 여유를 주기 위한 작전이 펼쳐졌다. 다만 지금까지처럼 '마담(부인)'이라고 부르던 것을 집어치우고 간단히 '마드모아젤(아가씨)'이라고 부르기 시작한 것만이 달라졌다. 그 까닭은 아무도 모르고 있었지만 불 드 쉬프가 억지로 기어올라간 지위를 한 계단 끌어내려서 자신의 부끄러운 처지를 알아차리게 하려는 의도 같았다.

수프가 나오자 여인숙 주인 포랑비가 나타나서는 전날 이야기한 문구를 되풀이했다.

"엘리자베스 루세 양이 생각을 달리하셨는지 아닌지, 프러시아 장교가 알아보고 오라고 하더군요."

불 드 쉬프는 다만,

"싫어요."

하고 무뚝뚝하게 대답할 뿐이었다.

그러나 저녁 식사 시간이 되자 그들끼리 굳게 약속한 작전이 그만 약해지고 말았다. 르와조가 입을 가볍게 놀려 섣불리 말을 해 버린 것이다. 그래서 각기 새로운 예를 찾아내려고 지혜를 짜 보았지만 전혀 떠오르지가 않았다. 그때 불현듯 백작 부인이 —— 아마도 깊은 생각 끝에 나온 말은 아니겠지만 —— 종교에 경의를 표하고 싶다면서 위대한 성인(聖人)에 대한 행적에 대해 나이 많은 수녀에게 물었다.

백작 부인은 말하기를,

"우리가 알고 있는 많은 성인들은 살아 생전에 죄라고 불릴 만한 행위를 범하신 걸로 알고 있습니다. 물론 우리의 눈으로 볼 때 말입니다. 그러나 교회는 하느님의 영광과 이웃의 행복을 위해 그것이 행해진 경우, 그것을 악행으로 보지 않고 용서하고 있는 것 같습니다."

라고 했다. 이것은 아주 논리적 근거가 있는 이야기였다.

백작 부인은 이것을 이용하기로 했다. 서로 뜻이 통했기 때문인지 아니면 성직의 옷을 걸친 자들이 흔히 남에게 보이는 비위 맞춤 때문인지, 그것도 아니면 단순한 순진함에서인지 어쨌든 결과적으로 이 수녀의 대답은 좌중의 음모에 강력한 지원을 해 주었다. 말이 없고 내성적인 줄로만 알았던 이 수녀는 알고 보니 대범하고 수다스러웠으며 다혈질적인 성품이었다.

즉 어떤 일이 발생했을 때 그것을 일일이 양심에 비추어 보고 또 교리에 어긋남이 없는지 대조해 보는 그런 번거로움에 시달리는 일 없이, 그녀의 이론은 쇠몽둥이처럼 단단하고 그 신앙은 주저하는 바가 없었다. 게다가 양심은 털끝만한 불안도 모르는 것 같았다. 그녀는 아브라함이 자신의 아들 이삭을 희생시키려 했던 것을 당연하게 받아들이고 있었다. 자기 같으면 보다 높은 곳에서 명령이 내려질 경우 그것이 아버지든 어머니든, 즉석에서 죽일 수도 있다고 했다. 그녀는, 의도만 훌륭하면 주께서 기뻐하시지 않는 바가 하나도 없다는 지론(持論)을 갖고 있었다.

백작 부인은 이 뜻하지 않은 공범자의 거룩한 권위를 잘 이용해야겠다고 생각했다. 그래서 '목적은 수단을 정당화한다'는 도덕률(道德律)에 관해 그 늙은 수녀로 하여금 한바탕 설교를 하게 만들었다.

백작 부인은 이렇게 물었다.

"그렇다면 하느님은 모든 수단을 허용하신다, 동기만 순수하다면 어떤 일이라도 용서하신다, 뭐 그런 말씀이신가요?"

"물론입니다, 부인. 어찌 그것을 의심할 수 있겠습니까? 그것 자체만 보면 비난받을 수 있는 행위도 그러니까 그것을 행하게 한 동기, 생각 여하에 따라서는 찬양받을 수도 있다는 얘깁니다."

그렇게 해서 그녀는 하느님의 뜻을 헤아리고, 하느님의 심판을 예상할 수 있다며, 사실은 하등 하느님과 아무런 상관도 없는 일에 하느님을 결부시켜 가며 이야기를 계속해 나갔다.

이야기는 노골적인 표현을 피해 교묘히, 그리고 신중히 행해졌다. 그러나 두건을 쓴 거룩한 여자의 한마디 한마디는 창부의 적개심을 탄환처럼 뚫고 들어가 그것에 구멍을 냈다.

그리고 나서는 이야기의 방향이 조금 달라져, 묵주를 늘어뜨린

비
곗
덩
어
리

93

이 수녀는 그녀가 속해 있는 종파의 수도원에 관한 일과 수도원 원장의 일, 그리고 옆에 앉아 있는 귀여운 생 니세포르 수녀에 관한 이야기를 늘어놓기 시작했다. 이 두 수녀는 천연두에 걸린 수백 명의 병사를 간호하기 위하여 르 아브르로 가라는 부름을 받고 그곳으로 갈 예정이었다는 것이다.

그녀는 그 불쌍한 병사들의 상태와 증상에 대해서까지 상세하게 설명했다. 저 프러시아인 장교의 변덕 때문에 이렇게 도중에서 지체하고 있는 동안 얼마나 많은 프랑스 병사가 죽어 가고 있으며, 그리고 빨리 도착했더라면 자기들 손으로 구제했을지도 모를 많은 프랑스 병사들의 죽음을 안타까워하고 있었다. 이 두 수녀는 전장에서 다친 병사를 간호하는 것이 주된 업무였던 것이다. 그래서 수녀들은 크리미아에도, 이탈리아에도, 오스트리아에도 종군하고 있었다. 이야기가 종군 쪽으로 접어들자 그녀는 갑자기 자신이 저 용맹스러운 종군 수녀의 한 사람임을 드러냈다. 전장을 이리저리 뛰어다니기 위해서 태어난 것 같은 종군 수녀! 싸움의 혼란 속에서도 부상자들을 모아 군기(軍紀)를 어지럽히는 덩치 큰 노병(老兵)들을 대장(隊長)보다도 더 능숙하게 다스리는 그녀는 자신이 그런 훌륭한 종군 수녀라는 것을 은근히 드러냈다. 무수한 구멍이 패인 주름투성이의 얼굴은 전쟁이 가져다준 황폐함을 그대로 보여주는 것 같았다.

수녀가 말을 마치자 누구 한 사람 입을 여는 사람이 없었다. 그만큼 감명 깊은 연설이었다고 생각했던 것이다.

식사를 끝낸 일행은 서둘러 방으로 올라갔다. 다음날에는 여느 때보다도 꽤 느지막이 아래층으로 내려왔다. 점심 식사는 조용한 가운데 끝이 났다. 사람들은 이제 곧 뿌린 씨에 싹이 터서 열매를 맺을 것이라며 기다리고 있었다.

오후가 되자 백작 부인이 산책을 하자며 제의해 왔다. 그러자 이미 예정된 대로 백작이 불 드 쉬프의 팔을 잡고는 앞서가는 사람들보다 조금 뒤떨어져서 걸었다.

백작은 마치 아버지와도 같은, 그러나 어느 정도는 상대를 깔보는 투의, 그리고 예의바른 신사가 창녀를 상대할 때 쓰는 말투로 이야기를 시작했다. 그는 불 드 쉬프에게, "응, 이봐!"라고 하면서 자신의 사회적 지위와 품위가 손상되지 않는 범위 내에서 상대를 다루었다. 백작은 곧바로 문제의 핵심으로 들어가 이렇게 말했다.

"그럼 뭐지? 당신은 지금까지 살아오면서 그런 일쯤이야 셀 수도 없이 많았을 텐데, 장교를 받아들이는 것은 싫고, 그보다 우리들을 여기에 눌러앉아 있게 하는 편이 더 좋다는 건가? 당신이나 우리들이나, 프러시아군에게 쫓기기라도 하는 날에는 어떤 불상사가 일어날지도 모르잖은가. 따라서 더 큰 위험을 뒤집어쓸 수도 있을 거야."

불 드 쉬프는 아무런 대꾸도 하지 않았다.

백작은 달콤한 소리로 유인해 보기도 하고, 감정에 하소연해 보기도 했다. 도리를 운운하기도 했고, 또 그녀의 비위를 맞추며 상

비계덩어리

95

냉하게 굴어도 봤지만 그녀는 묵묵부답이었다. 그러나 백작은 최후에 쓸 술책 하나를 남겨 놓고 있었다. 그녀가 장교의 요구를 받아들이기만 하면 그 행위는 모든 사람에게 봉사하는 것이 되는 것으로써, 함께 동행한 사람들이 그녀를 얼마나 감사히 여기게 될지에 관해 이야기를 했다. 그런 그는 갑자기 기분이 들떠서 허물없는 말투로 바꾸더니 이렇게 말하는 것이었다.

"게다가 말야, 이봐, 그놈은 자기 나라에서는 좀처럼 볼 수 없는 미인의 맛을 즐겼다며 자랑으로 삼을지도 모르는 일이잖아. 이봐, 안 그래?"

불 드 쉬프는 아무런 대답도 하지 않고 다른 일행들 가까이로 다가갔다.

여인숙으로 돌아온 불 드 쉬프는 자기 방으로 올라간 채 두 번 다시 모습을 나타내지 않았다. 남은 사람들의 불안은 절정에 달했다. 무슨 속셈으로 저러는 것일까? 만일 계속 저렇게 거절한다면 어떻게 하지…….

저녁 식사 시간을 알리는 종이 울렸다. 모두들 초조히 불 드 쉬프가 내려오기만을 기다리며 앉아 있었다. 그런데 포랑비가 들어와서는,

"루세 양은 기분이 언짢으니 먼저들 식사하시랍니다."

하는 것이었다. 모두들 귀를 쫑긋하며 그의 말에 귀기울였다. 이때 백작이 주인 옆으로 다가가더니 작은 목소리로 물었다.

"어찌 됐소? 그녀가 허락을 했소?"

"네."

예의상, 백작은 좌중의 사람들에게 아무 말도 하지 않은 채 다만 고개를 끄덕여 신호를 보낼 뿐이었다. 삽시간에 일동의 가슴에서는 안도의 한숨이 새어 나오고 기쁨의 빛이 얼굴에 퍼졌다. 그러자 르와조가 외쳤다.

"만세! 만세다! 이 여인숙에 만약 샴페인이 있다면 내 한턱 내겠소!"

그 말에 주인이 정말로 샴페인 네 병을 두 팔에 안고 나오자 르와조의 마누라는 질려 버렸다. 누구랄 것도 없이 주위는 갑자기 이 이야기 저 이야기로 시끌벅적해졌다. 음탕한 기쁨이 사람들의 가슴을 채워 주고 있었다. 백작은 카레 라마동 부인의 아름다움을 깨달았고, 카레 라마동은 백작 부인에게 열심히 아양을 떨었다. 대화는 활기를 띠고 모두들 유쾌해져서 재치에 넘쳐 있었다.

그런데 갑자기 르와조가 걱정스러운 얼굴이 되어 두 팔을 들면서 외쳤다.

"조용히!"

그 말에 모두들 입을 다물고 말았다. 사람들은 순간 깜짝 놀라 온몸이 죄어들었다. 그러자 르와조는 두 손으로 '쉿!' 하며 다시 한 번 여러 사람을 진압하고는 귀를 곤두세우며 천장을 바라보았다. 그러면서 다시 한 번 그곳을 향해 귀를 기울이더니 평소의 목소리로 되돌아가며 이렇게 말했다.

"걱정하실 것 없습니다."

모두들 그 뜻을 이해하지 못하다가 이윽고 알아들었다는 듯 미소의 그림자가 입가를 스쳐 갔다. 15분쯤 지나자 그는 또 한 번 아까와 같은 익살을 부렸다. 그는 저녁 내내 그러한 짓을 몇 번이나 되풀이했다. 그는 이층에 있는 누군가를 부르는 시늉을 하더니, 두 가지 뜻으로 해석되는 말로 충고하는 행동을 해 보이는 것이었다. 그는 슬픈 듯한 표정을 지으며,

"저런 불쌍하게시리."

하고 한숨을 짓는가 하면 이번에는 격분한 말투로,

"제기랄, 저 프러시아 호래자식!"

하고 중얼거리는 것이었다. 그리고는 모두들 잊고 있을 쯤 되면 다시 한 번 목소리를 떨면서,

"이젠 그쯤 해 둬! 그만하란 말이야 이 자식아!"

하고는 혼잣말을 하면서 또 덧붙이는 것이었다.

"아, 그 여자의 얼굴을 다시 못 보게 되면 어떡하지? 제기랄, 제발 아주 죽이지는 말아 줘."

천하고 역겨운 농담이었지만 그래도 모두들 재미있어했으며, 그 누구도 그 말에 기분을 상해하지는 않았다. 무릇 분노란 다른 모든 것과 마찬가지로 환경에 좌우되는 것이고, 이들 주변에 조성되어 버린 분위기는 음탕한 상상으로 가득 차 있었다. 식후에는 부인들까지도 조심스럽게 이런 말들을 주고받았다. 술을 많이 마신 탓이었다. 어쨌든 모두의 눈은 반짝반짝 빛나고 있었다. 도를 지나쳤다고는 하나 역시 존엄하고 당당한 태도를 잃지 않은

백작은 배가 난파되어 북극에 갇혀 있다가 마침내 봄과 함께 남쪽을 향해 항로가 열리는 것을 본 난파선 승무원의 기쁨에 자신들을 비유함으로써 모두들 그 말에 수긍하며 감탄스러워했다.

르와조는 한껏 기세를 더해 샴페인 잔을 높이 들고 일어나,

"우리들의 해방을 축하하며 건배!"

하고 외쳤다. 모두들 이에 응수하며 일어나 그에게 갈채를 보냈다. 두 수녀까지도 다른 부인들이 권하는 대로 난생 처음 거품이 이는 포도주에 입을 갖다 댔다. 그리고는 레몬 소다와 비슷한 맛이긴 하지만 그것보다 훨씬 더 맛이 좋은 것 같다며 말했다.

르와조는 이러한 분위기를 요약해서 다음과 같이 말했다.

"피아노가 없는 게 유감스럽군. 무도곡을 한 곡쯤 쳐야 하는 건데."

코르뉘데는 그때까지 한 마디의 말도 하지 않았다. 뿐만 아니라 아주 깊은 생각에 잠겨 있는 것처럼 보였다. 그는 때때로 울화가 치미는지 자신의 긴 수염을 더욱 길게 잡아뜨렸다. 이윽고 한밤중이 되자 일행은 각기 방으로 올라가려 했다. 그때 르와조가 비틀거리면서 코르뉘데에게 다가오더니 느닷없이 코르뉘데의 아랫배를 두드리며 이상한 말을 건넸다.

"오늘 밤은 영 기분이 안 좋으신가 보군. 이렇게 아무 말씀도 없으시니 어인 일이신가, 동지?"

코르뉘데는 갑자기 얼굴을 쳐들더니 섬뜩한 눈초리로 좌중을 둘러보며 말했다.

"여기서 모두에게 말해 두지만, 당신들은 분명 수치스러운 짓을 한 것이오."

그는 일어나서 입구 쪽으로 가더니 다시 한 번,

"당신들은 수치스러운 짓을 했단 말이오!"

하고 되풀이하고는 자취를 감추었다.

좌중은 찬물을 뒤집어쓴 듯 조용해졌다. 르와조는 갑작스런 기습에 허둥지둥대고 있었다. 그러나 곧 마음의 평정을 되찾았는지 갑자기 배를 끌어안고 웃으면서 떼굴떼굴 굴렀다.

"손이 미치지 않는 포도는 신 법이지. 그래, 자기 손이 닿지 않는 포도는 신 법이야(라 퐁텐의 우화에 보면, 여우가 뛰어올라도 손이 닿지 않는 포도를 보고 심술이 나서 저 포도는 시어서 안 되겠다며 자신을 합리화시킨 이야기가 있다 ─ 옮긴이)."

사람들은 그 말이 무슨 뜻인지 알아듣지 못했기 때문에 그는 '복도의 비밀'에 관해 이야기해 주었다. 그 말을 들은 좌중은 다시 활기를 띠며 한바탕 술렁거렸다. 부인들은 미친 듯이 수다를 떨었고, 백작과 카레 라마동은 배꼽을 잡고 웃다가 눈물을 흘리기까지 했다. 도무지 믿을 수 없는 이야기라는 것이었다.

"아니, 그게 정말입니까? 저 선생이……."

"그렇고 말고요. 틀림없이 이 눈으로 똑똑히 보았다니까요."

"그런데 저 여자가 거절했다는 말씀입니까?"

"그렇다니까요. 프러시아인이 옆에 있을 거라고 하면서 거절하더군요."

"설마……."

"아이고, 맹세코 정말입니다."

백작은 웃음이 나와 제대로 숨쉬기조차 힘들었고, 카레 라마동은 두 손으로 옆구리를 바칠 정도로 웃음을 멈출 수가 없었다. 르와조는 능글맞게 실실거리며 계속해서 말했다.

"이제 아시겠습니까? 그러니 오늘 밤 심기가 불편한 겁니다. 그야말로 약이 올라 죽을 지경이지요."

세 사람은 다시 숨을 헐떡이며 기침을 해 대면서 웃어 제쳤다.

그리고 잠시 후 일동은 각자 방으로 물러갔다. 그러나 태어날 때부터 쐐기풀 같은 성질을 지닌 르와조 부인은 잠자리에 들기 전 남편을 향해 말했다.

"저 '체하는' 작은 몸집의 카레 라마동 부인은 있잖아요, 밤새 웃고는 있었지만 내키지 않는 억지 웃음이었다고요. 여자는 말이지요 여보, 군복만 입고 있으면, 프랑스 병사든 프러시아 병사든 가리질 않아요. 정말 한심스럽지 뭐예요, 여보."

그날 밤에는 밤새도록 복도에서 무슨 소리가 났다. 어둠 속을 달리는 듯한 진동이 느껴지기도 했고, 아련한 사람의 숨결이나 맨발로 복도를 밟는 듯한 소리가 들려 왔다. 가느다란 불빛이 늦은 시간 동안 문틈으로 새어 나온 걸 보면 사람들은 모두 밤이 늦도록 잠들지 않은 것이 분명했다. 샴페인을 너무 많이 마신 탓이었나 보다. 샴페인에는 잠을 방해하는 성분이 들어 있다고 알려져 있었다.

다음날은 겨울의 밝은 태양이 눈이 시리도록 내리쬐고 있었다. 합승 마차엔 말이 매어져 입구에서 대기하고 있었다. 한 떼의 흰 비둘기가 두꺼운 날개에 감싸인 채 가슴을 부풀리고 있었고, 가운데 까만 점이 있는 장밋빛 눈을 빛내면서 마차에 매여진 말[馬] 다리 사이를 둔하게 걸어 다녔다. 김이 오르는 말똥을 헤집으면서 먹이를 찾는 것이었다.

마부는 양털 가죽을 둘러쓴 채 좌석 위에 앉아서 파이프를 피우며 손님들이 오르기를 기다렸다. 손님들은 모두 유쾌한 얼굴이었고 남은 여행길을 위해 음식 꾸러미를 장만하느라 분주했다.

모든 준비가 완료되고 이제 불 드 쉬프만 기다리면 되었다. 이윽고 그녀가 모습을 나타냈다. 그녀는 좀 부끄러워하는 것처럼 보였다. 그녀는 주뼛주뼛 일행들 쪽으로 걸어왔지만 사람들은 모두들 그녀에게서 얼굴을 돌렸다. 백작은 짐짓 위엄 있는 체하며 백작 부인의 팔을 잡고 있었는데 마치 더러운 것과의 접촉을 피하겠다는 의도로 보여졌다.

불 드 쉬프는 이에 걸음을 멈칫했다. 그러나 다시 최대한의 용기를 내어 라마동 부인에게 다가가 인사를 했다.

"안녕하세요, 부인."

그러나 라마동 부인은 건방진 태도로 머리만 끄덕일 뿐 마치 자신의 미덕(美德)에 손상이라도 입은 듯 불 드 쉬프에게 노여움의 시선을 던졌다. 모두들 바쁜 일에 열중하기라도 하듯 그녀에게서 멀리 떨어져 앉으려 했다. 그러한 그들의 태도는 그녀가 치마 밑으로 무슨 병균이라도 묻혀 왔다고 여기는 듯했다.

이윽고 모두들 서둘러 마차에 올라탔지만 그녀 혼자 외톨이로 남아 제일 마지막으로 마차에 올랐다. 먼젓번 여행길에서 앉았던 좌석 그대로 일행은 말없이 그곳에 앉았다. 그들은 불 드 쉬프를 보고도 못 본 척했고, 만난 적도 없다는 듯한 얼굴을 하고 있었다. 르와조 부인은 저만치서 밉살스러운 눈초리로 불 드 쉬프를 바라보며 남편을 향해 작은 소리로 말했다.

"저것 옆에 앉지 않게 되어 다행이에요."

드디어 무거운 마차가 움직이기 시작하고 여행은 다시 시작되었다.

처음에는 아무도 말을 하는 사람이 없었다. 불 드 쉬프 역시 밑으로 내리깔고 있는 눈을 들려고도 하지 않았다. 불 드 쉬프는 주변의 모든 사람에 대해 울화가 치밀어 견딜 수 없었고, 동시에 그들을 위해 자신을 희생한 것이 분한 생각이 들었다. 그들 말에 속아서 자신을 양보했다고는 하나 그 저주스러운 프러시아 장교의 애무에 자기 몸을 더럽힌 것이 참을 수 없는 굴욕으로 느껴졌다.

이윽고 백작 부인이 카레 라마동 부인을 바라보며 말을 걸음으로써 이 어색한 침묵을 깨뜨렸다.

"부인은 데트렐 부인을 잘 알고 계시죠?"

"네, 친구예요."

"그분 좋은 분 같아요!"

"물론이에요. 정말 멋진 분이죠! 참으로 좋은 성격을 지니셨고,

게다가 교양 있고 재기 넘쳐 그 재주가 예술가 뺨치며, 노래도 황홀할 정도로 잘 부르시죠. 그럼에도 전문가 못지 않은 솜씨를 가지셨어요."

카레 라마동은 브레빌 백작을 상대로 이야기를 나누었다. 마차의 유리창이 덜컹덜컹 시끄러운 소리를 내고 있는 사이사이에 때때로 이런 낱말들이 튀어나왔다. 배당, 만기, 덤, 외상…….

여인숙의 낡은 트럼프, 그러니까 변변히 닦지도 않은 탁자 위에서 5년 동안이나 사람들의 손때가 묻은 트럼프를 훔쳐내 온 르와조는 부인과 함께 베지그 놀이를 하기 시작했다.

수녀들은 허리에 찬 긴 묵주를 손에 들고 십자를 그으며 입술을 맹렬히 움직이기 시작했다. 그 기도 소리는 점차 빨라져서 마치 경쟁이라도 하는 듯 알아들을 수 없는 중얼거림이 급류처럼 쏟아져 나왔다. 때때로 두 사람은 성패(聖牌)에 입을 맞추고 새삼스레 십자를 긋고는, 다시 또 빠른 어조로 중얼중얼거렸다.

코르뉘데는 꼼짝도 하지 않고 생각에 잠겨 있었다.

세 시간 남짓 마차가 달리고 나니 르와조가 패를 긁어모으고는,

"배가 고픈데……."

하고 말했다.

그러자 르와조 부인은 노끈으로 맨 보따리를 들어다가, 그 속에서 소고기 한 조각을 꺼냈다. 솜씨 좋게 얇게 잘라 낸 그들은 둘이서 그것을 먹기 시작했다.

"우리도 뭣 좀 먹을까요?"

하고 백작 부인이 말했다. 남편이 거기에 동의하자 백작 부부는
자신들만을 위해 장만한 음식 보따리를 풀었다. 토끼 모양의 꼭
지가 뚜껑에 달려 있는 항아리 속에는 그 안에 토끼고기 파이가
들어 있다는 표시를 나타내고 있었다. 그 갸름한 항아리 속에는
무척이나 맛있어 보이는 고기들로 가득 채워져 있었다. 다갈색
고기 사이로 돼지 비계의 흰 줄이 나 있었고, 뭔가 잘게 썬 다
른 고기도 섞여 있었다. 먹음직하게 토막을 낸 치즈도 신문지에
싸여 있었는데 그 표면에는 '잡보(雜報)'라는 글씨가 뚜렷이 씌
어 있었다.

비
곗
덩
어
리

두 수녀는 마늘 냄새가 나는 소시지를 펼쳐 놓았다. 코르뉘데는
불룩한 외투 주머니에 두 손을 동시에 넣더니 한쪽에서는 삶은
계란 네 개를, 다른 한쪽에서는 빵 조각을 꺼내 들었다. 그는 계
란 껍질을 벗겨 발 밑의 짚 속에 떨어뜨리고는 한입에 집어넣었
다. 노르스름한 노른자 부스러기가 긴 수염에 묻어 마치 별처럼
보였다.

불 드 쉬프는 허둥지둥 오느라고 아무런 음식 준비도 해 오지
못했다. 그녀는 분노로 몸이 떨리고 화가 솟구쳐서 태연하게 음
식을 먹고 있는 무리들을 가증스럽게 바라보고 있었다. 처음에는
미칠 것 같은 분노가 전신을 휩쓸어 목구멍까지 나오는 저주의
말을 그들에게 퍼부으려 했지만 입이 열리지 않았다. 분노가 너
무 커서 목이 잠긴 것이었다.

아무도 그녀 쪽을 보려 하지도 않고, 생각해 주지도 않았다. 그

녀는 이 파렴치한 자들이 자신을 경멸하고 있음을 느끼고 있었다. 처음에는 그녀를 제물로 만들더니, 이제 와서는 더러운 폐물처럼 돌아보지도 않는 자들, 불 드 쉬프는 그들이 혐오스러웠다. 그러자 그녀는 이 무리들이 넙죽넙죽 먹어 치운, 저 맛있는 음식이 들어 있던 자기 바구니가 생각났다. 젤리에 재여 있던 두 마리의 영계와 파이, 그리고 맛있는 배와 네 병의 보르도주(酒)가 생각난 것이다.

불 드 쉬프는 팽팽한 실이 끊긴 것처럼 갑자기 노여움이 사라졌다. 그러자 그녀는 금방 울음이 터져 나올 것만 같았다. 그녀는 안간힘을 쓰며 몸을 바로 한 채 어린아이처럼 울음을 삼키고 있었다. 그러나 눈물이 넘쳐서 속눈썹에 맺히더니 어느새 커다란 눈물 방울이 두 눈을 떠나 조용히 뺨을 타고 흘러내렸다. 눈물은 계속해서 아까보다도 더 빨리 흘러나와 그녀의 가슴께로 떨어져 내렸다. 그녀는 말없이 눈을 밑으로 내리깔고 있었다. 창백한 그녀의 얼굴에는 경련이 일었으며, 그녀는 이것을 남들에게 들키지 않으려고 몸을 바로 하고 가만히 앉아 있었다.

그러나 곧 백작 부인이 그것을 눈치채고 남편에게 눈짓을 했다. 백작은 '내가 그런 건 아니잖아.'라고 말하듯 어깨를 으쓱해 보였다. 그러자 르와조 부인은 승리자와도 같은 엷은 웃음을 띠고는,

"제 육신의 부끄러움 때문에 울고 있는 거야."

하고 중얼거렸다.

두 수녀는 먹다 남은 소시지를 종이에 싸고는 다시 기도를 시작

했다.

삶은 계란을 다 먹어 치운 코르뉘데는 맞은편 의자 밑에까지 긴 발을 뻗고는 뒤로 젖혀 앉아 팔짱을 꼈다. 그리고는 뭔가 재미있는 것이라도 생각난 듯 히쭉 웃고는 휘파람으로 '라 마르세예즈'를 불기 시작했다.

그 바람에 모든 사람의 얼굴이 한결같이 흐려졌다. 이 민중의 노래가 주변 무리들에게는 마음에 들지 않았던 것이다. 그들은 신경을 곤두세운 채 바람 소리를 들은 강아지처럼 금세라도 짖어 댈 것 같은 표정들을 하고 있었다. 코르뉘데는 그것을 눈치채고는 그만둘 생각은 하지 않고 점점 더 크게 불어 댔다. 때로는 휘파람이 아니라 노랫말을 입에 올리며 부르기까지 했다.

비곗덩어리

거룩한 조국이여,
인도하고 붙들어 다오, 우리들의 팔을.
복수에 나서는 우리들의 이 팔을
자유여, 그리운 자유여,
너의 파수꾼과 더불어 싸울지어다.

이젠 내린 눈이 얼어붙었기 때문에 마차는 아주 빠른 속도를 냈다. 디에프에 도착할 때까지 길고 따분한 여행이 계속되었다. 마차는 울퉁불퉁한 길에 이리저리 흔들리면서 계속 달렸다. 코르뉘데는 저물어 가는 어스름 속에서부터 휘파람을 불기 시작하더니 깊은 어둠이 찾아 들었는데도 잔인한 집념을 발휘해 가며 그 단조로운 복수의 휘파람을 계속 불어 댔다. 사람들은 지겹고 초조하면서도 처음부터 끝까지 그 노래에 억지로 끌려갔다. 그리하여 한 박자마다 저도 모르게 마음속에서 노랫말을 외고 말았다.

불 드 쉬프는 여전히 울고 있었다. 때때로 억누를 수 없는 흐느낌이 노래 사이사이에 어둠을 뚫고 새어 나왔다.

테리에 집

테리에 집

1

밤 11시만 되면 사람들은 남몰래 그곳에 간다.

그곳에서는 늘 같은 사람들을 만나게 된다. 대개는 여섯에서 여덟 명이다. 물론 그들은 시시한 도락가들이 아니다. 흔히 말하는 이 고장의 유명 인사나 젊은이들이다. 그곳에서 그들이 하는 일이란 사과주인 시드르를 마시며 여자들과 은밀한 시간을 보내거나, 아니면 언제나 자리를 지키는 마담과 대화를 하는 것이었다.

그렇게 1시간쯤 그곳에서 지낸 후 대개는 밤 12시가 되기 전에 각자들 집으로 돌아간다. 때론 젊은이들이 남아서 더 있다 가기도 한다.

그렇다고 그곳이 잘 알려진 유명한 거리에 있는 것도 아니다. 그곳은 생테티엔 성당 뒤의 후미진 거리 모퉁이에 초라한 모습으로 자리를 잡고 있다. 벽은 노란색으로 칠해진 조금은 천박해 보이는 곳이기도 하다.

그곳의 창가에 서면 바닷가가 잘 보인다. 그곳에서는 짐을 싣고 있는 배들로 매우 바삐 움직이고 있는 선창가와 '저수지'로 불리는 염전, 그리고 성모 마리아 언덕과 허름한 회색 빛 성당이 훤히 내려다보이는 것이다.

테리에 집

그곳의 마담은 루르 현(縣)에서 꽤 잘 알려진 농가 출신이다. 그녀는 원래 다른 일을 하는 사람이었는데 그곳을 쉽게 손에 넣을 수가 있었다. 마치 디자이너가 부인용 모자를 디자인하기 위해 연필을 끄적이거나 기술자가 디자인대로 그것을 제조하는 것처럼 말이다.

흔히 도시에서는 매춘부를 더럽게 여기거나 경멸적인 시선으로 보기 마련이지만 그러한 편견 따위는 이곳 노르망디에서는 찾아볼 수 없다. 다만 사람들은,

"그건 아주 수지맞는 장사지. 암, 그렇고 말고."

라고 말할 뿐이다. 때문에 그곳의 시골 농부들은 아들들을 홍등가로 보내 색시집을 운영하라며 권하기도 한다. 그곳의 아가씨들을 관리하는 것을 마치 여학교의 기숙사 사감에 비유하듯 말이다.

마담이 이곳을 쉽게 손에 넣을 수 있었던 까닭은 전 주인이 작은아버지였기 때문이다. 원래 이곳 마담과 그녀의 남편은 이브토 근교에서 하숙을 치고 있었지만 이 장사가 훨씬 득이 될 것 같아

그곳을 처분하고 이리로 옮긴 것이다.

마담 부부는 둘 다 선했으므로 주변 사람들로부터 좋은 평판을 얻었고, 또 종업원들로부터도 대접을 받고 있었다.

그러나 그만 이 사업을 하던 중에 마담의 남편되는 사람이 죽어 버리고 말았다. 하숙을 치던 고된 생활에서 간단한 관리만 하면 되는 직업으로 바꾸다 보니 오히려 그것이 그를 게으르게 만들었던 것이다. 그는 점점 살이 올라 뚱뚱해졌고, 혈압이 높아지다 보니 뇌졸중으로 쓰러져 죽은 것이다.

과부가 된 마담은 가게 손님 누구와도 가깝게 지냈지만 그렇다고 몸을 함부로 굴리는 막 되어 먹은 여자는 아니었다. 그래서 마담 밑에 있는 여자들도 그녀에게서 이상한 눈치라든가, 낌새 같은 것은 전혀 알아차리지 못했다.

마담은 매끄러운 몸매에 통통하게 살이 찐 여자였다. 게다가 애교가 언제나 넘쳐흘렀고, 사교성 또한 뛰어난 여자였다. 늘 실내에서 지내다 보니 얼굴에는 핏기라고는 없어 보였지만 그래도 어딘가 모르게 기름칠을 한 듯 윤기가 흘렀다. 마담은 언제나 곱슬거리는 가발을 머리에 뒤집어쓰고 그것을 뺨으로 길게 늘어뜨렸는데 오히려 그것이 그녀를 아가씨로 보이게 했다.

마담은 밝고 명랑한 성격에다가 남자들의 짓궂은 농담도 곧잘 되받아치곤 했으나 그녀의 좋은 태생만큼은 속일 수 없는 듯 조심스러운 몸가짐이 몸에 배어 있었다.

물론 이런 장사를 하다 보면 별의별 사람을 다 만나게 되는 법이지만 가끔 정도를 넘어선 남자들의 거친 언행에 마담은 상처를 받기도 했다. 마담이 제일 화가 날 때는 되어 먹지 못한 젊은 놈들이 그녀가 자신의 사업장이라고 생각하고 있는 이 집을 속되게 부를 때였다. 그러면 그녀는 화를 삭이지 못하고 벌떡 일어나 그들을 쫓아 냈다. 말하자면 마담은 이런 일에 종사하기는 했어도 격이 높은 영혼을 간직한 사람이라고 할 수 있었다.

테리에 집

마담은 자기 밑에 있는 여자들을 하인 취급하듯이 함부로 대하지는 않았다. 늘 친구처럼 상냥하게 대했다. 그렇다고 자신의 격을 그녀들과 똑같이 낮추는 법은 결코 없었다. 그래서 마담은 언제나 이렇게 못박아 두곤 했다.

"저 아이들과 나를 똑같이 취급하지 마세요."

마담은 종종 그녀가 데리고 있는 여자들과 함께 마차를 세내어 소풍을 가기도 했다. 주말에 강변 주위의 잔디에서 하루를 보낸다는 건 누구에게나 즐거운 일이었다. 이러한 소풍은 마담이나 여자들의 기분을 한결 풀어 주었고, 그날만큼은 어린애가 되어 한껏 놀아 보기도 했다. 마치 새장 속에 갇혀 있던 새가 밖으로 뛰쳐나온 기분이랄까, 그녀들은 싸 가지고 간 음식들을 잔디 위에 펼쳐 놓고 마음껏 즐겼다. 물론 사과주도 빠뜨리지 않았다. 그렇게 실컷 놀다온 그녀들은 해가 지기 전 집으로 돌아온다. 그리고는 모두들 기분 좋은 나른함과 조금은 풀어진 마음으로 따스한 입맞춤을 나누기도 한다. 그만큼 마담은 여자들에게 있어 어머니와 같은 존재였고, 언제나 상냥하고 점잖은 기품을 잃지 않았다.

그 집에는 출입문이 두 개 있었다. 거리로 나 있는 문은 일반인이나 뱃사람들에게 술을 파는 일상적인 술집이었고, 다른 쪽 문은 독특한 장사를 하는 2층으로 통해 있었다. 그래서 이 집에 있는 5명의 여자 중 2명은 술을 파는 1층 술집의 손님을 담당하고 있었다.

이 집 종업원 중에는 프레데릭이라고 불리는 보이가 한 명 있었다. 그는 몸집이 작은 뚱뚱한 사나이였으나 고집이 몹시 세었다. 수염을 깔끔하게 민 얼굴에 황갈색 피부를 가진 그가 포도주나 맥주를 삐걱거리는 탁자 위에 놓고 가면 여자들은 남자들의 무릎에 앉아서 두 팔을 목에 두른 채 연신 술을 먹여 대며 희희낙락했다.

다섯 여자 중 세 여자는 이들보다는 조금 높은 계급이어서 2층 손님만을 상대했다. 그러나 아래층에 손님이 밀어닥치거나 2층이 한가로울 때면 언제나 이곳으로 내려와 술 손님을 상대해 주었다.

이 고장의 유명 인사가 다 모이는 제우스 축제 때에는 이 집도 예외는 아니어서 푸른색 벽지로 새 단장을 하고, 벽에는 백조를 품에 안고 잠든 레다의 그림을 걸어 놓았다. 이곳으로 오려면 둥그런 계단을 가뿐하게 올라오면 되는 것이었다. 이 계단은 구석진 길과 연결되어 있었는데 계단과 바깥을 구분해 주는 문은 겉에서 보기에 허름하기 짝이 없었다.

이 문 뒤에는 작은 등불이 달려 있었다. 그 불은 밤새도록 꺼지지 않았다. 지금도 흔히 볼 수 있는, 그러니까 쏙 들어간 벽의 등 아래에 성모 마리아상이 안치되어 있는 그런 형상이었다.

이 집은 매우 낡고 후미진 곳에 위치해 있어 늘 눅눅한 기분이 들었고 언제나 곰팡내가 났다. 물론 가끔은 오드콜로뉴(eau de cologne) 향수의 냄새를 풍길 때도 있었다.

또 아래층에서는 마치 우레와도 같은 소리가 들려 오기도 했는데 그것은 술꾼들의 욕지거리가 섞인 상스런 목소리였다. 이것은 점잖은 2층 손님들의 비위를 거스르는 행동이었다.

테리에집

마담은 아래층 손님보다는 2층 손님과 친했는데 그들과는 친구처럼 지내는 사이였다. 그래서 아래층이 시끌시끌해도 2층을 지키며 좀처럼 떠나지 않았다. 그리고는 2층을 담당하는 세 여자들의 수다에 귀기울이곤 했다. 사실 그녀들이 지껄여 대는 이야기들은 이 고장에 떠도는 소문들에 불과했지만 그녀들은 이런 문제들에 대해 나름대로 진지하게 대화를 나누었다. 이런 수다는 이들에게 일종의 청량제 역할을 했다. 물론 이런 대화에는 음담패설이 빠지지 않는 법이어서 그들은 이런 이야기를 통해 휴식을 취하는 것이나 마찬가지였다.

2층을 다녀가는 손님들은 매춘부를 찾아와서는 혼성주의 일종인 리큐어 한 잔만을 마시면서도 마치 자신들이 대단한 위인이라도 되는 듯 뻐기는 그런 패들이었다. 이 2층 손님을 상대하는 여자들은 페르낭드와 라파엘 그리고 로자라는 여인들이었다. 그중 로자는 제일 왈가닥이었다.

사람들을 여러 부류로 나누어 보면 대략 몇 가지로 요약될 수 있는데, 그녀들은 그 요약된 부류의 본보기라고 할 만한 여자들이었다. 따라서 남자들에겐 언제나 자신들이 이상형으로 삼고 있는 여인이 있기 마련인데, 누구라도 이곳에 오면 그 이상형에 가까운 여인을 발견하게끔 되어 있었다.

먼저 페르낭드는 금발 미인의 본보기라고 할 수 있었다. 덩치가 크고 좀 뚱뚱한 편이며 물렁물렁한 두부살을 지닌 그녀는 시골 출신의 처녀로 얼굴은 주근깨로 가득 메워졌다. 머리카락 끝은 갈라져 삼 껍질에서 벗겨 낸 실 같았다.

마르세유 출신의 라파엘은 유대 미인으로서 항구로만 떠돌던 여자였다. 그녀는 페르낭드에 비해 아주 말라깽이 몸을 하고 있었는데 튀어나온 광대뼈에 붉은 연지를 해서 그것이 더욱 도드라지게 보였다. 또한 페르낭드가 금발이라면 그녀는 흑발이었는데 거기에다가 쇠골에서 짠 기름으로 윤을 내어 더욱 새까맣게 보였다. 그녀의 눈은 아주 아름다웠지만 유감스럽게도 한쪽 눈에 백태가 끼고 말았다. 그리고 네모진 턱에 매부리코, 윗니에 박힌 새하얀 의치 두 개를 빼면 거의 거무스름하게 변색된 이빨들, 그것이 그녀의 모습이었다. 그러나 그녀는 이 집에서는 약방의 감초와도 같은 존재였다.

왈가닥 로자는 온몸이 둥글둥글한 편이었는데 다리가 난쟁이처럼 아주 짧았다. 노래부르기를 좋아하는 그녀는 늘상 쉰 목소리로 성적 자극이 가득한 노랫말을 감상적으로 불러 대곤 했다. 그

러다가 문득 노래를 멈추고는 마구 이야기를 해 댔으며 이야기를
하다가 다시 또 노래를 부르기도 했다.

그녀가 말을 하지 않을 때는 분명 그녀가 무언가 먹고 있는 중
이라고 생각하면 틀림없었다. 둥글둥글한 몸에 짧은 다리의 그녀
는 마치 오뚝이와도 같았지만 동작만큼은 매우 빨라서 다람쥐가
도망치는 듯했다. 게다가 폭포수와도 같은 웃음소리는 그녀의 입
에서 끊이질 않았고 아래층에서든 2층에서든 언제나 깔깔거렸다.

그리고 이 세 여자 말고도 아래층에는 그곳을 담당하는 두 여자
가 있었다. 그녀들은 능구렁이 루이즈와 절름발이 플로라였다.
그래서 그녀에게는 '그네' 라는 별명이 붙었다.

루이즈는 마치 자신이 자유의 여신상이라도 되는 양 머리에 띠
를 두르고 있었고, 플로라는 머리에다가 스페인 여자처럼 보이는
동전 장식을 했다. 그래서 절름발이인 그녀가 걸음을 옮길 때마
다 짤랑거리는 동전 소리가 그녀의 빨강 머리에서 났다.

아무리 멋을 부려도 그녀들은 영락없는 부엌데기에 불과했으며
그 천박함은 감출 수가 없었다. 그러나 술집 여자 이상으로 밉지
도 않았고, 또 그 이상 예쁘지도 않았다. 때문에 부두의 사람들은
그녀들을 일컬어 '두 대의 펌프' 라고 부르기도 했다.

이 다섯 명의 여자가 모여 살다 보니 서로를 시기하는 마음이
없지 않아 있었지만 그래도 이들 사이에는 따뜻한 동료애 같은
것이 있었다. 물론 이러한 기질을 가진 여자들이 그렇게 된 데에
는 순전히 마담 덕분이었다. 분쟁이 있을 때마다 마담은 여자들

을 불러 그들을 회유하고 타일렀던 것이다.

이 고장은 꽤 작았기 때문에 사창가라고는 이곳 한 곳이었다. 그래서 이 테리에 집은 꽤나 번창하고 있었다. 마담은 나름대로 초라한 건물이나마 실내 장식에 신경을 썼고, 손님들에게는 늘 상냥함을 잃지 않았다. 또한 그녀는 마음마저 후덕했으므로 비록 이런 일에 종사하고 있기는 해도 사람들은 그녀에게 함부로 대하지 않았으며 존경하는 이도 있었다.

특히 이 집의 단골들은 마담에게 돈을 아끼지 않았고, 또 그러한 방법으로 그녀에게 특별한 관심을 보일 기회를 가질 때에는 우쭐하는 마음마저 들었다. 그래서 사람들은 약속을 정할 때면 으레 이렇게 말했다.

"그럼 거기 어때?"

그러니까 이 말뜻은 다음과 같은 뜻이었다.

"저녁 식사 후에 그 카페에서 만날까?"

이 테리에 집은 이 고장에서는 없어서는 안 될 일종의 대기실이었다. 그래서 이곳에서 모임이 있을 때면 사람들은 거의 빠지는 법이 없었다.

5월도 채 얼마 남지 않은 어느 날 저녁이었다. 이 고장의 읍장 출신으로 지금은 목재상을 운영하고 있는 푸랑이라는 사나이가 이 집을 찾았다. 그러나 문이 닫혀 있는 것이었다. 게다가 늘 문을 밝히던 예의 그 등불도 꺼져 있었다. 이것은 전에 없던 일로 마치 집안은 아무도 살지 않는 유령의 집 같았다. 그는 고개를 갸

웃하며 문을 두드렸으나 아무리 두드려도 대답하는 이가 없었다. 그는 이를 이상히 여기며 되돌아서 저잣거리로 나왔다. 그러나 그곳에서 테리에 집으로 가려던 무역업자 뒤베르와 부딪쳤다. 그 역시 그곳으로 가는 길이라고 하자 푸랑은 그와 함께 테리에 집으로 다시 한 번 가 보았다. 하지만 아까와 마찬가지로 아무런 인기척이 없었다.

바로 그때였다. 갑자기 건물이 무너질 듯한 함성이 바로 가까이서 들려 왔다. 깜짝 놀란 푸랑과 뒤베르는 소리가 나는 쪽으로 가 보았다. 그랬더니 수많은 선원들이 카페 쪽 문을 두드리며 문을 열라고 소리치는 것이었다.

테리에 집

두 사람은 괜한 일에 말려들고 싶지 않아 바삐 그곳을 빠져 나오려고 했다. 그러나 누군가 그들을 불러 대는 소리를 듣고는 잠시 걸음을 멈추었다. 건어물 상인 투르느보였다. 지금 벌어지고 있는 상황을 그에게 전해 주니 그 역시 참담한 기분이 들었다.

부인과 아이들이 있는 그로서는 토요일밖에는 이곳에 들를 수가 없었기 때문이다. 더군다나 경찰의(警察醫)이자 그의 친구인 볼드 박사의 말에 의하면 요즘은 위생 경찰이 수시로 그곳을 감시하고 있기 때문에 몸을 사려야 한다는 것이었다. 그래서 위생 경찰이 근무하지 않는 토요일만을 손꼽아 기다려 왔는데 오늘 이렇게 허탕을 치게 되면 다음주까지 기다려야만 하는 것 아닌가. 그로서는 애가 타는 일이었다.

결국 어쩔 수 없이 세 사람은 방파제로 나가 보기로 했다. 길을 가던 중에 은행가의 아들이자 역시 테리에 집 단골인 필립과 세무관 팡페스를 만났다. 우연히 한데 모인 이들은 '유대인 거리'를 돌아 마지막으로 그곳에 가 보기로 했다. 하지만 여전히 성난 선원들이 그 집을 에워싸며 돌까지 집어던지고 있었다.

이들 다섯 명은 자신들의 계획이 틀어지자 거리를 헤매며 돌아다녔다. 그러다가 다시 보험업자 뒤피와 법원 판사 바스까지 합류하게 되었다. 이들까지 가세한 한 무리들이 우르르 몰려다니며 우연찮게 산책이 시작되었다. 그들은 방파제로 향했다. 그곳에서 그들은 한줄로 나란히 걸터앉아 방파제에 부딪혀 하얗게 스러지는 파도를 바라보았다. 규칙적으로 일렁이는 파도가 방파제에 부딪힐 때마다 철썩 하고 소리가 났다. 모두들 말없는 가운데 애꿎은 바다만 바라보던 그들 중 건어물상을 하고 있는 투르느보가 마침내 입을 열었다.

"아, 이거 아주 따분하군."

이 말에 세무관 팡페스가 응수했다.

"나도 마찬가지야."

하는 수 없이 그들은 다시 떼를 지어 걷기 시작했다.

그들은 '숲 그림자'로 불리는 언덕 밑의 길을 따라 걸었으며 저수지에 놓여진 나무다리가 나오자 그곳을 건넜다. 다시 철로를 지나 저잣거리로 나왔다.

그런데 무슨 연유에서인지 세무관 팡페스와 건어물상 투르느보가 큰소리로 싸우는 것이었다. 싸움의 발단은 버섯 때문이었는데 이 근처에서 싸움의 원인이 된 그 식용 버섯을 둘 중 누군가가 보았다고 우겼던 모양이다.

오늘 벌어진 모든 일이 뜻대로 되지 않자 서로들 기분이 좋지 않은 상태에서 의견 충돌이 일어났던 것이다. 만약 사람들이 말리지 않았다면 좋지 않은 일이 벌어졌을 것이다. 이에 팡페스는 자신의 분을 삭이지 못하고 돌아가 버렸다.

이 일이 벌어지자마자 목재상을 하고 있는 푸랑과 보험업자 뒤피가 세무관의 월급과 뒷돈에 대해서 이야기를 나누다가 또 시비가 붙었다. 둘이 서로 욕을 하며 싸우고 있을 때 테리에 집이 열리기를 기다리다 지쳐 돌아가는 선원들의 고함 소리가 들려 왔다.

이들이 지나가자 갑자기 일행은 하던 짓을 멈추고 남의 집 처마 밑으로 숨어 들어갔다. 그리고 그들이 완전히 멀어졌을 때 푸랑과 뒤피는 싸움 끝에 서로 뾰로통해져서 각자 집으로 돌아갔다.

이제 남은 일행은 네 명뿐이었다. 누가 먼저랄 것도 없이 이들의 발은 테리에 집을 향하고 있었다. 건물은 여전히 문이 닫혀 있었고, 등불도 꺼져 있었다. 선원들이 떠나 버린 그곳에는 한 주정꾼이 고집스럽게 문을 두드리다가 끝내는 그것을 멈추고 이곳 보이인 프레데릭을 불렀다.

그러나 안에서는 아무런 응답도 없었다. 그러자 그는 계단 위에 주저앉아 버렸는데 추이를 지켜보겠다는 심산 같았다.

남은 일행 네 명은 이제 단념해야겠다며 돌아가려던 참이었는데 다시 그들 앞에 좀전의 선원들이 모습을 드러냈다. 프랑스 선원들은 '라 마르세예즈'를, 영국 선원들은 '루브 브리타니아'를 부르고 있었는데 서로 질세라 각각 악을 쓰며 노래를 하고 있었다.

이 맹수와도 같은 거친 무리들은 부두 쪽으로 가서는 두 나라 선원 사이에 패싸움이 벌어졌다. 그로 인해 영국 선원 한 사람은 팔이 부러졌고, 프랑스 선원 하나는 코뼈가 부러졌다.

아까 테리에 집의 문을 두드려 대던 주정꾼은 공연히 눈물을 흘리며 앉아 있었다. 술기운 탓인지 그는 흐느끼며 울었다.

마지막 함께 했던 네 사람도 이내 지쳐 돌아가자 거리는 어느새 조용해졌다. 가끔씩은 사람들 소리가 나기도 했지만 그것 역시 가까이 왔다가는 다시 사라져 갔다.

하지만 그때까지도 무슨 미련이 남았는지 돌아가지 않고 남아 있는 한 남자가 있었다. 바로 건어물상 투르느보였다. 그는 도저히 일 주일을 기다릴 자신이 없었기 때문에 혹 기대하는 일이 벌어지지나 않을까 해서 서성거리고 있던 것이었다.

그는 뭔가 생각에 잠긴 채 왔다갔다했다. 그런 그는 갑자기 경찰이 미워졌다. 경찰은 공공건물에 대해서 단속을 하거나 때론 보호를 하면서도 이 건물의 폐쇄를 허용한 이유가 무엇인지 납득이 가지 않았기 때문이다. 아무튼 그에게 있어서 경찰이란 아주 괘씸한 존재였다.

그는 돌아가기 전 그곳의 벽을 안타깝다는 듯 쓰다듬어 보았다.

그러자 처마 밑의 벽에 종이 한 장이 붙어 있음을 발견했다. 그는 내용이 궁금하여 성냥불을 비춰 보았다. 거기에는 졸렬한 글씨로 다음과 같은 내용의 글이 적혀 있었다.

'첫 영성체 참가로 잠시 휴업함.'

내용을 확인한 투르느보는 결국 모든 것을 포기하고 돌아가야 했다.

한편 계단에서 주저앉아 울고 있던 주정꾼은 어느새 다리를 쭉 뻗고 잠들어 있었다.

다음날에도 이 집을 그리워하던 단골 손님들은 모두 같은 마음으로 이 집 앞을 슬쩍 지나가 보았다. 물론 그들은 점잖은 체면에 노골적으로 그러기가 민망해서인지 한결같이 한쪽 손에는 서류 봉투를 들고 있었는데, 마치 사업상 아주 바쁜 사람들처럼 보였다. 그리고는 이 집에는 볼일이 없다는 듯 무심하게 지나치면서도 눈길만은 벽에 붙어 있는 그 종이 쪽지에 고정시키고 있었다.

'첫 영성체 참가로 잠시 휴업함.'

2

마담은 남동생이 한 명 있었다. 그는 고향인 루르 현을 떠나지 않고 비르빌에서 목수로 일하고 있었다. 마담이 이브토 근교에서 하숙을 치고 있었을 때 그녀는 이 남동생의 딸, 그러니까 자신의 조카의 대모(代母)였다. 마담은 조카에게 콩스탕스 리베라는 이름을 지어 주었다. 특별히 리베라는 것을 붙인 이유는 그것이 그녀가 태어난 생가의 명칭이었기 때문이다.

남동생은 누나가 하숙 일을 그만두고 새로 손댄 사업이 잘된다는 것을 알고 있었다. 그들은 각자 종사하는 일이 바빠서 거의 만나지 못하고 있었지만 그래도 편지만은 주고받았다.

마담의 조카는 올해가 열두 살이 되는 해였다. 올해 처음 조카의 영성체가 이루어지므로 마담은 조카의 대모로서 이 의식에 참석해야만 했다. 사실 이것은 그 남동생이 누나와 한번 만나 보고자 편지를 보냈기 때문에 이루어진 일이었다. 물론 그는 누나가 이 의식에 꼭 참석할 것이라는 것을 믿어 의심치 않았다.

마담은 이에 응하기 위해 잠시 가게 문을 닫은 것이었지만 남동생 조제프는 또 다른 속셈을 갖고 있었다. 마담에겐 아이가 없었으므로 일단 그녀에게 잘 보이기만 하면 나중에 그녀의 재산이 모두 자신의 딸에게 돌아올지도 모른다는 생각을 가지고 있었던 것이다.

조제프로서는 누나가 어떤 장사를 해서 돈을 버는 것인지 그것은 중요하지 않았다. 고향 사람들 중 아무도 그녀가 무엇을 하며 사는지 몰랐기 때문이다. 그저 테리에 부인이 페캉에서 잘살고 있다더라 하는 정도만 알고 있을 뿐이었다. 그 잘살고 있는 이유도 연금 때문인 줄로 알고들 있었다.

이곳 비르빌에서 마담이 장사를 하는 페캉까지는 80킬로미터나 되었다. 이런 구석진 곳에 살고 있는 시골 사람들에게 80킬로미터란 거리는 넓은 바다를 건너는 것과 같은 의미라고 보면 되었다. 때문에 이 비르빌 고장의 사람들이 가는 곳이라곤 루앙이 고작이었다.

테리에집

또한 페캉 사람들 역시 고작 5백여 가구밖에 안 되는 다른 현의 사람들에게 신경 쓸 필요도 없음은 물론이었다. 어쨌든 결론적으로 말해서 사람들은 그녀가 무엇을 하는지 모른다는 것이었다.

하지만 마담은 영성체 의식이 다가옴에 따라 한 가지 문제에 부딪혔다. 그것은 가게를 봐 줄 사람이 없다는 것이었다. 만약 자기가 가게를 비우는 날에는 아래층 여자들과 2층 여자들 사이에 늘 잠재되어 있던 시기심이 겉으로 표면화될 것이 뻔했고, 거기에다가 보이인 프레데릭까지 합세해서 술을 퍼먹고는 주정하는 것이 훤히 보이는 듯했다. 프레데릭에겐 한 가지 고약한 버릇이 있는데 그것은 그가 술만 마시면 아무것도 아닌 일로도 트집을 잡는다는 것이었다. 그녀는 이 생각 저 생각 끝에 결국 종업원들 전부를 데리고 이 의식에 참가하기로 했다. 물론 프레데릭에게는 이틀 간의 휴가를 주었다.

마담이 남동생 조제프에게 이러한 뜻을 전하자 그는 기꺼이 이에 응했고, 그녀들 전부를 자기 집에서 묵도록 해 주겠다고 했다. 마침내 토요일 아침이 되자 그녀 일행은 8시발 2등 기차를 타고 비르빌로 향했다.

부즈빌까지는 기차 안에 승객이 없었기 때문에 그녀들은 마음껏 수다를 떨 수가 있었다. 그런데 부즈빌 역에서 부부로 보이는 한 쌍이 기차에 올랐다. 남자는 푸른 작업복 차림의 나이 많은 농부였는데 웃옷의 깃이 아무렇게나 속으로 들어가 있었으며, 헐렁헐렁한 소매의 끝에는 고무줄을 대었는지 갑자기 좁아졌다.

한편 여자 쪽은 빛 바랜 깃털을 꽂은 구식 모자를 머리에 쓰고 있었는데 한 손에는 어울리지 않을 정도로 큰 우산을 들고 있었고, 또 한 손에는 커다란 바구니를 들고 있었다. 바구니 안에는 얼이 빠진 오리 세 마리가 들어 있었다. 촌스런 화장에 어딘가 모르게 긴장한 듯한 여자는 곡괭이 같은 코에 암탉 같은 생김새를 하고 있었다.

마주앉은 이들 부부는 아무 말도 않고 어색한 듯이 있었다. 마치 화려한 여자들 틈에 끼어서 주눅이 든 모습과도 같았다.

사실, 기차 안은 마담을 포함한 다섯 여자들로 인해 얼마나 화려했는지 모른다. 그녀들은 직업이 직업이니만큼 머리부터 발끝까지 요란하게 치장을 하였다.

파란색 비단옷에 너무나 대조적인 새빨간 숄을 걸친 마담, 체크

무늬 드레스를 입은 페르낭드, 페르낭드는 드레스를 입기 위해
얼마나 코르셋을 죄었는지 숨쉬기조차 힘들 정도였다. 그리고 왈
가닥 로자는 큰 무늬의 분홍색 치마를 입고 있었는데 뚱뚱한데다
가 다리마저 짧아 마치 난쟁이 같았다.

　아래층을 담당하는 두 여자, 루이즈와 플로라는 커튼으로 만든
이상한 옷을 입고 있었다. 그것도 최신 유행하는 커튼 천이 아니
라 아주 오래된 것이어서 왕정 시대의 커튼이라고 해도 믿어질
정도였다.

　이제껏 아무 거리낌없이 기차 안에서 수다를 떨던 여자들은 다
른 사람들이 올라타자 갑자기 태도가 돌변했다. 즉 자신들이 무
슨 상류층 부인인 양 점잖은 얼굴을 하고서는 그녀들답지 않은
고상한 이야기를 하는 것이었다. 기차가 보르베크에 도착하니 또
한 명의 신사가 올라탔다. 그는 열 손가락에 낀 반지만 해도 몇
개씩이나 되었고, 금팔찌를 손목에 두르고 있었다. 갈색의 구레
나룻을 기른 그는 선반에다가 여러 개의 짐을 올려 놓았다. 넉살
좋은 사람인 듯 그는 여자들에게 간단한 목례를 했다. 그리고는
실실 웃으며 농을 걸어 왔다.

　"아이고, 이거 주둔지를 이동하시는 부인들이신가 봅니다."

　이 말에 여자들은 마음이 상했다. 특히 제일 마음이 상한 마담
은 흥분을 가라앉히며 퉁명스럽게 대꾸했다.

　"말씀이 지나치십니다."

　그 말에 신사는 넉살을 부리며 말했다.

"아, 네, 네, 제가 대단한 실례를 범했군요. 저는 그저 수도원이라고 말하려 했던 것인데 말이 헛나왔습니다."

이 신사가 진심인지 아닌지는 모르나 어째 됐든 겉으로는 사과를 하고 나왔기에 마담은 딱히 할말이 없어져 버렸다. 그래서 그걸로 그냥 참아야 하는 건지, 아니면 따끔한 맛을 보여줘야 하는 건지 판단이 서지 않아 그냥 입을 다물고 말았다.

이 신사는 왈가닥 로자와 농부 사이에 앉아 있었다. 마담의 말에 무안해진 그는 주위를 환기시키려는 듯 바구니 안에 들어 있는 세 마리 오리에게 윙크를 해 보였다. 그는 은근히 이 열차 안에서 자기가 제일 인기 있는 사람이라는 것을 깨닫자 익살을 부리고 싶은 모양인지 호기 어린 짓을 해 보였다.

"꽥, 꽥, 꽥 우리는 지금 막 작은 연못에다 작별의 인사를 고하고 왔습니다. 조금 있으면 우리는 날카로운 쇠꼬챙이에 끼워져 그와 함께 있을 예정입니다. 꽥, 꽥, 꽥."

신사가 이 오리들의 목을 자꾸만 간질이자 오리들은 한꺼번에 외쳐 댔다.

"꽥, 꽥, 꽥! 꽥, 꽥, 꽥!"

여자들은 그만 웃음을 터뜨리고 말았다. 여자들은 몸을 구부려 오리를 보기 위해 난리 법석을 떨었다. 그녀들은 오리에게 정신을 빼앗겨 버렸다. 신사는 이 기회를 놓치지 않고 더욱더 익살을 부렸다.

로자도 한몫 거들었다. 그녀는 곧 팔려 갈 오리들의 코끝에다가 입을 맞추었다. 그러자 나머지 여자들도 그렇게 하겠다며 나서는 것이었다. 신사는 어느 틈에 이 여자들을 자기 무릎 위에 앉혀 놓고 마음대로 주무르고 있었다. 그러더니 갑자기 예를 갖추지 않고 함부로 대하기 시작했다.

이러한 소란에도 불구하고 농부 부부는 꼼짝 않고 있었다. 특히 주름투성이의 남자는 신사의 익살에도 웃지 않았고, 이 소란에 놀라지도 않은 채 눈만 꿈뻑이고 있었다.

사실 이 신사는 행상을 하는 장사꾼이었다. 그는 여자들에게 바지걸이를 하나씩 주겠다며 호기를 부렸는데 가방을 하나 내려서 열어 보니 그 속에는 양말 대님(여성의 치마 속에 코르셋과 스타킹을 연결시켜 흘러내리지 않게 해 주는 대님―옮긴이)이 잔뜩 들어 있었다.

그것은 파랑, 분홍, 빨강, 보라, 주황, 자주 등 갖가지 색깔을 다 갖추고 있었다. 여자들은 화려함에 놀라 저도 모르게 환성을 질렀지만, 이어 화장품이나 장신구 등이 쏟아져 나오자 여자의 본성을 드러내며 조심스럽게 살펴보기 시작했다.

그녀들은 서로 눈짓을 주고받거나 귓엣말로 속삭였다. 다만 마담은 이들 여자와는 달리 화장품보다도 주황색 양말 대님에 더 눈길이 갔다. 그것은 정말이지 자신을 위해 만들어진 양말 대님이 틀림없다고 마담은 생각했던 것이다.

신사는 잠시 이들의 눈치를 살피다가 입을 열었다.

"자, 누가 한번 모델로 나서서 시범을 보여줍시다."

그러자 여자들은 한결같이 어머나! 하고 소리를 질렀다. 여자들은 마치 신사가 강제로 치마를 올리고 양말 대님을 해 주겠다는 걸로 받아들였는지 모두들 다리를 모으며 치마를 움켜쥐었다. 그러나 신사는 능글맞게 웃으며 서 있었다. 그리고는 무슨 선고라도 내리듯 말했다.

"더 이상 필요한 물건이 없으시다면 이것으로 짐을 챙기겠습니다."

그 말 속에는 여자들을 충동질하는 듯한 어감을 풍기고 있었다.

"가장 먼저 나서서 양말 대님을 해 보시는 분께는 제가 마음에 드시는 걸로 그냥 드리겠습니다만……."

여자들도 신사의 속셈이 들여다보이자 이제 물건에는 흥미가 없다는 듯 아까와는 전혀 다른 태도를 취했다. 그러나 '두 대의 펌프'로 불리는 루이즈와 플로라가 애석하다는 표정을 지어 보였으므로 다시 한 번 기회를 주었다. 그중 플로라가 제일 심했는데 그녀는 그 양말 대님을 너무너무 갖고 싶어했다.

신사는 그것을 눈치채고 그녀에게 말했다.

"마음에 드는 것 있으면 한번 해 봐요. 그래, 이게 좋겠군. 이 연보랏빛 양말 대님이 아가씨에게 제일 잘 어울리겠는데?"

그러자 비장한 각오를 한 듯한 그녀가 마침내 치마를 걷어 올리며 그 튼튼한 한쪽 다리를 내밀었다. 그녀의 다리는 마치 시골의 소치는 아낙과도 같았다. 신사는 손수 몸을 숙여서 양말 대님을 끼우고는 스타킹을 무릎 위까지 올려 주었다.

그리고는 됐다는 신호로 다리를 슬쩍 간질이자 그녀는 그 꼴을 한 채 몸을 뒤틀며 저 혼자 웃어 댔다. 다른 쪽 발마저 다 끝나고 나자 신사는 정말로 그녀에게 그 연보랏빛 양말 대님을 주었다. 그리고는 좌중을 훑어보며 다시 한 번 물었다.

"자, 이번에는 누가 한번 해 볼까요?"

여인들은 서로 먼저 하겠다며 아우성쳤다.

"나예요. 이번에는 내 차례라니까요!"

신사는 로자부터 걸쳐 보자고 말했다. 로자는 치마를 걷어 올렸다. 정말이지 그녀의 다리는 복사뼈가 만져지지 않을 만큼 둥근 호박과도 같았다. 아니, '소시지 다리'라고 하는 편이 더 올바른 표현일 것이다. 페르낭드는 그 다음 차례였다. 무게가 나가 보이는 원기둥 같은 다리를 보자 신사는 감격한 듯했다. 그러나 말라 깽이 유대 미인은 신사의 취향이 아닌 듯 아무런 평도 받지 못했다. 루이즈는 이 신사에게 장난을 쳐 볼 심산으로 갑자기 자신이 입고 있던 치마를 걷어 올려 그의 머리에 씌웠다. 여태까지 그녀들의 행동을 쭉 지켜보던 마담은 수위를 넘었다는 판단이 서자 지금쯤 자신이 간섭하고 나설 때라고 생각했다.

마지막으로 마담도 다리를 내밀어 보았다. 마담의 다리는 지금까지의 다른 여자들과는 달리 노르망디 여인 고유의 아름다운 다리를 갖고 있었다. 마담의 다리는 그야말로 매끈했으며 윤기가 자르르 흘렀다. 소위 수많은 여자를 보아 온 이 신사도 마담의 다리를 보고는 입을 다물지 못했다. 그리고는 모자를 벗더니 자신

테
리
에
집

131

이 무슨 프랑스 기사라도 되는 양 경의를 표했다.

농부 부부는 이들의 짓거리를 흘끔흘끔 지켜보았다. 여자들에게 차례로 양말 대님을 다 해 준 신사는 그때까지 구부리고 있던 몸을 펴면서 이들 부부의 코앞에 대고 "꼬꼬댁 꼬꼬꼬!"하는 것이었다. 이에 여자들은 배꼽을 잡고 웃어 댔다.

이들 부부는 모트빌 역에서 하차했다. 남편은 그 커다란 우산과 오리 바구니를 신주 단지 모양으로 끝까지 지키고 있었다. 부인은 차에서 내리면서 남편에게 말했다.

"저것들은 매춘부들이에요. 아마 일당 모두 파리로 가는가 봐요."

한편, 신사처럼 행동하던 이 잡상인도 여자들과 한바탕 놀고는 기차가 루앙 역에 다다르자 이제까지 아무 일도 없었다는 듯 쏜살같이 내려 버렸다. 마담은 그 남자가 기차 안에 있는 동안 자신들에게 보여줬던 무례한 행동에 대해 꾸짖어 주려고 벼르고 있는 중이었는데, 대뜸 그 남자가 루앙 역에서 내려 버리자 약이 올랐다. 그래서 마담은 여자들을 향해 훈계조로 말했다.

"상대방을 생각하지도 않고 말을 걸다가는 어떻게 되는지, 우린 오늘 아주 좋은 경험을 했어."

이윽고 기차가 오아세르에 도착하자 그녀들은 비르빌로 가는 기차로 갈아탔다. 한 정거장을 지나니 조제프가 그녀들을 기다리고 있었다. 흰말을 수레 채에 맨 커다란 마차도 그 옆에 있었다. 마담과 남동생 조제프, 그리고 라파엘이 안쪽에 앉고 세 여인도 세 다리 의자에 자리를 잡았다. 하지만 좌석이 한 개 모자라서 일행 중 한 명은 제일 몸집이 큰 페르낭드의 무릎 위에 앉아야 했다.

마차가 움직이자 마차 안이 심하게 흔들렸다. 일행은 춤추는 파도처럼 일렁였고 술 취한 사람처럼 옆으로 비틀거렸다. 여자들은 이에 놀라 소리를 질렀지만 덜컹거리는 마차 소리에 묻혀 버리고 말았다.

그녀들이 쓰고 있던 끈이 달린 모자는 등뒤로 넘어가거나 콧등에 걸쳐져 버렸다. 하지만 그런 것은 아무렇지도 않다는 듯 말은 제 갈 길을 달리고 있을 뿐이었다. 다만 볼품없이 늘어진 말총으로 자신의 엉덩이를 가끔씩 치며 나아갔다.

조제프는 말고삐를 단단히 쥐고 있었다. 그리고는 이랴! 이랴! 하며 소리를 질렀으나 그 소리는 마치 병아리를 부르는 암탉 같았다. 그래도 말은 조제프의 목소리를 알아듣고는 더 빠른 속력을 냈다.

푸른 밭에 심어진 노란 장다리 꽃줄기에서 나오는 짙은 냄새와 바람에 실려 온 달콤한 향기가 여자들의 가슴에 스며들었다.

하늘색 도깨비부채꽃이 키가 큰 보리 포기 사이로 빠끔히 얼굴을 내밀었다. 여자들은 그 꽃을 꺾어 다발을 만들고 싶었으나 조제프가 너무나 빨리 달리는 통에 만져 볼 수도 없었다. 때론 들판에 펼쳐진 밭이 피를 뿌려 놓은 듯 붉게 빛날 때도 있었다. 양귀비꽃이 붉게 물들인 탓이다.

이렇게 다양한 꽃들로 뒤덮인 들판을 가로지르며 마차는 계속해서 덜컹거리는 시골 길을 달렸다. 무성하게 뒤덮인 나무 그늘을 지나기도 했고, 또 그 나뭇잎 사이를 달리기도 했다.

햇빛을 받은 마차는 풍작을 알리는 농작물 사잇길을 빠르게 달렸다. 이윽고 일행은 목적지에 다다랐다. 그때가 오후 1시쯤이었다.

조제프의 집에 도착한 여자들은 긴 여행 탓으로 지친데다가 제대로 끼니를 때우지 못해 얼굴이 창백해 보였다. 마차가 집 앞에 도착하자 조제프의 아내가 부리나케 달려나왔다. 그리고는 마차에서 내리는 사람들에게 다가가 한 사람 한 사람씩 키스를 해 댔다. 반가움의 인사였다. 여자들은 채 숨도 돌리지 않은 상태였기 때문에 정신이 없었다. 특히 조제프의 아내는 시누이의 손을 잡고는 반갑다며 놓으려 하지 않았다.

시장한 그들을 위해 조제프의 아내는 식사를 마련했다. 식사는 방에서 이루어졌다. 내일 벌어질 의식을 위해 식탁 등이 준비되어 있었다.

일행은 사과로 만든 고급 시드르(cidre)주로 목을 축인 다음 오믈렛과 돼지고기로 허기를 채웠다. 그러자 다들 그제서야 정신이 들었다. 조제프의 아내는 모처럼의 손님 접대로 매우 분주했으나 음식물을 나르는 중간 중간에 "마음껏 드세요."라는 말을 빼놓지 않았다. 그러나 조제프는 누이와의 해후를 기념하기 위해 아까부터 술잔을 한 손에 들고 있었다. 건배를 하기 위함이었다. 그러나 다들 정신 없이 먹는 통에 그것을 알아차린 이는 없었다.

한쪽 벽면에 세워 놓은 널빤지 밑에는 쓸어모아 둔 대팻밥에 있었는데 그 나무 냄새와 끈끈하고 독특한 송진 냄새가 한데 어울려 이 집 안을 풍기고 있었다.

이제 좀 휴식을 취할 수 있게 된 여자들은 올해 첫 영성체를 할 여자아이가 누군지 보고 싶어졌다. 그러나 그녀는 성당에 갔기 때문에 저녁이나 되어야 돌아온다고 했다.

그래서 그들은 마을 주변을 산책하기로 했다. 꽤 작고 초라한 마을이었다. 상점이라고 해 봐야 열 집 정도뿐이 안 되는 것 같았다. 이 상점들은 마을에 뚫려 있는 큰길 한쪽에 죽 늘어서 있었는데 고깃집과 식료품점, 목수집과 자그마한 찻집, 구둣방과 제과점이 전부였다. 성당은 여기에서 조금 떨어져 있는 곳에 위치해 있었는데 둘레에는 묘지들이 마치 울타리처럼 감싸고 있었다. 성당 앞에 심어진 네 그루의 커다란 보리수나무가 이곳 전체를 뒤덮고 있는 느낌이었다.

특별한 양식으로 지워진 것 같지 않은 성당은 도자기나 유리의 원료가 되는 규석으로 지어진 것 같았는데 옥상에는 다른 성당과 마찬가지로 종루가 서 있었다. 그러나 그것 역시 보잘것없는 슬레이트 지붕으로 덮여 있었다. 성당 뒤로는 끝없이 펼쳐진 들판이 보였고, 그곳에 이 고장의 집들이 옹기종기 모여 있었다. 집들은 뜨거운 햇빛을 피하려는 듯 전부 나무 그늘 아래 자리를 잡았다.

테
리
에
집

135

작업복 차림의 조제프는 몹시 점잖은 체했으며, 누이의 팔에 제 팔을 끼고는 위엄 있는 사람처럼 행동하려 했다. 조제프의 아내는 여자들이 입고 온 화려한 옷에 정신이 팔려 있었다. 특히 금실의 실이 수놓여진 라파엘의 드레스에 신경을 집중하고 있었다. 그래서 그녀는 라파엘과 페르낭드 사이로 끼어들었고 그 뒤를 이어 뚱보 로자가 따랐다. 지친 탓인지 오늘따라 유난히 절뚝거려 보이는 플로라와 루이즈도 함께 길을 나섰다. 그녀들이 거리를 누비고 다니자 사람들은 멍하니 하던 일을 멈추고 그녀들에게 시선을 집중했다. 심지어는 아이들도 하던 놀이를 멈춘 채 그녀들을 쳐다보았고, 마을 사람들은 신기한 듯 저마다 문 앞으로 나와 섰다. 처음 보는 이 도회지의 화려한 여인들이 그들에겐 신기하게 보였다.

'영성체 의식 때문에 멀리서 손님들이 오셨나 보군. 어이구, 대단하신 분들인가 봐.'

사람들은 자신들과는 달라 보이는 그녀들을 보고 목수인 조제프의 집을 존경 어린 시선으로 바라보았다.

그녀들이 성당 앞을 지날 때쯤이었다. 안에서는 아이들의 노랫소리가 울려 퍼졌다. 아이들은 저마다 목이 터져라 성가(聖歌)를 부르고 있었다. 여자들은 그 안에 들어가고 싶어졌다. 하지만 마담은 그녀들을 가로막았다. 아이들이 방해받을지도 모른다는 생각에서였다.

조제프는 이렇게 그녀들을 데리고 마을을 구경시키며 다녔다.

올해 논밭의 수확량이 얼마이며, 또 가축의 생산량은 어떠했으며, 땅의 임자는 누구라는 등 시시콜콜한 설명을 마친 후에야 그녀들을 이끌고 집으로 왔다.

집이 좁아서 여자들은 한 방에 두 명씩 잘 수밖에 없었다. 조제프는 아내와 누나와 함께 자기로 하고 페르낭드와 라파엘, 루이즈와 플로라가 짝을 이루었다. 방이 부족했으므로 루이즈와 플로라는 부엌 바닥에 자리를 잡았다. 로자는 계단 위에 있는 작은 방에서 혼자 자기로 했다. 그 방 앞에는 또 다른 작은 방이 있었는데 주인공인 영세받을 소녀가 오늘 하루 그곳에서 자야만 했다.

소녀가 집으로 돌아오자 여인들은 저마다 소녀를 껴안고 키스를 퍼부었다. 그러지 않고는 베길 수가 없었던 것이다. 그녀들의 그러한 태도는 애정에서 비롯되었다고 할 수도 있었지만 누구에게든 아양을 떨며 살아 온 그녀들의 직업에서 나온 버릇이기도 했다. 이곳에 오기 위해 열차를 탔을 때도 오리에게 입맞춤한 것은 어쩌면 그러한 습관에서 나온 것인지도 모른다.

그녀들은 소녀를 꼭 껴안기도 하고, 무릎에 앉혀 소녀의 아름다운 금발을 쓰다듬기도 했다. 이것은 인사치레가 아닌 그녀들의 마음에서 솔직하고 자연스럽게 일어나는 애정으로부터 나온 것이다. 소녀는 그녀들의 호들갑에 조용히 자신의 몸을 내맡겼다. 이미 죄의 사함을 받은 소녀는 세속에 물든 더러운 먼지 따위는 자신의 몸에 절대로 붙지 않으리라는 믿음으로 충만해 있었다.

여자들은 그날의 고된 여행으로, 그리고 집주인 부부는 모처럼의 손님 접대로 지쳐 있었기 때문에 일찍 저녁 식사를 마치고 잠자리에 들었다. 한적한 시골의 적막함은 종교적 분위기로 가득 찬 이 마을을 한 아름에 안고 있었다. 주위의 모든 것이 어둠 속에 묻힌 채 고요함만이 하늘 끝까지 뻗어 나갔다.

시끌시끌한 도회지의 생활에 익숙해 있던 그녀들은 이 시골의 고요함으로 인해 감동의 물결 속으로 빨려 들었다. 기온은 차갑지 않았으나 그녀들은 온몸이 오싹해져 왔다. 그것은 자신들의 때문은 영혼으로부터 느껴지는 고독감 때문이었다.

그녀들은 잠자리 속에서 서로를 꼭 껴안았다. 이 깊은 적막감이 자신 속으로 들어오려 하자 두려운 생각이 든 탓이다. 혼자 좁은 방에서 자기로 했던 로자는 잠을 이루지 못하고 뒤척였다. 혼자 자는 것에 익숙지 않았기 때문이다. 그래서인지 몸과 마음이 어딘지 모르게 허전해 왔다. 그런데 어딘가에서 나지막이 훌쩍거리는 듯한 울음소리가 들려 왔다. 로자는 이것이 소녀의 울음소리라는 것을 깨닫고는 깜짝 놀랐다. 그래서 소녀의 이름을 살며시 불러 보았다.

바로 로자의 앞쪽 방에서 자던 소녀는 작은 목소리로 대답했다. 자신은 항상 엄마랑 같이 잠을 잤었는데 이렇게 혼자 방에 있으니 무서워서 잠을 이루지 못하겠다는 소리였다.

로자는 소녀의 마음이 자기와 같다는 것을 알고는 뛸 듯이 기뻤다. 그래서 슬쩍 밖으로 나가 소녀를 데리고 들어왔다. 그리고는 소녀와 함께 자리에 누워 꼭 껴안아 주었다. 그러는 사이 자신도 모르게 잠이 들고 말았다. 소녀는 이 한 밤을 매춘부의 가슴에 묻혀 지냈던 것이다.

다음날 아침, 안젤루스(Angelus : 삼종 기도를 뜻하는 말로 카톨릭에서 아침·정오·저녁의 정해진 시간에 그리스도의 강생과 성모 마리아를 공경하는 뜻으로 기도를 바침. 삼종이란 종을 세 번 친다는 뜻으로 이때 성모송 3번을 암송한다 ─ 옮긴이)의 시간인 5시가 되자 성당에서 작은 종소리가 울려 왔다. 여느 때 같으면 해가 높이 솟은 후에야 일어나던 여자들이 이 종소리에 이른 아침부터 잠에서 깼다.

테리에 집

여자들은 특유의 커다란 목소리로 소란을 떨면서 이 문 저 문을 들락날락했다. 그리고는 풀을 먹여 뻣뻣해진 메린스로 만든 옷을 나르기도 하고, 의식에 쓰기에는 너무 큰 양초를 들고 왔다갔다 했다. 손이 닿는 밑부분만이 가느다랗게 되어 있고 한가운데는 비단실로 묶여 있는 커다란 양초였다.

지평선 부근이 떠오르는 태양으로 붉게 빛났다. 볏이 달린 머리를 길게 빼고는 소리 높여 새벽을 알리는 수탉과 부지런한 암탉들이 집 앞 여기저기를 걸어다녔다.

이웃마을에서는 아낙들을 태울 이륜마차가 속속 도착했다. 그녀들은 약속이나 한 듯 소박한 옷에다가 어깨에는 숄을 두르고 있었다. 그리고는 족히 3백 년은 넘은 듯한 은 브로치로 그것을 고정시켰다.

남자들은 오늘을 위해 새로 맞춰 입은 듯한 프록코트(18∼19세기에 서양에서 남자들이 입던, 무릎까지 내려오는 정장용 코트 — 옮긴이)를 입기도 했고, 미처 새로 지어 입지 못한 남자들은 낡은 연미복을 입고 있었다.

사람들은 마차를 두 줄로 질서 있게 세워 놓고 말들은 전부 마구간에 매어 놓았다. 마차들은 참으로 다양했다. 시골의 유일한 교통 수단인 마차는 거의가 다 초라했으나 의자를 갖춘 제대로 된 마차도 있었다.

조제프의 집은 벌집을 쑤셔 놓은 듯했다. 여자들은 여전히 속치마 차림이거나 무릎까지 내려오는 속바지를 그대로 입은 채였고, 머리는 수세미가 되어 소녀가 옷을 입는 것을 도와주고 있었다.

마담이 이 여자들을 지휘하고 있는 동안 오늘의 주인공인 소녀는 단 위에 서서 여자들이 하라는 대로 꼼짝 않고 있었다. 여자들은 소녀를 깨끗이 씻겨 주고 머리를 빗겨 주었으며 옷까지 입혀 주었다. 또한 맵시가 나도록 옷의 주름을 잡아 주거나 허리를 졸라매기도 했고, 화장까지 시켜 주며 예쁘게 단장시켜 주었다.

소녀를 멋지게 꾸며 놓은 여자들은 절대 움직이면 안 된다고 소녀에게 이른 후 각자 자신을 치장하기에 바빴다. 때문에 소녀는 죄수 아닌 죄수처럼 움직이지 않고 가만히 있어야 했다.

성당에서는 또 한 번의 종소리가 울려 왔다. 작은 종소리는 어찌나 초라한지 자그마한 사람의 목소리처럼 이내 허공으로 사라져 버렸다.

첫 영성체를 할 어린이들은 각자들 걸음걸이를 빨리 했다. '하느님의 집'은 이 마을의 구석진 곳에 있는 두 개의 초등학교와 마을 회관 맞은편에 자리잡고 있었다.

평상시에는 농사를 짓느라 허름한 옷들을 입은 부모들은 모처럼만의 몸단장이 조금은 쑥스러운 듯 짐짓 어색한 표정으로 아이들의 뒤를 따랐다. 소녀들은 하얀 크림을 연상케 하는 새하얀 비단 옷 속에 파묻혀 있었고, 사내아이들은 포마드를 이용해 머리를 찰싹 달라붙게 한 모습이 마치 술집의 웨이터 같았다. 게다가 새로 해 입은 검은 바지가 구겨질세라 두 다리를 벌리며 걷고 있었다.

성체 의식에 참여하기 위해 저마다 멀리서 온 친척들도 어린아이들의 뒤를 따르고 있었다. 참여하는 사람이 많으면 많을수록 그것은 집안의 영광이었다. 때문에 그 어느 집도 목수인 조제프네 손님 수를 따를 만한 집이 없었다. 목수 조제프가 마을 사람들의 기를 완전히 꺾어 놓은 것이다.

마담은 조카 콩스탕스의 바로 뒤를 따라갔다. 그리고 뒤를 이어 여인 부대가 걸어갔다. 조제프는 누나인 마담과 팔짱을 꼈고, 조제프의 부인은 라파엘과 같이 걸었다. 페르낭드와 로자, 그리고 루이즈와 플로라도 사이 좋게 걸어갔다. 이들의 걸음걸이는 그야말로 위풍당당한 행진에 가까웠다.

그들의 등장은 이 작은 시골 마을에 굉장한 효과를 미쳤다. 우선 학교에 도착하자 소녀들은 수녀 앞에 나란히 섰고, 소년들은 멋있는 선생 앞에 섰다. 소년들은 양쪽으로 길게 세워 둔 마차 사이를 대오도 정렬하게 걸어나갔고, 그 뒤를 따라 소녀들이 줄을 이었다. 마을 사람들은 그 뒷자리를 외지에서 온 손님들, 그러니까 마담의 무리들에게 존경을 표한다는 뜻으로 기꺼이 양보를 했다. 오른쪽 왼쪽 각각 세 명씩 줄지어 나아가는 그들의 모습은 마치 이 행렬에 불꽃을 더하는 것 같았다.

마담을 비롯한 여자들이 성당 안에 발을 들여놓자 사람들은 열광했다. 처음 보는 이들의 모습이 사람들을 들뜨게 만들어 잠시 소동이 벌어지기도 했다. 금실로 수를 놓은 성가대원의 옷보다도 더 아름답고 화려한 옷을 입은 부인들을 보자 사람들은 그만 놀라자빠진 것이다. 이에 촌장은 자기 자리를 양보하기까지 했다. 그래서 오른쪽 맨 첫 줄에는 마담과 올케, 페르낭드와 라파엘이 앉고 조제프와 로자, 그리고 '두 대의 펌프'는 그 뒷줄에 앉았다.

성가가 울려 퍼지는 동안 아이들은 무릎을 꿇고 있었다. 소년과 소녀들은 각기 양쪽으로 갈라져 있었으며 그들의 손에는 초가 들려져 있었다.

악보대 앞에 선 세 남자는 맑고 또랑또랑한 목소리로 성가를 불렀다. 그들은 끝이 늘어지도록 라틴어 음절을 길게 뽑았는데 특히 아멘의 '아'는 제멋대로 길게 늘어졌다. 여기에다가 관악기마저 그 단조로운 음을 길게 불어 댔고 구리로 만든 악기가 뒤를 따랐다.

그럴 때마다 한 아이가 고음으로 성가에 답을 했고, 사각모를 쓴 신부는 일어나서 무언가를 외우고는 다시 자리로 가 앉았다.

그러는 동안에도 세 남자는 악보대의 성가책을 보면서 계속 노래를 했다.

그렇게 얼마의 시간이 지나자 성가는 끝이 나고 성당 안은 갑자기 조용해졌다. 그러자 사람들은 모두 무릎을 꿇었다. 이어 왼손에 성배(聖杯)를 든 신부가 나타났는데 구부정한 모습이었다. 신부 앞에는 붉은 옷의 수사(修士) 두 명이 앞서갔고, 세 성가대원들이 다시 노래를 부르며 양쪽으로 섰다.

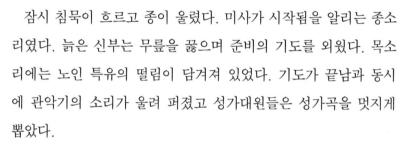

잠시 침묵이 흐르고 종이 울렸다. 미사가 시작됨을 알리는 종소리였다. 늙은 신부는 무릎을 꿇으며 준비의 기도를 외웠다. 목소리에는 노인 특유의 떨림이 담겨져 있었다. 기도가 끝남과 동시에 관악기의 소리가 울려 퍼졌고 성가대원들은 성가곡을 멋지게 뽑았다.

성당 안의 사람들도 함께 노래를 불렀다. 경건하고 낮은 목소리였다. 이어 하느님께 자비를 구하는 '키리에' 기도가 힘차게 울려 퍼졌다. "주여, 우리를 불쌍히 여기소서."라는 목소리는 어찌나 큰 목소리로 성당 안을 울렸는지 마치 성당 안의 낡은 천장에서 이에 응답이라도 하듯 작은 먼지가 흩날렸다.

슬레이트로 된 성당의 지붕은 태양열로 인해 뜨겁게 달궈져 있었다. 그러나 감동과 기대와 신비로움으로 가득 찬 아이들과 그것을 보고 감격한 부모들은 지붕의 열기를 느끼지 못하는 것 같았다.

신부는 머리에 쓴 사각모를 벗고 제단으로 올라갔다. 그는 나이를 가늠하게 하는 백발의 머리로 성서를 읽기 전에 신도들을 향해 손을 뻗으며 말했다.

"형제들아, 기도하라."

사람들은 신부의 말에 일제히 기도를 올렸다. 늙은 신부는 나지막이 뜻깊은 기도를 했고, 사람들은 머리 숙여 하느님을 찬양했다. 그 사이 종소리는 계속해서 울렸으며 아이들은 왠지 떨고 있는 것 같았다.

바로 그때, 두 번째 줄에 앉아 있던 로자의 머리에 한 가지 추억이 떠올랐다. 그것은 어머니와 함께 어렸을 적 성당에서 첫 영성체를 할 때의 일이었다. 그녀는 갑자기, 자기도 그때는 저렇게 새하얀 옷에 파묻혀 앉아 있었지…… 하며 울기 시작했다.

그 울음은 남에게 들리지 않는 작은 흐느낌으로 시작했다. 그러나 이런 저런 생각으로 감동이 밀려오고 목이 메자 점점 커지고 있었다. 그녀는 손수건을 꺼내어 눈물을 닦았으나 저도 모르게 새어 나오는 흐느낌만은 어쩌지를 못했다.

그러자 옆에 앉아 있던 두 대의 펌프도 옛 생각이 떠올랐는지 굵은 눈물 방울을 뚝뚝 흘리며 흐느끼고 있었다.

눈물이란 얼마나 전염되기 쉬운 것인가. 이번에는 마담의 눈가에도 뜨거운 눈물이 촉촉이 젖어 들었다. 그녀는 자신의 몸을 추스르기 위해 올케를 슬쩍 쳐다보았다. 그런데 자신뿐만 아니라 주위의 모든 사람들이 울고 있는 것이었다.

그때 막, 신부는 성체를 내리려 하는 순간이었다. 성체를 모실 어린이들은 이 경건한 분위기에 짓눌려 차가운 돌바닥에 웅크린 채 가만히 있었다.

성당 안의 사람들은 한 무리의 여인들이 모두 흐느끼고 있는 것을 보자 모두들 이상한 감동에 휩싸이기 시작했다. 그 울음에 감전된 듯 사람들도 여기저기서 눈물을 훔치며 미어지는 가슴을 억누르고 있었다.

테
리
에
집

마른 들판이 쉽게 불길에 휩싸이듯 이들의 눈물은 삽시간에 성당 안의 모든 사람들에게 전염되었다. 그래서 이 성체 배수에 참가한 모든 사람들이 눈물을 흘렸다. 그들은 이것이 초인적인 힘, 그러니까 어떤 전지전능한 힘에 의해 뿌려진 영혼이 그들의 머리 위로 날아다니고 있는 것이라 생각했다.

이때 기도서를 두드리며 곧 세례식이 시작된다는 신호를 한 수녀가 보내 왔다. 아이들은 떨리는 가슴을 안고 성대 가까이 갔다.

아이들은 한 줄로 서서 무릎을 꿇었다. 늙은 신부는 금칠이 된 세례반(洗禮盤)을 한 손에 들고, "그리스도의 몸"하며 아이들 곁을 지났다. 세상의 죄를 속죄하기 위해 제물이 되신 성스런 몸을 받는 아이들은 입을 벌린 채 눈을 감고 있었는데 떨린 탓인지 얼굴이 새파래졌다. 턱 아래 드리운 수건은 떨리는 몸으로 인해 일렁이는 파도처럼 흔들렸다.

그때였다. 갑자기 성당 안이 술렁거렸다. 사람들은 서로 웅성거렸고, 이제껏 소리를 죽였던 흐느낌이 폭풍이 되어 휘몰아쳤다.

이 모습을 본 신부는 감동한 듯 서 있었다. 그리스도의 몸이 담긴 세례반도 움직임을 멈추었다. 신부는 그저 마음속으로 중얼거렸다.

'오, 신이시여! 당신이 이곳에 계시나이다. 당신이 모습을 드러내셨나이다. 저희들의 기도에 응답하시고자 우리 머리 위에 계시나이다.'

그리고는 감격한 나머지 광기 어린 기도를, 마음 깊은 곳에서 우러나오는 영혼의 기도를 하늘로 올려 보내는 것이었다.

성체 의식이 끝나자 이상한 흥분도 서서히 가라앉았다. 그러자 신부는 당장에라도 그 자리에 주저앉아 버릴 것만 같았다. 그러나 인류의 죄를 구속하고자 십자가에 못 박혀 흘린 주님의 보혈을 자신의 입으로 가져갔을 때는 그 감격이 절정에 달했다.

사람들은 차츰 침착을 되찾아 갔다. 화려한 성가복을 걸친 성가대원들은 여전히 성가를 부르고 있었다. 관악기는 사람들의 울음에 덩달아 울었는지 목쉰 듯한 소리를 냈다.

신부가 말없이 두 손을 들자 성가대원들의 노랫소리가 그쳤다. 신부는 첫 영성체에 감격한 세례자를 헤치며 사람들 사이로 다가왔다. 사람들은 모두 제자리에 앉았다. 그리고는 체면을 차리지 않고 세차게 코를 풀었다. 그 동안 눈물과 함께 콧물이 뒤범벅되어 있던 것이다. 성당 안이 조용해지자 신부는 특유의 낮은 음성으로 사람들을 향해 입을 열었다.

"사랑하는 형제 자매여, 나는 마음을 다하여 여러분께 감사드립니다. 여러분들은 오늘 내 생애에 있어 가장 큰 기쁨을 주셨습니다. 기도 소리에 응답하시기 위해 오늘 하느님이 우리 머리 위에 내려오셨습니다. 나는 그것을 분명하게 느꼈습니다. 나는 내가 속한 교구에서 가장 나이 많은 늙은이이지만 가장 행복한 신부라고 자신합니다. 방금 우리 안에서 기적이 이루어졌습니다. 이것은 영원히 우리들 가슴속에서 기억될 것입니다. 첫 성체를 받아 모시는 이 어린 육체에 그리스도가 머무는 동안 이들 영혼은 하늘 나라의 새가 되었습니다. 그리고는 다시 여러분 머리 위로 날아와 여러분을 사로잡고 있던 것입니다."

신부는 말을 마치고는 다시 테리에 집 여자들을 향해 아까보다 좀더 목소리를 높이며 말했다.

"사랑하는 여러분, 그중에서도 특히 먼 곳에서 이곳까지 와 주신 여러분들께 감사드립니다. 여러분들의 깊은 신앙과 경건한 마음가짐은 참으로 감동적이었습니다. 여러분은 우리 교구를 교화(敎化)해 주셨고, 사람들의 마음을 따뜻하게 적셔 주셨습니다. 여러분들이 이 자리에 참석해 주셨기에 오늘 이렇게 영광된 의식을 치를 수 있었다고 생각합니다. 우리 형제 자매가 주님을 영접하기 위해서는 때론 선택된 한 사람으로도 충분할 때가 있는 법이죠."

신부는 목이 메어 와 잠시 말을 잇지 못했다. 그러나 조금 후,
"하느님의 가호가 여러분에게 있으시기를 바랍니다. 아멘."
하고 말하고는 제단으로 올라갔다. 이제 의식이 끝났다.

사람들은 저마다 밖으로 나가기 위해 아우성이었다. 아이들도

거기에 가세했다. 오랜 시간 동안 의식을 치르느라 지친데다가 허기마저 느꼈기 때문이다. 부모들은 식사 시간에 맞추려는 듯 마지막 성서의 낭독도 하지 않고 한 사람씩 성당 안을 빠져 나갔다.

그러자 성당 본당의 출입구는 갑자기 혼잡해졌다. 모두들 특유의 노르망디 사투리를 써 가며 떠들어 댔고, 아이들이 나오면 부모들은 자기 아이를 맞이하기 위해 그쪽으로 뛰어가기도 했다.

오늘 영세를 받은 콩스탕스는 마담네 여자들에게 키스 세례를 받느라 한동안 꼼짝할 수가 없었다. 한 여자가 포옹을 하고 키스를 끝내면 또 다른 여자가 달려들어 콩스탕스를 끌어안았으므로 계속 여자들에게 붙잡혀 있어야 했다. 콩스탕스의 뒤에는 부모와 여자들이 따라갔으므로 마치 그녀는 호위병 속에서 그들의 보호를 받으며 행진하는 것 같았다.

성체식 이후의 연회는 목수인 조제프의 집에서 열기로 되어 있었다. 조제프의 작업장은 연회장이 되어 온갖 잔치 음식이 마련되어 있었다.

열려 있는 문을 통해 마을의 집집마다 웃음소리가 들려 왔다. 조제프의 집뿐 아니라 다른 집에서도 연회가 한창이었던 것이다. 그들은 실컷 마시고 먹고 하면서 흥에 겨워하고 있었다. 농부들은 웃옷을 벗어 던진 채 이 고장의 특산물이라 할 수 있는 사과주를 한 잔 가득 따라 쭉 들이켰다.

오늘 영세를 받은 아이들은 연회석 맨 윗자리에 앉아서 축하를 받았다. 각각 두 집이 모여 그 중 한 집에서 연회가 벌어졌으므로 어느 자리고 두 명의 아이가 앉아 있었다.

연회가 벌어지고 있는 집 앞을 지나가는 마차의 마부는 맛있어 보이는 음식에 눈독을 들이며 입맛을 다셨다.

조제프의 집에서도 연회가 한창이었으나 어딘가 모르게 초조해 하는 분위기가 감돌기 시작했다. 마담은 얼굴에는 즐거운 표정을 머금고 있었으나 자꾸만 시계를 들여다보며 불안한 그림자를 드리웠다. 성체식 참가로 인해 그 동안 비워 둔 가게가 걱정이 된 것이다. 때문에 오후 3시 55분발 기차를 타고 루앙 시의 페캉에 도착해야만 했다. 그러나 아무것도 모르는 조제프는 저 혼자 흥에 겨워 신나게 술을 퍼 마시고 있었다.

테
리
에
집

조제프는 누이의 그런 마음을 알아차리고는 그녀 일행을 붙잡아 두기 위해 별짓을 다했다. 그러나 마담은 이에 응하기는커녕 들은 척도 하지 않았다. 그리고는 커피 한 잔으로 마무리를 지으며 떠날 채비를 했다. 여자들이 준비를 마치자 마담은 동생에게 말했다.

"조제프, 미안하지만 더 이상 지체할 시간이 없구나. 곧 마차를 준비해 줘야겠어."

그러자 조제프는 자기도 마담 일행을 따라나서겠다며 준비를 했다.

조제프의 아내는 콩스탕스에 대해 상의드릴 게 있다며 마담을 기다렸다. 시골 아낙인 그녀는 마담으로 하여금 동정심을 불러일으키기 위해 오랫동안 궁상을 떨었으나 마담에게서는 원하는 대답이 나오지 않았다. 마담은 조카딸을 무릎에 앉힌 채 그녀의 긴 이야기를 듣고 있다가 막연히 이렇게만 말할 뿐이었다.

"콩스탕스에 대해서는 다음에 이야기하도록 하지. 앞으로 시간도 많고 또 만날 날이 있을 테니까 말이야."

그런데 좀처럼 마차가 보이지 않았다. 테리에 집 여자들도 2층에서 내려올 생각을 하지 않았다. 뿐만 아니었다. 오히려 2층에서는 깔깔대는 웃음소리와 손뼉 치는 소리, 그리고 누군가가 비명을 지르며 버둥대는 소리마저 들렸다. 조제프의 아내가 마차가 어떻게 되었는지 알아보기 위해 밖으로 나가자 마담은 곧 2층으로 올라갔다.

마담은 2층에서 벌어지고 있는 광경을 보고는 어이가 없었다. 취할 대로 취한 조제프가 반쯤 옷을 벗어 던진 채 로자에게 덤벼드는 것이었다. 이에 로자는 허리가 끊어져라 웃어 대며 깔깔거리고 있었다. 날뛰는 조제프를 진정시키기 위해 루이즈와 플로라는 그를 말렸다. 그녀들은 감동적인 영성체 의식이 끝난 지 얼마 되지도 않았는데 바로 이런 상황에 처하게 되어 그만 화가 치밀었다.

하지만 페르낭드와 라파엘은 재밌다며 박수를 쳤고, 조제프에게 충동질을 해 댔다. 조제프는 흥분이 극에 달해 자기의 팔을 잡고 있는 두 여자를 뿌리치며 로자에게로 달려가 치맛자락을 올렸다. 그리고는 그 속에 얼굴을 디밀며 말했다.

"가만히 좀 있어 봐. 한번 즐기자고."

바로 이때 마담이 2층으로 들어선 것이었다. 화가 머리끝까지 오른 마담은 동생의 머리를 잡아채서 바닥에다 내동댕이쳤다. 그러자 술기운에 몸을 가누지 못하던 조제프는 그대로 나가떨어졌다.

얼마간의 시간이 흐르자 바깥의 뜰에서 머리에 찬물을 끼얹는 소리가 들렸다. 조제프가 정신을 차리려는 모양이었다. 그리고는 마차가 도착하고 그 자리에 다시 조제프가 얼굴을 나타냈을 때는 언제 그랬냐는 표정으로 점잖은 모습을 하고 있었다.

여자들은 다시 역을 향해 출발했다. 마차를 끄는 흰말은 신나게 달려나갔다.

마차 안으로 따사로운 햇살이 스며들자 여자들은 슬슬 장난기가 발동했다. 조금 전 조제프가 벌였던 난동이 머리에 떠올랐는지 그녀들은 마차가 흔들려도 웃고, 아무렇지도 않은 것 가지고도 자지러지게 웃어 댔다.

들판에는 찬란한 태양 빛을 받은 곡식들이 빛나고 있었다. 그 빛을 쳐다보고 있으려니 어지럽기까지 했다. 마차는 흙먼지를 일으키며 계속해서 목적지를 향해 달렸다.

노래부르기를 좋아하는 로자에게 페르낭드가 한 곡조 뽑으라며 권했다. 그러자 로자는 기다렸다는 듯이 '무동의 뚱뚱보 신부'라는 노래를 흥겹게 불러 제쳤다. 그러나 마담이 곧 제지를 했다. 오늘 같은 날에는 그런 노래가 어울리지 않는다는 이유였다. 마담은 로자에게 다시 말했다.

"좀더 고상한 노래는 없을까? 오늘은 의미 있는 날이잖아."

로자는 마담의 말에 노래를 멈추고 잠시 다른 노래를 생각하는 듯했다. 그러더니 밝은 목소리로 '우리 할머니'라는 노래를 불렀다.

우리 할머니, 생신 날 밤,

술에 취해 이리저리 몸 흔들며

옛날 이야기하였다네.

지금은 이래도

예전에는 날린 몸이라며!

쭉 뻗은 다리 보기에도 좋았다며!

하지만 그것은 옛날 옛적 이야기,

지금은 돌아갈 수 없는

옛 시절 꿈이었다네!

그러자 뒤를 이어 마담이 노래를 이었다. 여자들도 다 함께 합창을 했다.

예전에는 날린 몸!

쭉 뻗은 다리!

하지만 그것은 옛날 옛적 이야기,

지금은 돌아갈 수 없는
옛 시절 꿈이었다네!

"참 재미있는 노래군!"
조제프도 절로 흥에 겨웠다. 다시 노래를 이어받은 로자가 혼자
독창을 했다.

테
리
에
집

알고 보니 할머니,
바람둥이였다네.
열다섯 살 때부터
알게 된 사랑!
그 때문에 밤잠도 못 잤다나요!

후렴구는 모두가 합창을 했다. 조제프 역시 장단에 맞춰 채찍질
을 하고는 경쾌하게 말을 몰았다. 너무 빨리 달리는 마차 안에서
여자들은 이리 쓰러지고 저리 쓰러지면서도 정신 못 차리고 웃어
대며 노래를 불렀다. 풍작을 예감케 하는 농작물 사이로 그녀들
의 노랫소리는 한없이 뻗어 나갔다.
  길가에 서 있던 석공은 노랫소리가 들리자 일손을 멈추고는 철
사로 만든 안경 너머로 먼지를 흩날리며 달려가는 마차를 바라보
기도 했다. 드디어 역에 도착하자 조제프가 이미 술에서 다 깨어
난 목소리로 차분히 말했다.

"오랜만에 만났는데 너무 서둘러 가시니 섭섭합니다. 좀더 놀다 가시면 좋으련만……."

마담은 동생이 마음 상하지 않도록 그럴듯한 대답을 했다.

"기분에만 맞춰 살 수는 없는 일이지. 모든 일에는 때가 있는 법이니까."

조제프는 갑자기 머리 속에 멋진 생각을 떠올리며 누이에게 말했다.

"물론이에요, 누님! 모든 일에는 때가 있는 법이죠. 내달쯤 누님을 찾아 뵙겠습니다."

그리고는 음탕한 시선으로 로자를 바라보았다.

"그래, 오는 것은 상관하지 않겠지만 괜한 짓은 하지 않는 게 좋을 거다."

마담은 간단히 한마디만 하고는 입을 다물었다.

조제프는 대답할 말이 없어 궁색했으나 마침 기차의 기적 소리가 들려 오자 여자들에게 작별의 키스를 했다. 하지만 로자에게만은 입술에다 키스를 하려고 필사적이었으나 로자는 장난기 어린 표정으로 입술을 굳게 다문 채 재빨리 얼굴을 옆으로 돌렸다. 이에 조제프는 애가 타서 로자를 꼭 붙들었지만 결국 그의 목적대로는 되지 않았다. 때마침 역무원이 외치는 소리가 들려 왔다.

"자, 이 기차는 루앙으로 갑니다. 그쪽으로 가실 분들은 서둘러 기차에 오르십시오."

이 말에 그녀들은 기차에 올랐다.

긴 여운을 남기며 기적 소리가 울리자 기차는 서서히 움직이기
시작했다.

역을 빠져 나온 조제프는 못내 아쉬운 듯 로자에게서 시선을 떼
지 않았다. 그래서 그는 기차가 자기 앞을 지나갈 때쯤 로자가 불
렀던 노래를 보란 듯이 불러 댔다.

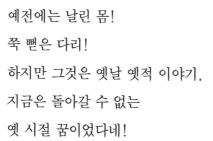

예전에는 날린 몸!
쭉 뻗은 다리!
하지만 그것은 옛날 옛적 이야기,
지금은 돌아갈 수 없는
옛 시절 꿈이었다네!

그러자 누구의 손수건인지 모를 하얀 손수건이 창 밖으로 나와
나풀거리며 인사를 대신하는 것 같았다.

3

이틀 동안의 여행에 지쳐 버린 여자들은 기차가 루앙에 도착할
때까지 곯아떨어졌다. 오랜만에 자 보는 평화로운 잠이었다. 실
컷 자고 일어나니 그녀들에겐 왠지 모를 새로운 힘이 솟았다. 그
리고 다시 일을 하기 위해 일터로 돌아왔을 때 마담은 그녀들에

게 이 한마디가 꼭 하고 싶어졌다.

"인간이란 이렇게 간사한 법이야. 이젠 이 장사도 하고 싶지가 않네."

다시 밤이 되자 여자들은 재빨리 저녁 식사를 마치고는 일할 준비를 했다. 그녀들에게 있어 일할 준비란 야한 옷으로 치장을 하고 손님이 오기를 기다리는 것이었다. 이틀 동안 꺼져 있던 문 위의 등불도 훤하게 밝혀졌다. 그것은 마치 어린 양이 우리 안으로 다시 돌아왔다는 소식을 알리는 것과도 같았다.

테리에 집에 다시 등불이 켜졌다는 사실은 삽시간에 이 고장으로 퍼져 나갔다. 지난 토요일 밤 누구보다도 테리에 집 근처를 떠나지 못했던 건어물상 투르느보는 은행가의 아들 필립에게서 이 기쁜 소식을 들었다. 그는 마침 그때 친척들과 함께 월요 만찬을 열어 커피를 마시는 중이었다. 그런데 한 사나이가 나타나 편지를 전해 주는 것이었다. 투르느보는 이 편지를 읽고는 가슴이 마구 뛰었다. 거기에는 이런 내용이 씌어 있던 것이다.

'대구를 가득 실은 배가 항구에 와 있습니다. 장사하기에는 다시없는 좋은 기회이니 빨리 나오십시오.'

그는 편지를 전해 준 사나이에게 20센트를 주고는 갑자기 얼굴이 새빨개졌다. 편지가 무엇을 말하고 있는지를 알아차린 것이다. 그는 몹시 서두르며 아내에게 말했다.

"급히 좀 나가 봐야겠소. 좋은 기회가 온 것 같아."

그는 이 편지를 아내에게도 보여주며 하녀를 불러 외출 준비를
지시했다.

"빨리 가서 외투와 모자 좀 가져 와."

그는 서둘러 집을 나섰다. 거리로 나오자 그는 절로 휘파람이
나왔다. 그곳으로 가는 길은 평상시보다 두 배나 멀게 느껴졌다.
그만큼 그는 애가 탔던 것이다.

예상했던 대로 테리에 집은 잔칫집처럼 떠들썩했다. 아래층에
서는 선원들이 떠들어 대며 술을 마시고 있었다. 이곳을 담당하
는 루이즈와 플로라는 너무 많은 사람들 틈에서 건성건성 대답하
며 여기서 한 잔, 저기서 한 잔, 주는 대로 다 받아 마셨다. 역시
'두 대의 펌프' 다운 술 실력이었다.

그녀들은 1시쯤 두 손님을 맞기로 되어 있었는데 그 사업에 지
장을 줄 정도로 마셔 대고 있었다.

2층은 2층대로 만원을 이루었다. 시간은 9시밖에 되지 않았다.
재판소 판사 바스는 마담에게 연정을 품은 지가 꽤 되었으므로
그녀에게 무언가를 수군대고 있었다. 둘은 이야기를 주고받으며
실실 웃었다.

전직 읍장 출신인 푸랑은 로자를 껴안고 있었고, 그 품에 안긴
로자는 푸랑의 흰 턱수염을 만지며 애교를 떨고 있었다. 로자의
치마 사이로는 어느 새 하얀 허벅지가 드러나 있었다. 그리고 그
야한 빨강 스타킹에는 기찻간에서 산 파란색 양말 대님이 매어져

있었다.

몸집이 뚱뚱한 페르낭드는 필립에게 몸을 기댄 채 세무관 팡페스 무릎 위로 두 다리를 올려 놓았다. 그녀의 한 손은 필립의 조끼 속에 들어가 있었고, 한 손에는 담배를 들고 있었다.

라파엘은 보험업자 뒤피와 함께 있었다. 둘은 의견 일치를 보았는지 라파엘에게서는 이런 목소리가 들려 왔다.

"물론이고 말고요. 오늘 같은 날은 오히려 제가 부탁하고 싶은 걸요?"

그녀는 기쁜 듯 날아오를 듯한 몸으로 춤을 추며 한 바퀴 돌았다. 그리고는 고개를 쳐들고 소리쳤다.

"여러분, 오늘 밤은 여러분의 밤입니다."

이때 요란한 소리를 내며 문이 열렸다. 투르느보였다. 사람들은 그를 보자 일제히 환호성을 울렸다.

"투르느보 만세!"

그때까지 홀에서 빙빙 돌고 있던 라파엘은 그의 가슴 안으로 쓰러졌다. 투르느보는 이 기회를 놓치지 않고 라파엘을 번쩍 안더니 그대로 사람들의 박수를 뒤로 하고 침실로 향했다.

이를 보자 푸랑도 더는 견디지 못했다. 아까부터 로자가 그에게 계속 키스를 해 대며 구레나룻을 쓰다듬었기 때문이다. 그러나 로자는 쉽게 응하지 않았다. 방금 전 라파엘이 투르느보에게 안겨 침실로 들어간 것을 보며 푸랑에게 똑같은 것을 요구한 것이다.

"나도 저렇게 해 줘요."

이에 푸랑은 일어나서 조끼를 바로 입고는 비상금이 들어 있는 주머니를 확인하며 로자와 함께 침실로 들어갔다.

이제 홀에는 페르낭드와 마담, 그리고 네 명의 손님만이 남았다.

"마담, 샴페인 세 병만 갖고 와요. 내가 내겠어."

그러자 페르낭드는 필립에게 안기며 소곤댔다.

테리에 집

"춤추고 싶어요. 왈츠 좀 연주해 주시지 않겠어요?"

필립이 한쪽 구석 자리를 차지 하고 있는 고물 피아노에 앉아 왈츠를 연주하자 페르낭드와 세무관이 파트너가 되어 춤을 추었다. 마담은 바스와 짝을 이루어 춤을 추었다.

춤을 추는 두 쌍은 연신 키스를 해 대며 춤을 추었다. 한때는 사교계를 주름잡던 바스인지라 춤솜씨가 일품이었다. 마담은 매혹적인 눈길로 바스를 바라보았다. 그것은 무언의 대답을 품고 있는 듯한 표정이었다.

보이 프레데릭이 샴페인 세 병을 가지고 왔다. 첫 번째 병마개가 산뜻한 소리를 내자 이번에는 왈츠 대신 커드릴이 연주됐다. 두 쌍 모두 세련된 솜씨로 춤을 추었다. 고개를 숙이기도 하고, 인사를 나누는 등 아주 보기 좋은 동작들이었다.

이윽고 춤이 끝나자 모두는 샴페인을 마셨다. 그때쯤 라파엘과 함께 들어갔던 투르느보가 아주 흡족한 얼굴로 나타났다. 그는 개운하다는 듯 소리쳤다.

"웬일인지 모르겠어. 오늘의 라파엘은 다른 때와 달라. 만점이었어."

누군가가 술잔을 단숨에 비우며 이어서 말했다.

"그래? 오래 살고 볼 일이군."

필립은 다시 흥겨운 폴카를 연주했다. 투르느보는 라파엘과 짝을 이루어 춤을 추었다. 모든 것이 만족이라는 듯 그는 쉬지 않고 라파엘을 공중으로 들어올렸다. 팡페스와 바스도 이에 합세하여 조금 전의 파트너와 다시 한 번 신나게 춤을 추었다. 춤추는 와중에서도 한 쌍은 거품이 이는 샴페인으로 재빠르게 목을 축이며 다시 또 춤을 추는 것이었다.

이렇게 춤을 추다가는 끝이 나지 않을 것 같았다. 이때 풀어헤친 머리를 하고 로자가 촛불을 손에 든 채 나타났다. 그녀는 속치마를 입은 채 그대로였으며 얼굴을 벌겋게 상기되었다.

"나도 춤추고 싶어요."

그러자 라파엘이 물었다.

"손님은 어떻게 하고?"

로자는 이에 대답했다.

"손님? 벌써 꿈나라로 갔지 뭐야."

로자는 멍하니 앉아 있는 뒤피를 일으켜 세우더니 그와 함께 폴카를 추웠다.

이미 샴페인은 비었다.

"내가 한 병 낼게."

투르느보가 의기양양하게 말했다.

"나도 한 병!"

뒤피도 이에 질세라 소리쳤다. 그러자 여기저기서 박수가 터져 나왔다.

이렇게 되고 보니 춤판이 벌어졌다. 아래층에 있던 루이즈와 플로라까지 올라와서는 신나게 춤을 추다가 다시 재빨리 아래층으로 뛰어내려가곤 했다.

이미 밤은 깊었으나 춤은 그칠 줄을 몰랐다. 그러는 와중에 여인 중 한 명이 사라졌다. 그리고 뒤를 이어 사나이 중 하나도 사라졌다. 그리고 잠시 후 이들은 다시 나타났다. 때마침 팡페스와 페르낭드가 없어졌다가 다시 나타난 것을 목격한 필립이 능글맞게 웃으며 물었다.

"둘이서 어디서 뭘 했지?"

그러면 팡페스는 능청을 떨며 대답하는 것이었다.

"푸랑 씨가 곯아떨어졌기에 그 얼굴 좀 보고 왔지."

이것은 굉장한 인기를 끌어 남자들은 여자를 데리고 푸랑 씨의 잠자는 얼굴을 보러 가게 되었다. 오늘 밤은 정말 이상한 밤이었다. 모두가 다 솔직해지는 것이었다.

마담은 조용히 눈을 감고 있었다. 그리고 한쪽 구석에 앉아 바스와 은밀한 대화를 나누는 듯이 보였다. 기왕 일이 이렇게 됐으니 마무리를 짓자는 내용 같았다.

이윽고 새벽 1시가 되었다. 아내가 있는 투르느보와 팡페스는 집에 가야 한다면서 계산서를 청했다. 그런데 그들은 계산서를 보고는 놀랐다. 샴페인은 한 병으로 적혀 있고 평소 10프랑 하던 가격도 6프랑으로 기재되어 있던 것이다.

두 사람은 마담의 호의를 알아차리고는 놀란 표정을 지었다. 이를 본 마담이 재빨리 대답했다.

"날마다 잔치가 벌어지는 건 아니잖아요."

달 빛

달 빛

마린양 신부(神父)의 믿음은 실로 대단한 것이었다. 그의 몸과 마음은 신앙으로 똘똘 뭉쳐 있어 그 누구도 그것을 깨뜨릴 수는 없었다. 그는 보통 사람 같지 않은 체격을 갖춘 신부였다. 큰 키에 늘씬한 몸매는 투사(鬪士)라고 해도 손색이 없을 정도였다. 그런 그의 가슴속엔 타오르는 믿음으로 충만하였고, 깊이 뿌리 내린 신앙은 정말이지 존경할 만한 것이었다.

그는 하느님의 존재에 대해 결코 의심하는 법이 없었다. 그는 하느님을 잘 알고 있으며, 하느님 역시 그의 말과 행동을 모두 꿰뚫고 있다고 믿고 있었다.

그런 마린양 신부에게도 가끔은 알 수 없는 의문이 머리에 떠오르곤 했다. 그는 시골에 위치한 사제관의 뜰을 산책할 때면 다음과 같은 생각을 하는 것이었다.

'하느님이 그것을 내버려두신 까닭은 무엇일까?'

그는 이러한 생각이 들 때면 언제나 하느님의 입장에서 그 해답을 찾고자 노력했다. 그렇게 한 가지 생각에 집착하다 보면 그는 늘 해답을 얻곤 했다. 그러면 그는 더욱더 확신에 찬 믿음으로 겸손하게 이렇게 말하는 것이었다.

"주여, 당신의 뜻을 헤아리게 하소서. 저는 당신의 종입니다. 그러니 이 우주 만물을 지배하시는 당신의 뜻을 깨닫게 하소서. 비록 보잘것없는 몸이오나 당신의 섭리를 조금이라도 보여주소서."

그는 말할 것도 없이 이 대자연에 있는 온갖 사물과 현상이 절대주이신 하느님의 '말씀'에 의해 창조되었다고 믿고 있었다. 그는 언제나 '왜'라는 질문에 '……때문에'라고 대답할 준비가 되어 있었으므로, 그 양자 사이에는 어느 한쪽으로 기울어짐 없이 늘 조화를 이루고 있었다.

그의 지론에 의하면, 이른 아침잠에서 깨어난 사람들을 위해 아침 햇살이 존재하는 것이며, 또 농부가 씨를 뿌린 밀과 보리가 잘 자랄 수 있도록 하기 위해 햇볕이 비치는 것이라고 했다. 또한 하늘에서 내리는 비는 밀과 보리가 가뭄으로 인해 타 죽는 것을 막기 위해 내리는 것이며, 사람들에게 '잠'이라는 휴식을 주기 위해 밤이 만들어진 것이라고 했다.

사실, 농사를 짓기 위해서는 봄·여름·가을·겨울 사계절이 모두 제 역할을 해야만 하는 것이었다. 그의 입장에서 볼 때는 이

달
빛

대자연에서 벌어지는 소소한 것 어느 하나 목적이 없는 것은 없으며, 이 지구상에 존재하는 모든 생물들은 하느님의 섭리에 의해 살고 있는 것이었다.

그러나 그런 그에게는 도저히 받아들일 수 없는 것이 하나 있었다. 그것은 여자였다. 그는 여자를 싫어할 뿐만 아니라 경멸했다. 게다가 거의 증오하기까지 했다. 그래서 그는 종종 그리스도의 말을 인용하기도 했다.

"여자여, 그대는 나와 무슨 관련이 있는가?"

그는 이런 말도 했다.

"하느님께서는 손수 만드신 이 작품이 마음에 안 드시는 게 분명해."

그는 한 시인의 말처럼, 여자란 열두 번이나 죄를 범한 어린애라고 여기고 있었다. 그러니까 그에게 있어서 여자는 에덴 동산으로부터 인류를 쫓겨나게 한 유혹자요, 저주받을 노동을 계속하게 만든 사악한 자요, 연약하기만 할 뿐 아주 위험한 존재인 동시에 사람의 마음을 혼란 속으로 몰아넣는 존재에 불과한 것이었다. 더욱이 그가 제일 가증스럽게 여기고 있는 것은 여자들의 타락한 몸뚱이보다도 상냥함으로 가장한 채 사랑으로 다가오는 그녀들의 영혼이었다.

사실 그는 지금까지 많은 여자들로부터 사랑을 받아 왔었다. 그러나 그는 그러한 사랑에 조금도 흔들림이 없이 자기 신앙을 지켜 왔으며 꿈쩍도 하지 않았다. 단지 여자들 쪽에서만 그에 대한 사랑으로 가슴을 설레었고, 그것을 알아차린 그는 짜증만 날 뿐이었다.

그래서 그는 그럴 때마다 다음과 같은 생각을 했다.

'이건 필시 나를 시험에 들게 하려 하심이야. 여자란 남자를 유혹하기 위해 만들어졌거든.'

그러한 그였기에 그는 늘 만반의 준비를 갖추고 있었다. 만에 하나 여자가 가까이 다가오는 날에는 믿음의 방패로서 단단히 방어를 하고 결코 그 유혹에 넘어가지 않으리라고……. 말이야 바른 말이지 여자들이 남자들에게 아름다운 미소를 지어 보이거나 손을 내밀면 넘어가지 않을 남자가 어디 있으랴.

달
빛

하지만 수녀들은 조금 달랐다. 그녀들은 늘 경건한 태도로 주님을 향했으며, 남자들에게 결코 유혹의 눈길을 던지는 법이 없었으므로 마린양 신부는 수녀에게만큼은 다른 여자들에게 하는 것처럼 증오의 태도까지는 보이지 않았다. 그렇다고 수녀들에게 친절하게 구는 것도 아니었다. 그들도 결국은 여자였으므로 차갑게 대했던 것이다. 그리고 아주 가끔씩은 그녀들의 경건한 가슴에도 그에 대한 사랑의 불길이 타오른 적도 있었다. 그럴 때면 마린양 신부는 자기도 모르게 자신이 살아 있음을 강렬하게 느끼고는 하였다.

청빈과 정결과 복종의 세 가지를 서약하고 독신으로 수도하는 수사(修士)들보다도 더욱 경건한 삶을 살아가는 그녀들의 눈길을 통해서, 그리스도를 향한 그녀들의 마음속에서 마린양 신부는 자신을 향한 그녀들의 성적(性的)인 감각을 느낄 수가 있었다.

그래서 그는 너무나 불쾌했다. 그것은 이미 수녀로서의 태도를 저버린 여자의 사랑이었기 때문이다. 그러한 사랑은 으레 뇌쇄적이기 마련이다. 그는 이러한 사랑을 저주스럽게 여겼다. 수녀들의 가지런한 몸가짐 속에서도, 말을 걸어오는 상냥한 음성에서도, 또 얌전히 내리깐 눈에서도, 자기가 매몰차게 대했을 때 흘러내리는 눈물 속에서도 그러한 것을 느껴야 했기 때문에 그는 괴로웠다.

그리하여 그는 그러한 유혹들을 뒤로 하고 옷자락이 휘날릴 정도로 수녀원 문을 빠져 나와야만 했다. 마치 한시라도 지체해서는 안 될 곳이라도 되는 것처럼…….

한편, 마린양 신부에게는 자기 어머니와 함께 아담한 집에서 살고 있는 조카딸이 하나 있었다. 그 집은 신부가 머무는 사제관에서 그리 멀지 않은 곳에 이웃하고 있었다. 그는 이 조카딸이 수녀가 되어 주기를 간절히 바랐다.

이 조카딸은 아름다운 소녀로 성장했다. 그러나 조금은 덤벙대고 아직 장난기가 남아 있어 마린양 신부가 설교를 할 때면 뒤에 앉아 키득키득 웃어 대곤 했다. 마린양 신부가 이러한 태도가 못마땅하여 조카딸을 혼내면 그녀는 잔소리는 나중에 하라며 삼촌에게 안겨 어리광을 부렸다. 그러면 마린양 신부는 깜짝 놀라 조카딸을 떼어 냈다.

그러나 조카딸의 그러한 태도는 그로 하여금 부성(父性)의 본능을 어렴풋하게 깨닫게 해 주었고, 일종의 포근함마저 안겨 주었다.

그는 가끔씩 조카딸과 함께 산책을 하며 신에 관한 대화를 나누었다. 그러나 그녀는 그런 이야기에는 흥미 없다는 듯 딴청을 부렸다. 그는 삼촌의 말을 듣는 대신에 맑은 하늘과 푸른 숲을 쳐다보며 삶의 행복을 느끼고 있었다. 그러다가 갑자기 어디론가 달려가더니 새 한 마리를 잡아 와서는 큰소리로 말했다.

달
빛

"이것 좀 보세요. 너무 귀엽지 않아요? 입맞춤이라도 해 주고 싶어요."

조카딸은 보는 것마다, 만지는 것마다 입맞추고 싶다는 통에 마린양 신부는 불안한 마음이 들었다. 입맞춤이란 말이 그의 날카로운 신경을 건드린 것이다. 그는 여기서조차 여자의 본능에 관해 생각하지 않을 수 없었다. 여자란 언제나 사랑으로 꿈틀거리는, 뽑으려 해도 뽑히지 않는 사랑의 씨앗을 간직하고 있는 존재라는 것을 다시금 확인하게 되는 것이다.

이렇게 조카딸에 대한 걱정으로 한창일 때, 어느 날 대뜸 성당지기 아내가 깜짝 놀랄 만한 소식 하나를 신부에게 전해 주었다. 그것은 다름 아닌 조카딸에게 사랑하는 사람이 생겼다는 것이다. 신부는 때마침 수염을 깎기 위해 면도 중이었으므로 얼굴은 온통 비누 거품으로 범벅이 되어 있었는데 그 말을 듣자 호흡 곤란을 겪어야 했다. 그만큼 신부의 충격은 컸다.

그는 면도를 하다 말고 마음을 진정시키고 나서 다시 그 여자와 마주앉아 차근차근 이야기를 나누었다.

"멜라니, 지금 뭐라 했소? 당신이 잘못 안 게지. 내 조카딸이 그럴 리가 있나!"

그 말에 성당지기 아내는 눈을 둥그렇게 뜨며 신부에게 말했다.

"신부님, 가슴에 손을 얹고 말하겠어요. 제가 무슨 천벌을 받으려고 거짓말을 하겠습니까? 아가씨께서는 그 어머님이 주무시기만 하면 기다렸다는 듯이 밤마다 거리로 나간다니까요. 그리고는 남자랑 글쎄 나란히 서서 강가를 거닐고 있어요. 밤 10시부터 12시 사이에 한번 그곳으로 가 보세요. 그러면 남자와 함께 있는 아가씨를 만나실 수 있다니까요."

신부에게는 골똘히 생각할 일이 있으면 으레 방안을 왔다갔다 하는 버릇이 있었다. 그는 잠시 그렇게 하다가 마저 남은 수염을 깎기 시작했다. 그러나 얼마나 손이 떨리든지 세 번씩이나 살을 베고 말았다.

그는 조카딸의 행위에 분노를 금할 길이 없었다. 그는 너무나 분개해서 하루 종일 방안을 서성거렸다. 조카딸의 행위는 그야말로 용서할 수 없는 배신이었고, 자신은 그녀에게 속은 것이라는 생각이 머리를 떠나지 않았다. 마치 딸을 도둑맞기라도 한 듯 그의 정신적 충격은 대단한 것이었다. 그 딴에는 내심으론 자기가 그녀의 보호자나 다름없으며, 그녀의 영혼까지도 책임지고 있는 사람이라고 생각해 오던 터였다.

그는 마치 부모가 극구 반대하는데도 무릅쓰고 제멋대로 배우

자를 선택한 딸을 대하는 듯한 기분이 들었다. 말하자면 부모의 이기심이라고나 할까.

저녁 식사를 마친 그는 책을 읽으려 했으나 좀처럼 글자가 눈에 들어오지 않았다. 이윽고는 밤 10시를 알리는 괘종시계가 울려 왔다. 그는 어느 집이건 아픈 환자가 있으면 그를 위로하러 가기 위해 밤길에 들고 다니던 지팡이를 손에 들고 길을 나섰다. 그 지팡이는 참나무로 만든 아주 단단한 것이었다.

달
빛

그는 마치 우람한 운동 선수에게 잡혀 휘둘려지는 사람처럼 자신의 손에 들려 있는 그 단단한 참나무 지팡이를 바라보며 의미 심장한 웃음을 지어 보였다. 그리고는 갑자기 지팡이를 높이 쳐들더니 걸음을 멈추고는 옆에 있는 의자를 단숨에 내리쳤다. 그 바람에 의자는 완전히 부서져 버렸고 바닥으로 내동댕이쳐졌다.

그는 바깥으로 나가려다가 문득 하늘을 올려다보았다. 하늘에는 찬란한 빛을 내는 달이 떠 있었다. 그는 새삼스레 달빛에 놀라 그 자리에 서고 말았다. 이렇게 눈부신 달빛을 보기는 처음이었다.

그는 천성적으로 종교가나 시인의 감수성을 타고났기 때문에 이 찬란한 달빛에 매료되어 무아지경에 빠지고 말았다. 게다가 정적마저 감도니 그야말로 운치 있는 밤이었다.

사제관 앞의 뜰은 풀이며 꽃이며 모든 것이 이 은은한 달빛을 받아 마치 환상 속의 세계 같았다. 길게 늘어선 과일 나무들은 뜰 안으로 그림자를 드리우고 있었고, 벽을 타고 자라는 덩굴 장미는 주변의 공기를 모두 들이마신 듯 신선한 향기를 내뿜고 있었다.

신부는 이 아늑함과 신선함 속에서 깊은 숨을 들이쉬며 마음껏 맑은 공기를 쐬었다. 마치 주당(酒黨)이 술을 들이켜듯이…….

그는 이 황홀한 광경에 취해 그만 조카딸에 대한 생각을 잊고 말았다. 그래서 강가로 가려던 그의 발길은 들판을 향했다. 그는 다시 한 번 걸음을 멈추더니 포근한 달빛과 사랑에 빠져 버린 듯한 들판을 바라보았다. 밤은 고요함 속에 완전히 묻혀 버렸다. 단지 개골거리는 개구리의 울음소리에 꾀꼬리만이 나지막이 응수하고 있었다. 신부는 주위의 모든 것들이 달빛의 유혹에 빨려 들고 있음을 보았다.

신부는 다시 걸음을 옮겼다. 아까보다 마음은 많이 차분해졌다. 하지만 갑자기 온몸에 기운이 쫙 빠지면서 허물어지는 자신을 느꼈다. 그는 그렇게 주저앉아서 명상에 잠겼다. 이 아름다운 하느님의 걸작품들을 바라보면서……. 그는 하느님에게 감사의 기도를 올리고 싶어졌다.

그는 일어나 다시 걸었다. 그리고는 어느새 버드나무가 늘어서 있는 강가에까지 왔다. 역시 달빛을 머금은 희뿌연 안개가 온 강변을 하얀 솜처럼 뒤덮고 있었다.

신부는 이 신비함에 온통 마음을 빼앗겨 또다시 걸음을 멈추었다. 그러자 마음 깊은 곳에서 고개를 쳐들며 떠오르는 한 가지 의혹이 뇌리를 스쳤다. 그것은 가끔씩 그에게 떠오르는 '왜' 라는 질문이었다.

하느님은 왜 이런 밤을 만드셨을까? 과연 인간에게 잠이라는 휴식을 주기 위해서였을까? 잠의 망각 속으로 인간을 빠져 들게 하기 위해서라면 이다지도 황홀한 밤을 만드실 필요가 있었을까? 어찌하여 밤은 이렇게도 고혹스러울까? 아침 햇살보다 빛나고, 태양보다 찬란하며, 저녁 노을보다 아늑한 이 신비한 밤은 너무나 시적이지 않은가!

한낮의 태양으로도 비출 수 없는 물체까지 속속들이 비춰 주는 저 달빛은 지옥까지도 비추려는 것일까? 아, 우주의 삼라만상이여, 위대함이여!

꾀꼬리는 왜 저리도 쉬지 않고 이 어둠 속에서 노래를 하는가? 온 세상을 뒤덮는 저 어스름이 저토록 아름다웠었던가? 어찌하여 이 가슴은 방망이질을 하며 동요하는가? 이 육신은 왜 이다지도 시들해 보이는가?

왜 사람들이 잠든 모든 이때에 이렇게 견딜 수 없는 유혹의 몸짓을 보내는가? 하늘로부터 내려온 이 장엄한 광경과 한 편의 시는 누구를 위한 선물일까?

신부는 이 '왜'라는 질문에 예전처럼 해답을 찾을 수가 없었다.

바로 그때였다. 자욱한 안개에 젖은 나무 사이로 나란히 걸어오는 두 개의 그림자가 어렴풋이 보였다.

커다란 그림자가 작은 그림자 위에 손을 얹고는 이마에 입을 맞추는 것 같았다. 그때까지도 적막감에 싸여 있던 주위는 그 그림자의 출현으로 인해 갑자기 활기를 띠기 시작했다. 경이로움을 불러일으켰던 들판은 마치 두 사람을 위한 배경으로만 존재하는 것 같았다.

하지만 그 둘은 하나였으니 이 밤은 오로지 그 하나를 위해 준비된 것 같았다. 그들은 마치 신부가 늘 마음속에 품고 있던 '왜'라는 질문에 살아 있는 대답이라도 해 주는 것처럼, 하느님에게서 내려온 해답 같았다.

그들은 신부 쪽으로 걸어오고 있었다.

신부는 가슴이 울렁이고 머리가 혼란스러워 그 자리에 꼼짝 않고 있었다. 그들은 바로 살아 있는 한 편의 성서 이야기였다. 그들은 룻과 보아스(이들 후손 중에 다윗 왕이 나옴―옮긴이)로서 분명 하느님의 뜻을 이루어 놓은 위대한 작품이었다.

신부는 떠오르는 시정(時情)으로 불타 올랐다. 찬송과 정열과 사랑과 육체가 한데 섞인 그런 시였다. 그는 주체할 수 없는 감동으로 혼자 중얼거렸다.

'그랬구나! 하느님은 사랑하는 남녀를 검은 장막으로 감싸 주기 위해 이토록 고혹적인 밤을 만드셨나 보구나!'

신부는 자신이 서 있는 쪽으로 서로 껴안은 채 다가오고 있는 연인들을 위해 길을 비켜섰다. 조카딸의 얼굴이 언뜻 스쳐 갔다.

그러나 이제 흥분할 일은 없었다. 오히려 자신이 하느님의 뜻을 어기는 것 같아 두려웠다.

'이처럼 아름다운 광경을 연출해 내시는 것을 보니 하느님은

남녀간의 사랑을 허락하시는 게로군.'

　그는 이제까지의 자신이 부끄러워 견딜 수가 없었다. 그래서 금
족령이 내려진 성전(聖殿)에 발을 들여놓기라도 한 듯 당황하여
아무도 모르게 그 자리를 떠났다.

달
빛

산 막

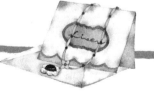

산 막

  바위투성이로 된 산을 깎아 눈 덮인 산꼭대기까지 길을 만들어 놓은 산기슭 한쪽에, 목조로 된 한 산막이 홀로 떨어진 채 자리를 잡고 있었다. 이러한 풍경은 알프스에서는 흔한 풍경이었다.

  슈바렌바흐라고 이름 붙여진 이 산막은 고갯길을 지나가는 여행객들이 만약의 사태를 맞이할 경우를 대비해서 만든 대피소였다.

  이 산막은 1년 중 반은 문을 열었고, 반은 운영을 하지 않았다. 이 산막에는 장 오제의 가족이 살고 있었다. 겨울에 폭설이 내려 골짜기를 덮으면 아랫마을인 로에쉬로 내려가기가 어렵기 때문에 아내와 세 아들을 둔 오제 씨는 가족들을 데리고 그전에 이 산을 내려와야 했다. 하지만 산막을 비워 둘 수는 없었기 때문에 안내인인 늙은 가스파르 아리와 젊은 울리히 쿤시, 그리고 산길을 다니는 데 없어서는 안 될 커다란 개 한 마리를 두고 산을 내려왔다.

그러면 산막에 남은 이 두 남자와 개는 봄이 될 때까지 이곳에서 갇혀 지내야만 했다. 사방은 온통 눈에 덮인 발호른의 거대한 비탈뿐이었다. 높은 산봉우리들을 자신들의 품속에 담아 놓은 눈은 이 작은 산막까지도 찾아와 지붕이며 창문이며 어디든지 쌓여서 집어삼키려 했다. 그래서 지붕은 눈에 짓눌려 무너져내릴 것 같았고, 창문은 문으로 막힐 때가 한두 번이 아니었다.

산막

이제 점점 겨울이 다가오고 있었다. 그래서 오제 씨네 가족은 로에쉬로 내려가야만 했다. 그날은 바로 오제 씨네 가족이 겨울을 나기 위해 이 산막을 떠나는 날이었다.

옷가지며 그 밖의 짐을 실은 나귀 세 마리가 오제 씨의 세 아들에게 이끌려 먼저 길을 떠났다. 그 다음은 오제 씨의 아내 잔느 오제와 딸 루이즈가 네 번째 나귀를 타고 뒤를 이었다.

마지막으로 오제 씨는 두 안내인과 함께 산을 내려왔다. 두 안내인은 오제 씨의 가족들을 떠나보내고 나서는 다시 산막으로 돌아와야 했다. 로에쉬로 가기 위해서는 작은 호수 하나를 돌아가야 했다. 산막 앞의 커다란 바위의 구멍 속에 있는 호수는 이미 얼어붙어 있었다.

일행은 눈을 뒤집어쓰고 있는 봉우리의 전송을 받으며 골짜기를 따라 내려갔다.

눈부신 햇빛 속에서도 눈은 그치지 않고 내려 이 외딴곳에 퍼붓고 있었다. 어찌나 많이 내리는지 눈을 뜨고 있을 수가 없을 지경이었다. 끝닿을 곳 없이 눈으로 덮인 이곳은 마치 살아 있는 것이라곤 아무것도 없는 듯했고, 움직이는 거라곤 하나 없는 정적만이 맴돌 뿐이었다.

스위스 출신의 키 큰 안내인 쿤시는 오제 씨의 아내와 딸을 에스코트하며 나귀의 발을 재촉했다. 오제 씨는 늙은 안내인 아리와 함께 뒤쳐져서 내려왔다.

오제 씨의 딸 루이즈는 나귀를 타고 오는 쿤시를 슬퍼 보이는 눈길로 바라보고 있었다. 루이즈는 키가 작은 시골 아가씨였다. 하도 눈 속에 묻혀 살아서인지 그녀의 금발과 우윳빛 살결은 빛이 바랜 것 같기도 했다.

쿤시는 루이즈의 나귀까지 따라붙자 속도를 조금 늦추었다. 그러자 옆에서 가고 있는 오제 부인이 쿤시에게 훈계하기 시작했다. 즉 매서운 겨울을 보내기 위해서 지켜야 할 규칙들과 주의해야 할 사항들을 자세히 이야기해 주기 위함이었다.

아리 노인으로 말할 것 같으면 이 슈바렌바흐의 산막에서 열네 번의 겨울을 지낸 경험이 있지만 이 쿤시로서는 이번이 처음 나는 겨울이었기 때문이다.

쿤시는 겉으로는 열심히 부인의 말에 귀기울이는 것 같았지만, 속으로는 딴 생각을 하였다. 그의 시선은 루이즈에게만 향해 있던 것이다. 그는 말을 듣는 척하면서 가끔,

"네, 명심하겠습니다."

라며 성실하게 대답하는 척했지만, 표정에는 건성으로 듣고 있음이 잘 나타나 있었다.

그들은 마침내 도브 호숫가에 이르렀다. 얼어붙은 호수의 표면은 마치 거울 같았다. 호수 오른쪽에는 로에메른 빙하에 의하여 운반된 암석 부스러기가 있었고, 그 옆에는 깎아지른 듯한 도벤호른 봉우리가 그 검은 바위를 위엄 있게 뽐내고 있었다.

거기서부터가 본격적으로 로에쉬로 가는 험한 고갯길이었다. 그곳에 이르니 깊고 넓은 론 강을 사이에 두고 알프스의 대장관이 전개되었다.

눈 덮인 알프스의 높고 낮은 봉우리들은 말 그대로 자연의 위대함을 드러내고 있었다. 뾰족한 봉우리, 둥근 봉우리, 찌그러진 것 같은 봉우리들 모두 햇빛을 받아 찬란히 빛나고 있었다. 그 수많은 봉우리 중에는 이름이 나 있는 봉우리들도 많았다. 두 개의 뿔이 달린 것 같은 미사벨 비세호른의 군봉(群峰), 아주 크고 거대한 브루네그호른, 많은 사람이 그곳을 오르다 죽었다는 세르뱅의 피라미드, 무서운 마녀와도 같다는 당 블랑쉬, 그 깊이를 가늠할 수 없다는 골짜기들……. 그런 곳을 거쳐 로에쉬 마을이 자리잡고 있었다.

험한 고개라고 하는 제미 고개가 한쪽 끝을 막고 있었고, 저쪽 끝은 론 강을 향해 마을이 펼쳐져 있었는데 고개에서 바라보니 마을의 집들이 점점이 보였다.

내리막길이 시작되는 고갯마루에 도달하자 잠시 나귀를 멈추었다. 굽이굽이 나 있는 오솔길은 마치 다시 돌아올 듯 꼬부라져 있었고, 깎아지른 듯한 산허리에는 어떻게 저렇게 할 수 있었을까 할 정도로 기막히게 길을 내 놓았다. 그리고는 모래알만하게 보이는 마을의 집들까지 이어져 있었다.

여자들은 나귀에서 내렸다.

오제 씨와 아리 노인도 막 도착했다. 오제 씨는 두 안내인을 향해 말을 했다.

"자, 이제 여기서 작별해야 할 것 같구먼. 아무 탈 없이 잘들 지내고, 내년 봄에 다시 봄세."

아리 노인도 이들을 전송하며 인사의 말을 건넸다.

"조심해서 돌아들 가세요. 그럼 내년에 또 뵙지요."

오제 씨와 아리 노인은 정이 깊은지 서로 안으며 작별의 포옹을 나누었다. 그러자 오제 부인도 아리 노인에게 두 뺨을 번갈아 내밀며 인사를 했다. 루이즈도 마찬가지였다. 이번엔 쿤시와 인사를 나눌 차례가 되자 그가 루이즈의 귀에 대고 무어라 속삭였다.

"설마 이 높은 곳에 있는 사람을 아주 잊는 건 아니겠지요?"

이에 루이즈는 상냥하지만 작은 목소리로 대답했다.

"물론이에요."

너무 작은 음성이었기 때문에 쿤시는 잘 알아듣지 못했지만 어떤 소리였을지는 짐작하는 바였다.

"자, 그럼 이만들 헤어지세. 이 겨울, 몸조심 잘 하고 건강히들 지내게나."

작별이 마냥 아쉬운 듯 오제 씨가 되풀이해서 인사를 했다. 이윽고 안내인들을 뒤로 하고 여자들이 먼저 오솔길이 펼쳐진 내리막길을 앞서가기 시작했다.

오제 씨를 비롯한 세 사람은 첫 번째 굽이 길을 돌았다.

아리 노인과 젊은 쿤시도 슈바렌바흐 산막 쪽으로 향했다.

산
막

오제 씨 가족을 전송하고 돌아가는 둘은 아무 말 없이 나귀를 몰았다. 이제 오제 씨 가족은 어디쯤 내려가고 있는지조차 보이지 않았다. 앞으로는 산막으로 돌아가는 두 사람만이 기나긴 겨울을 서로 의지하며 지내야 하는 것이다.

조용히 걷던 아리 노인이 이윽고 입을 열었다. 작년 겨울 이야기를 하려는 것이다. 작년 이맘쯤 아리 노인은 미셀 카놀이라는 노인과 겨울을 나야 했다. 그런데 이 노인은 아리보다 더 늙어서 올해도 같이 지내자며 요구할 수가 없었다. 너무 나이 많은 노인에게는 인적 없는 곳에서의 생활이 위험하기 때문이었다. 어떠한 불상사가 벌어질지 모를 일이었고, 또 그런 일이 발생하면 산중에서 어떻게 대처를 해야 할지 난감한 까닭이다.

그들은 지난겨울을 보내면서 그곳 생활이 지루하다고 생각지는 않았다. 첫날부터 마음을 비우고 그저 그곳 생활에 적응하면 되는 것이다. 기분을 전환할 수 있는 여러 가지 놀이로 시간을 때우거나 잡일들을 조금씩 하면서 보내면 되는 것이었다.

쿤시는 말없이 아리 노인의 말을 듣고 있었지만, 속으로는 제미고개의 굽이 길을 내려가는 사람들을 생각하고 있었다.

마침내 그들은 산막 가까이에 이르렀다. 무섭기까지한 거대한 설원에 하나의 점으로 찍혀 있는 듯한 작은 산막이 보였다.

산막에 도착하자 이곳에서 함께 겨울을 나야 할 커다란 개가 반갑다며 꼬리를 흔들면서 껑충껑충 뛰었다. 그 개는 곱슬거리는 짧은 털을 가졌으며 삼이라 불렸다. 이제 이 개와 아리 노인, 그리고 쿤시가 이곳에서의 생활을 꾸려 가야 했다.

아리 노인이 쿤시에게 말을 걸었다.

"자, 이제 우리만 남았네. 아무도 없으니 먹을 것 역시 우리가 손수 해결해야지. 감자 껍질 좀 벗겨 주지 않겠나?"

그들은 긴 나무 의자에 앉아 수프에 빵을 찍어 먹으며 간단히 저녁을 해결했다.

이튿날 날이 밝자, 쿤시는 오전 내내 유난히 지루했다. 아리 노인은 담배를 피우며 연신 난로의 재 속에다가 침을 뱉어 댔다. 쿤시는 아무 말 없이 창가에 서서 밖을 내다보았다. 정면에 있는 새하얀 바위가 아찔하게 보였다.

지루함을 달래기 위해 오후가 되자 쿤시는 밖으로 나갔다. 그는 어제 사람들을 전송했던 길을 그리운 듯 되밟아 보았다. 그리고는 두 여자를 태웠던 나귀의 발자국을 찾아보기도 했다. 제미 고개에 이르러 아래를 내려다보니 마을이 보였다.

마을은 바위산의 평평한 분지에 자리잡고 있어서 아직 눈에 파묻히지는 않았다. 그러나 이미 마을 가까이까지 눈이 쌓여 있었고 그 일대는 전나무 숲이었다. 고갯마루에서 보니 마을의 집들은 몹시 낮아 보였다. 마치 돗자리를 깔아 놓은 듯이 말이다.

'저곳에 루이즈가 있겠지? 잿빛으로 보이는 저 많은 집 중 그녀가 머무는 곳은 어딜까?'

그러나 제미 고개와 마을 사이의 거리가 너무 멀어서 자세히 살펴볼 수는 없었다. 쿤시는 갑자기 자기도 그곳으로 내려가고 싶은 충동에 휩싸였다. 눈이 많이 쌓였다고는 하지만 아직 내려갈 수 있는 여유가 있는 것이다.

그러나 이미 빌트스트루벨의 높은 봉우리 뒤로 태양이 뉘엿뉘엿 넘어가고 있었기 때문에 쿤시는 도로 산막으로 돌아오고 말았다. 아리 노인은 또 입에 담배를 물고 있었다. 쿤시가 돌아오자 노인은 그에게 카드 놀이를 하자고 제의했다. 따로 할 일이 있는 것도 아니기에 쿤시는 이에 응했다.

탁자를 사이에 두고 서로 마주앉은 둘은 브리스크라는 간단한 놀이를 했다. 그리고는 저녁 식사를 하고 각자 잠자리에 들었다. 그뿐이었다. 그냥 그렇게 하루하루를 보내면 그만이었다.

매일 그날이 그날이었고 별다른 일은 일어나지 않았다. 하늘은 파랗고 높았지만 겨울 날씨는 매서웠다. 그러나 눈은 내리지 않았다. 아리 노인은 산꼭대기에서 맴을 도는 독수리나 새들을 보면서 나름대로 오후를 지냈다.

그러나 쿤시는 갑갑해서 날마다 험난한 제미 고개로 갔다. 마을을 내려다보는 것이 그에게 있어서 낙이 되어 버린 것이다. 그리고 다시 산막으로 돌아오면 카드 놀이나, 주사위 놀이, 혹은 도미

노를 하며 지냈다. 그냥 시간을 보내기 위한 놀이를 매일 한다는 것도 한계가 있기 때문에 그들은 이 놀이를 재미있는 것으로 하기 위해 내기를 했다. 그렇다고 놀음은 아니었고 크고 작은 물건을 걸고 하는 것이었다. 한 사람이 마냥 따기만 하는 것도 아니고, 또 마냥 잃기만 하지도 않았기 때문에 주거니 받거니 했다.

그러던 어느 날 아침이었다. 일찍 일어난 아리 노인이 큰소리로 쿤시를 부르며 잠에서 깨웠다. 마치 뭉게구름같이 하얗게 거품이 이는 눈이 밤새 내리고 있었던 것이다. 그렇게 조용히 그들 주위로 밀어닥치는 눈으로 인해 그들은 점점 고립되었다. 눈은 산막이라는 요에 두터운 솜이불을 덮어놓은 것 같았다. 눈은 나흘이나 쉬지 않고 내렸다.

이제 그들은 감옥에 있는 죄수나 다름없었다. 창문 밖도, 현관 밖도 모두 눈이었기 때문에 좀처럼 산막 주위를 벗어날 수가 없었다. 그들은 생활에 필요한 일의 대부분을 모두 나누어서 해결했다. 청소와 빨래는 그의 몫이었고, 또 산막 주변을 살피는 일과 장작을 패는 것도 젊은 그의 몫이었다.

아리 노인은 부엌일을 담당했다. 때문에 불을 꺼뜨리지 않기 위해 늘 세심한 주의를 기울였다. 카드 놀이를 하거나 주사위를 던지다가도 불을 살피러 가기 위해 아리 노인이 일어설 때면 놀이가 중단되기도 했다. 그렇다고 그런 것 때문에 싸우는 일은 없었다. 두 사람 모두 온순해서 서로를 잘 배려해 주었고, 더더군다나 마음을 상하게 하는 일은 일어나지 않았다. 성질을 부리거나 기분 나빠할 필요도 없었다. 자질구레한 것에는 마음을 접어 두고 다만 이 산속에서 겨울을 날 것에만 신경 쓸 뿐이었다.

이러한 소일 말고도 아리 노인은 가끔 눈 속을 헤집으며 엽총을 가지고 사냥을 나가기도 했다. 그러면 가끔은 영양을 잡아 가지고 오기도 했다. 그런 날이면 두 사람밖에 없는 이 조촐한 산막에서 성대한 잔치가 벌어졌다. 실컷 고기 요리를 맛보는 것이다.

어느 날인가, 아리 노인은 전처럼 집을 나섰다. 집 밖에 설치해 둔 온도계의 눈금이 영하 18도까지 내려가 있었다. 먼동이 트기 직전이었으므로 아리 노인 딴에는 분명 빌트스트루벨 근처에 무언가 서성거리는 노획감이 있을 것으로 생각되었다. 그것을 기습 공격해서 잡겠다는 것이 그의 계획이었다.

산
막

혼자 남은 쿤시는 아침 10시가 되어도 잠자리에서 일어나지 않았다. 원래 잠이 많은 그였지만 여태껏 함께 지내는 아리 노인의 부지런함 때문에 한 번도 늦잠을 잘 수가 없었다. 노인 혼자 일찍 일어나 있는데 젊은 놈이 게으름을 피우며 있는 것도 편치 않은 일이었기에 차라리 일찍 일어나는 게 속 편했던 것이다.

그는 아리 노인이 없는 식탁에서 삼과 함께 아침을 먹었다. 이곳에서 별달리 할 일도 없는 삼은 따뜻한 난로 앞에서 밤낮으로 꾸벅꾸벅 조는 게 일이었다. 쿤시는 자기 혼자 이 산막에 있다는 사실에 갑자기 공포를 느꼈다. 이런 마음을 잊기 위해서인지 그는 늘상 하던 카드 놀이가 하고 싶어 못 견딜 지경이었다. 마치 무엇에 중독되어 그것을 조절할 수 없는 욕망에 사로잡힌 사람과도 같은 심정이었다.

그래서 그는 참다못해 밖으로 나갔다. 아리 노인은 무슨 일이 있어도 오후 4시까지는 산막으로 돌아왔으므로 그를 마중 나가야 겠다는 생각을 한 것이다.

눈은 그새 얼마나 많이 내렸는지 온 골짜기에 눈이 쌓여 평지가 되어 버렸다. 두 개의 호수도 눈 속에 파묻혀 보이질 않았다. 주변에 있는 틈이란 틈은 눈으로 다 메워졌고, 바위란 바위는 다 숨어 버렸다. 아찔할 만큼 높은 봉우리와 봉우리 사이도 새하얀 눈으로 덮이고 말았다.

그래서 쿤시는 3주 동안이나 마을이 내려다보이는 제미 고개를 가 볼 수가 없었다. 그는 문득 그곳 생각이 간절해졌다. 그래서 빌트스트루벨의 비탈로 가기 전에 한번 들러 보고 싶다는 생각을 했다. 그 동안에 내린 눈으로 인해 로에쉬 마을도 온통 눈으로 뒤덮여 있었다. 가뜩이나 멀리 있어 잘 보이지 않던 집들이 그나마 내린 눈으로 인해 구별되지도 않았다.

그래서 그는 로에메른 빙하로 가면 어쩌면 잘 보일지도 모른다고 생각했다. 그는 다시 오른쪽으로 돌았다. 걸음을 옮길 때마다 손에 피켈을 쥐고는 단단하게 얼어붙은 눈을 두드리면서 성큼성큼 걸어갔다. 그의 눈은 끝없이 펼쳐진 설원 속에서 뭔가를 찾듯 바삐 움직였다.

빙하에 이르자 쿤시는 잠시 걸음을 멈추었다. 그리고는,

"아리 노인이 이 길을 지나갔을지도 몰라."

하며 중얼거렸다. 그는 초조한 마음으로 걸음을 재촉했다. 빙퇴석을 따라 걷는 그의 발걸음은 무척이나 빨랐다.

이미 저녁놀이 붉게 물들고 있었다. 가끔씩 살을 엘 듯한 바람이 수정같이 맑은 눈의 표면을 휩쓸고 지나갔다. 쿤시는 쩌렁쩌렁한 목소리로 아리 노인의 이름을 불렀다. 그 목소리는 산을 넘고 넘어 다시 메아리가 되어 돌아왔다. 그러나 다른 목소리는 들리지 않았다.

산
막

쿤시는 다시 다른 길을 헤맸다. 태양은 아직 산봉우리 끝에 매달려 있었지만 골짜기 밑은 이미 어스름이 깔리기 시작했다. 그곳을 바라보니 온몸이 떨려 왔다.

이 겨울 산의 적막함과 추위와 고요함이 마치 몸 속으로 밀려와 피를 얼어붙게 만들고, 온몸을 뻣뻣하게 얼릴 것만 같았다. 마치 자신이 꼼짝 못하는 동상이 되는 것은 아닌가 하는 생각이 들기도 했다. 쿤시는 가슴이 두근거렸다. 그래서 더 이상 지체하지 않고 산막으로 향했다. 자기가 이 산속에 있는 동안 아리 노인이 이미 산막에 와 있을지도 모를 일이었다. 아니, 쿤시는 그렇게 생각했다. 필시 아리 노인은 지금쯤 영양을 잡아 와서는 난로 앞에 앉아 있을 것이라고. 그런 생각이 들자 쿤시는 자기가 왔던 길이 아닌 다른 길로 해서 재빠르게 산막에 이르렀다.

그러나 얼핏 보니 지붕 위의 굴뚝에서는 아무런 연기도 피어오르지 않았다. 쿤시는 현관으로 뛰어가 문고리를 잡아당겼다. 그러나 그가 생각했던 것과는 달리 아리 노인은 그곳에 없었다. 다만 삼이 달려와서는 반갑다며 꼬리칠 뿐이었다.

쿤시는 초조해졌다. 그래서 찬찬히 산막 주변을 살펴보기로 했다. 어딘가에 아리 노인이 숨어 있을 것만 같았다. 그러나 역시 노인은 보이지 않았다. 하는 수 없이 쿤시는 불을 피우고 저녁 식사를 위해 수프를 만들었다. 그러면서도 '노인은 곧 돌아올 거야.' 하며 스스로를 위로했다.

그러나 좀처럼 아리 노인은 돌아오지 않았다. 쿤시는 수시로 밖을 드나들며 살펴보았다. 이미 주위는 완전히 어두워진 상태였다. 단지 가느다랗게 휘어진 초승달만이 산마루에 걸려 있을 뿐이었다.

쿤시는 다시 산막 안으로 돌아와 난로 앞에 앉았다. 몸을 녹이면서도 그는 혹시 어떠한 불상사가 일어나지나 않았는지 이 생각 저 생각으로 마음이 심란해졌다.

'혹, 눈길에 미끄러져 다리가 부러지지는 않았을까? 아니, 어쩌면 발을 헛디뎌 발목을 다쳤을지도 몰라. 그렇다면 지금쯤 눈 속에 쓰러져 있을 텐데 무사할까? 점점 얼어붙는 몸에 절망을 느끼며 누군가 나타나 구원해 주기를 간절히 바라고 있지는 않을까? 아, 가엾은 노인 같으니라고. 이 밤 어딘가에서 이미 얼어 버린 목소리를 쥐어짜 내며 나를 부르고 있을지 몰라. 그곳이 어딜까? 이 넓은 설원 어디에서 그를 찾는담? 더군다나 이렇게 험악한 산에서 말이야. 아마 그를 찾으려면 스무 명이나 되는 사람이 일 주일이나 찾아다녀도 못 찾을 거야.'

쿤시는 새벽 1시까지 기다려 보기로 했다. 그때까지도 아리 노인이 돌아오지 않는다면 삼이라도 데리고 찾아 나서야겠다고 생각했다.

쿤시는 길을 나설 준비를 했다. 배낭 안에다가 이틀치의 식량과 담요, 그리고 강철로 된 꺾쇠를 넣었다. 허리에다가는 밧줄을 칭칭 감고 피켈과 등산용 도끼도 챙겨 놓았다. 그리고는 활활 타오르는 난롯불을 바라보며 노인을 기다렸다. 삼은 아무것도 모른 채 난로 옆에서 잠이 들었다. 시계 바늘은 계속해서 돌아가고 있었다.

산
막

쿤시는 혹시 무슨 소리나 들리지 않을까 해서 계속 귀를 기울였다. 그럴 때마다 휘몰아치는 바람 소리만이 들려 올 뿐이었다. 그 소리를 들을 때마다 쿤시는 몸이 얼어붙을 것만 같았다.

이윽고 괘종시계는 12시를 알렸다. 이제 찾아 나설 채비를 해야 하는 것이다. 그러자 온몸이 부르르 떨렸다. 쿤시는 떠나기 전에 뜨거운 커피 한 잔으로 몸과 마음을 녹여야겠다고 생각했다.

이제 시간이 됐다. 괘종시계가 1시를 울린 것이다. 그는 곤히 자고 있는 삼을 깨웠다. 그리고는 함께 빌트스트루벨 빙하를 향해 걸음을 옮겼다. 그가 해야 할 일은 앞으로 다섯 시간 동안 기어오르는 일뿐이었다. 그는 준비해 온 등산 도구를 이용해서 얼음으로 뒤덮인 바위를 기어오르며 앞으로 계속 나아갔다. 올라오지 못하는 삼은 밧줄에 매달아 끌어올려야 했다. 새벽 6시쯤 되자 쿤시는 간신히 산봉우리 하나에 다다랐다. 그곳은 아리 노인이 영양을 잡기 위해 종종 오르는 곳이었다.

몸과 마음이 지칠 대로 지친 쿤시는 그곳에서 멈추었다. 해가 뜨기를 기다리려는 것이었다. 조금 있으니 여명이 비치기 시작했다. 그런데 갑자기 이상한 느낌이 들었다. 어딘가에서 빛이 내려와 주위를 감싸며 아득히 펼쳐진 설원의 산봉우리들을 비추는 것이었다. 아니, 자세히 말해서 빛이 내려오는 것이 아니라 오히려 빛이 눈에서 솟아나 하늘로 향하는 것 같았다. 모든 산봉우리들은 연분홍의 빛으로 물들더니 갑자기 새빨간 태양이 거대한 알프스에 모습을 드러냈다.

쿤시는 다시 걷기 위해 일어났다. 그는 온 신경을 땅바닥에 쏟으면서 무슨 발자국이라도 나 있지 않을까 살피며 걸었다. 그리곤 초조한 심정으로 삼에게 말을 걸었다.

"삼, 부탁이야. 아리 노인을 찾아봐. 제발이지 너라도 찾아봐. 아니, 꼭 찾아야 해."

쿤시는 다시 산을 내려왔다. 그러면서도 벼랑을 샅샅이 살폈다. 그리고 가끔씩 아리 노인의 이름을 불러 댔다. 하지만 그 소리는 긴 여운을 남기며 영원한 침묵 속으로 빠져 버리고 말았다. 이번에는 납작하게 엎드려 땅에다 귀를 대 보았다. 먼 곳에서 어떤 울림이라도 전해 오지 않을까 해서였다. 그러나 그것도 아무런 보람도, 의미도 없는 짓이 되어 버렸다.

쿤시는 너무 허망해서 그 자리에 털썩 주저앉고 말았다. 모든 힘이 빠져 나가는 듯했다. 한낮이 되자 다기 기운을 돋우기 위해 준비해 온 식량으로 허기를 채웠다. 삼에게도 먹을 것을 주었다. 삼도 쿤시만큼이나 지쳐 있었던 것이다. 그리곤 다시 힘을 내서 걷기 시작했다.

이윽고 저녁이 되었다. 그런데도 그는 계속 걸어다녔다. 아마 새벽 1시부터 지금까지 50킬로미터는 족히 걸은 것 같았다. 이제 산막에서 너무 멀리 떠나 왔다. 해도 떨어졌으니 그곳으로 돌아 가기란 불가능했다. 심신도 피로할 대로 피로했으므로 그는 구덩 이를 파고 개와 함께 그 안에 들어가 있었다. 담요를 뒤집어쓰기 는 했으나 혹독한 추위가 뼛속까지 파고들어 왔다.

산
막

쿤시는 잠을 잘 수가 없었다. 잠을 못 이룰 정도로 너무나 매서 운 추위에다가 마음마저 아리 노인에 대한 괴로운 환영으로 고초 를 겪고 있는 상태였기 때문이다.

그는 꼬박 뜬눈으로 밤을 지샌 채 먼동이 틀 무렵 자리에서 일 어났다. 다리는 쇠몽둥이처럼 무거워 좀처럼 걸음을 옮기기가 힘 들었다. 마음은 위축될 대로 위축되어 작은 소리만 나도 기절할 것 같았다.

그러나 쿤시는 기운을 차렸다. 이러다가는 자기 역시 이런 황량 한 곳에서 얼어죽지나 않을까 하는 생각이 들었기 때문이다.

쿤시는 더 이상 아리 노인을 찾는 것을 포기하고 산막 쪽으로 뛰었다. 길이 미끄러웠기 때문에 도중에 몇 번이나 넘어져야 했 다. 그의 뒤를 따르는 삼도 이미 다리를 절름거렸다.

그가 산막에 도착한 것은 오후 4시였다. 산막은 사람의 그림자

조차 보이지 않았다. 쿤시는 제일 먼저 불을 피우고는 식사를 마치고 잠자리에 들었다. 너무 지쳐서인지 잠 외에는 생각할 수가 없었다.

아주 긴 시간 동안 그 누구의 방해도 없이 실컷 잔 것 같았다. 그런데 그는 그만 소리에 놀라 자리에서 일어나고 말았다. 그의 이름을 부르는 듯한 사람의 음성이 들려 왔기 때문이다. 확실치는 않지만 아마도 "쿤시!" 하는 소리처럼 들렸다. 꿈이었을까? 그것도 심리적으로 불안한 사람이 꾸는 일종의 악몽이었을까? 쿤시는 오랫동안 그 소리에서 벗어날 수가 없었다. 마치 떠는 듯한 음성으로 자기 이름을 불렀던 그 목소리는 피부를 뚫고 들어와 마디마디 굵어진 손가락 끝에까지 퍼져 나가는 것 같았다.

분명 그것은 꿈이 아니었다. '쿤시!' 라고 부르는 소리가 너무나 생생하게 귓전에서 울린 까닭이다. 필경 가까이에 누군가가 있음에 틀림이 없었다. 그는 확신에 찬 믿음으로 산막의 문을 열어제쳤다. 그리고는 있는 힘을 다해 소리를 쳤다.

"아리 영감님입니까? 영감님? 어디 계세요?"

그러나 역시 착각이었나 보다. 아무런 응답이 없는 것이었다. 납빛으로 빛나는 눈과 밤의 적막으로 뒤덮인 주변은 작은 속삭임 조차 모두 삼켜 버리고 말았다.

바깥에서 부는 바람은 겁이 날 정도였다. 이 높은 설원에 있는 모든 것을 쓸어버리고 갈 듯한 기세였기 때문이었다. 사막의 모래 바람보다도 더 지독한 돌풍이 불어닥쳤다. 이런 바람 속에서 쿤시는 더욱더 걱정이 되어 다시 한 번 큰소리로 아리 노인을 불렀다.

"아리 영감님, 아리 영감님, 어디 계세요? 아리……."

쿤시는 아리 노인의 응답을 기다리고 기다렸다. 그러나 다가오는 건 침묵뿐이었다. 쿤시는 점점 더 심한 공포를 느꼈다. 간이 오그라들 것만 같은 공포였다. 쿤시는 무서움에 떨며 산막의 빗장을 단단히 걸어 잠갔다. 그는 온몸을 떨며 의자에 털썩 주저앉았다. 분명, 아까 자기를 부르는 듯한 목소리는 아리 노인이 눈을 감는 순간 마지막으로 불러 본 목소리였다는 것을 부정할 수가 없었던 것이다.

산
막

맞다. 틀림없이 맞을 것이다. 빵을 먹는다는 것과 살아 있다는 것은 같은 것이다. 마찬가지로 이틀 넘게 이런 추위에서 아무것도 먹지 않은 채 방치되어 있었다는 건 죽은 것과 같은 것이다. 아리 노인은 분명 사흘 밤 동안 죽음의 고통을 맛보며 서서히 죽어 갔을 것이다. 어느 구덩이 속에 빠져서, 어둠보다도 더 비극적인 그 하얀 눈구덩이 속에서 쿤시의 이름을 마지막으로 부르며 지금 막 숨을 거두었으리.

아리의 영혼은 곧 얼어붙은 육체에서 빠져 나와 제일 먼저 산막으로 찾아들었을 것이다. 영혼이란 살아생전 자신이 애착을 지닌 것에 들러 잠시 머물 수 있는 힘이 있는 것이 아닌가. 분명 아리 노인의 영혼은 신비로운 힘에 이끌려 이곳 산막에 와서 쿤시를 부른 것이 틀림없었다. 아까 쿤시가 들었던 것은 바로 영혼의 소리였을 것이다. 그 영혼은 마지막 작별을 위해 잠시 이곳에 들른 것이다.

아니, 어쩌면 그것은 작별의 말이 아니었을지도 모른다. 왜 끝까지 자신을 찾아 주지 않고 도중에 포기했느냐는 저주의 음성이었을지도 모른다.

쿤시는 온몸을 휘감는 듯한 영혼의 느낌이 전해졌다. 바로 눈앞의 벽에, 그리고 지금 막 빗장을 건 문 너머로 그 영혼이 자유자재로 넘나드는 것이다. 마치 훤히 불 밝혀진 창문으로 머리를 부딪혀 오는 밤새처럼 말이다.

이러한 생각에 빠져 든 쿤시는 온몸이 오싹해졌다. 너무나 큰 두려움에 비명이 터져나올 것만 같았다. 쿤시는 어서 여기를 도망치고 싶었지만 그렇다고 밖으로 나갈 용기는 더욱 없었다. 그것은 더 큰 용기를 필요로 하는 것이었다. 아리 노인의 망령이 문 앞에 서 있을지도 모를 일이었으니까.

그는 분명 자신의 시신이 발견되어 정식으로 장사(葬事) 지내질 때까지는 밤낮으로 산막 주위를 맴돌 것이 뻔했다.

두려움의 밤이 지나고 어느덧 날이 밝아 오자 쿤시의 마음도 조금은 진정되었다. 그는 아침 식사를 준비했으나 입맛이 없었다. 그래서 개에게만 조금 수프를 주었을 뿐, 자신은 다시 의자 위에 몸을 던졌다. 그러면서 계속 어느 눈밭에 쓰러져 있을 아리 노인의 시체를 생각하고 있었다.

그런 자세로 하루를 보내고 다시 밤이 찾아오자 또다시 공포가

엄습해 왔다. 희미한 촛불 하나가 산막의 저녁을 지켜 주고 있었다. 쿤시는 연기로 새까맣게 그은 부엌과 이 방, 저 방을 왔다갔다했다. 그리고 어젯밤 자신을 불렀던 그 영혼의 목소리가 또다시 들려 오지 않을까 귀기울이고 있었다.

그 순간, 쿤시는 이 황량한 곳에 자기만 덩그러니 남아 있다는 것을 깨달았다. 그러자 혼자라는 고독감이 물밀듯이 밀려 왔다. 이 거대한 설원 속에 자기 혼자 갇혀 있는 것이다. 시끌시끌한 마을의 인가에서 2천 미터나 떨어진 이 높은 곳에서 말이다. 하늘마저 얼어붙은 이곳에서 유일하게 혼자 남은 것이다.

산
막

그는 어디라도 좋으니 당장 이곳을 벗어나 달아나고 싶었다. 절벽을 타고 내려서라도 로에쉬 마을로 가고 싶었다. 그런 생각들로 인해 그의 심장은 오그라들었다 펴졌다 했다. 하지만 지금의 그에게는 문을 열 용기도 없었다. 분명 아리 노인의 시신은 혼자 이 높은 곳에 남겨지기를 원치 않을 것이기에 앞길을 가로막을 것임이 틀림없었기 때문이다.

깊은 밤이 되자 불안과 공포에 며칠을 시달린 쿤시는 자신도 모르는 사이에 잠이 들고 말았다. 그는 침대로 가서 눕지는 않았다. 그곳에 가면 꼭 귀신이 나올 것만 같은 기분이 들었다.

그런데 의자에 몸을 묻은 채 잠들어 있던 쿤시가 갑자기 잠에서 깨어났다. 전날 밤과 같은 외침이 그의 귓전을 때렸기 때문이다. 그는 자신에게 덤벼드는 유령을 떼밀고 있는 듯이 두 팔을 허우적거리다가 의자와 함께 나동그라지고 말았다.

그 소란으로 인해 잠에서 깨어난 개가 마구 짖어 대기 시작했다. 개는 마치 소란의 원인이 무엇인지 찾으려는 듯 집안을 빙빙 돌았다. 개는 문 앞에서 멈추더니 계속 그 밑에다 코를 처박고 킁킁거렸다. 개의 꼬리는 허공을 향해 빳빳이 섰고, 털까지 곤두세운 채 계속 으르렁거렸다.

쿤시는 자신의 몸을 일으키며 의자 다리를 움켜잡았다. 그리고는 원인도 모른 채 외쳐 댔다.

"들어오지 마! 절대로 들어오지 마! 누구든 들어오면 죽여 버리겠어!"

개는 주인의 가세에 힘을 얻어 누군지도 모르는 적을 향해 개의 본성을 드러내며 맹렬히 짖어 댔다.

그러다 밖에서 아무런 반응이 없자 개도 쿤시도 곧 입을 다물어 버렸다. 개는 개대로 지쳐 난롯가 옆에서 뻗어 있었지만 머리만은 쳐든 채로 나지막이 으르렁거리고 있었다.

쿤시 역시 제정신을 찾았으나 그대로 있다가는 미쳐 버릴 것 같아 찬장 속의 브랜디를 꺼냈다. 그리고는 쉬지 않고 몇 잔을 들이키니 눈앞이 핑 돌았다. 곧 머리가 몽롱해져 왔지만 술기운에 힘이 솟는 것 같았다. 알코올이 혈관을 타고 흘렀다.

그 이튿날도 쿤시는 음식이라곤 입에 대지 않은 채 연신 술만 마셔 댔다. 며칠 동안을 그런 식으로 지내다 보니 그는 곤드레만드레하여 자신의 몸을 가누지도 못했다. 그러다가 조금 정신이 들면 다시 아리 노인 생각에 술을 마시지 않고는 견딜 수가 없었다.

그러면 그는 술잔을 입 속에 들이붓고 다시 취해 엎드린 채 코를 골며 잠 속으로 빠져 드는 것이었다.

그렇게 그의 괴로움을 잊게 하고, 그를 멍하니 만드는 술기운이 사라지면 그의 귀에는 또다시 "쿤시! 쿤시!" 하는 외침이 들려 왔다. 그 외침은 쿤시의 두개골을 꿰뚫어 그를 더욱더 괴로움 속으로 몰아넣었다. 그러면 쿤시는 술기운에 몸을 가누지도 못하면서 일어나 개에게 구원을 요청했다.

산
막

그런 생활이 3주 동안이나 계속되었다. 그러는 사이 산막에 있던 모든 술이 바닥나고 말았다. 술이란 단지 쿤시의 공포를 잠깐 동안만 잊게 해 주었을 뿐, 근본적인 해결책은 될 수 없었다. 술에서 깨면 그는 전보다 한층 더한 공포로 몸을 떨어야 했던 것이다. 그의 마음속 공포와 고독감은 더욱 심해져 송곳으로 머리를 뚫는 듯했다.

그러한 고통 속에서 피로에 지치게 되면 잠이 들고, 잠이 들면 또다시 그 외침 때문에 후닥닥 일어나는 악순환이 계속되었다.

그러던 어느 날 밤이었다. 그는 쥐가 궁지에 몰리면 고양이를 문다는 식으로 마지막 몸부림을 치듯 앞뒤 가리지 않고 문 쪽으로 향했다. 이제는 자신을 부르는 그 소리의 정체를 두 눈으로 직접 목격하고 강제로라도 입을 다물도록 하기 위해 문을 열었다.

그러자 알프스의 매서운 겨울 바람이 몰아닥쳐 뼛속까지 얼어 버릴 것 같았다. 그는 찬바람을 견딜 수 없어 곧 문을 닫았으나 그 사이를 틈타 개가 바깥으로 뛰쳐나갔다는 것을 모르고 있었다. 그는 추위로 몸을 떨면서 난로에다 계속 장작을 지폈다. 그런데 누군가 벽을 할퀴며 우는 듯한 소리가 계속해서 들려 왔다. 그는 다시 공포로 질려 버렸다.

그래서 쿤시는 이성을 잃은 채 마구 외쳐 댔다.

"꺼져! 꺼져 버리란 말이야!"

그의 호통 소리에 상대는 괴로운 듯한 목소리로 응답했다. 그래서 그만 모든 이성을 잃은 쿤시는 정신 없이 숨을 장소를 찾았다. 그러면서 입으로는 계속 "꺼져! 꺼져!"라는 말만 뇌까렸다.

그러나 쿤시가 느끼기에 상대는 여전히 울어 대며 벽을 할퀴거나, 집 주위를 따라 서성거리는 것 같았다.

쿤시는 정상인이 혼자 했다고는 볼 수 없는 힘으로 식료품이 잔뜩 들어 있는 무거운 떡갈나무 찬장을 문 앞까지 끌고 와서는 방벽을 쳤다. 그리고는 그것도 모자라 안에 있던 탁자며 의자 등 가구들을 가져와 전부 쌓아 올렸다.

그러나 상대는 더욱 기분 나쁜 소리로 으르렁거렸다. 이제 질세라 쿤시도 맞장구를 쳤다.

이러한 대결은 며칠을 두고 계속되었다. 한쪽은 계속 벽을 할퀴거나 산막 주위를 서성거렸고, 또 다른 한쪽은 이에 맞서 고함을 치며 대항했다.

그러던 어느 날 밤, 이제 상대에게서는 아무런 소리도 들리지 않았다. 그러자 쿤시는 한꺼번에 긴장이 풀리면서 잠이 들고 말았다.

잠에서 깨어난 쿤시는 아무것도 기억할 수가 없었다. 단지 배가 몹시 고프다는 것만을 느꼈을 뿐이다. 그래서 그는 먹고 또 먹었다.

그 사이 겨울은 갔다. 알프스의 매서웠던 찬바람도 물러나고, 험한 제미 고갯길도 다시 열렸다. 겨울 동안 마을에서 머물렀던 오제 씨 가족은 산막으로 이동하기 위해 마을을 떠났다.

고갯마루에 이른 여자들은 나귀에 올라탔다. 그리고는 곧 만나게 될 안내인들에 대한 이야기를 하며 앞으로 나아갔다.

그런데 여느 해와는 다른 뭔가 이상한 느낌을 받았다. 기나긴 겨울을 보내고 길이 열리면 그간의 소식을 알리기 위해 안내인 중 한 명이 이삼 일 전부터 산을 내려오곤 했었는데 올해는 아무런 안내인도 보이지 않았던 것이다.

일행은 마침내 목적지에 다다랐다. 산막 위의 눈은 치워지지도 않은 채 여전히 덮여 있었다. 지붕 위의 굴뚝에서는 조금씩 연기가 피어올랐다. 오제 씨는 그 연기를 통해 사람들이 무사히 지냈음을 알고는 안심했다. 그러나 문 입구에 다다르니 웬 짐승의 해골이 보였다. 그 짐승은 옆구리를 밑으로 하고 쓰러져 있었는데 겨울 내내 독수리가 쪼아먹은 흔적이 있었다.

일행은 다가가서 그 짐승을 살펴보았다.

"삼이에요. 틀림없어요."

하고 오제 부인이 말했다. 오제 부인은 문을 두드리며 큰소리로 외쳤다.

"아리! 아리!"

그러자 안에서 누군가가 소리치는 소리가 들려 왔다. 그 소리는 사람의 소리 같지 않은 무슨 짐승 소리처럼 들렸다.

오제 씨가 다시 안에다 대고 소리쳤다.

"아리! 아리! 안에 없는가?"

그러자 안에서는 아까와 같은 소리만이 들려 왔다.

오제 씨와 세 아들은 문을 열어야겠다고 생각했다. 그러나 뜻밖에도 문은 꿈쩍도 하지 않았다.

망치로는 역부족이라고 판단한 네 사람은 나귀를 가두던 외양간에서 긴 기둥을 뽑아 왔다. 그리고 모두들 달려들어 있는 힘을 다해 문을 밀었다. 나무 문이 부서지는 소리와 함께 산막 전체가 흔들렸다. 그러자 문이 부서지면서 뒤로 넘어간 찬장 너머로 한 남자가 보였다. 어깨까지 늘어진 머리에 가슴까지 내려온 수염, 게다가 누더기를 걸친 그 남자는 두 눈에서 이상한 빛이 뿜어져 나왔다.

사람들은 그가 누군지 알아보질 못했다. 하지만 루이즈는 그가 누군지를 알아차리며 소리쳤다.

"어머나! 쿤시예요! 한번 보세요."

그 말을 들은 오제 부인은 그 남자를 살펴보더니 머리는 허옇게 변했지만 쿤시가 맞다며 인정했다.

쿤시는 별저항 없이 사람들을 대했다. 그들이 자기 몸을 만져도 그저 가만히 있을 뿐이었다. 하지만 사람들이 물어 보는 말에는 전혀 대답이 없었다. 그래서 사람들은 그를 로에쉬 마을에 있는 의사에게 데려가기로 결정했다.

의사는 그를 보더니 그가 미쳤다는 진단을 내렸다.

늙은 안내인 아리 노인이 어떻게 되었는지에 대해서는 그 누구도 아는 바가 없었다.

오제 씨의 딸 루이즈는 실성한 쿤시 때문에 병이 들어 죽을 뻔하기도 했다.

사람들은 그 이유에 대해서 이렇게들 말했다.

"지난겨울 너무 추웠던 거야."

귀 향

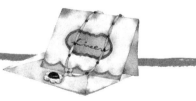

귀 향

밀려오는 파도는 하얀 거품을 일며 바위에 부딪히고, 뭉게뭉게 핀 구름은 마치 새처럼 하늘을 날아갔다.

해안을 따라 내려가니 완만한 골짜기에 자리잡은 마을의 집들이 오후의 햇살을 받으며 서로 평화롭게 옹기종기 모여 있었다.

마르탱 레베스크의 집은 바로 마을로 접어드는 입구에 따로 위치해 있었다. 흙칠이 되어 있는 벽에 자줏빛 붓꽃이 핀 초가 지붕의 이 집은 아주 소박해 보였다. 마당 한쪽에 손바닥만하게 일궈 놓은 밭에는 양파며 양배추, 파슬리 같은 야채들이 자라고 있었으며 둘레에는 낮은 울타리가 쳐져 있었다.

이 집의 주인인 레베스크는 앞바다로 고기잡이를 나갔고, 대문 앞에서는 그의 아내가 뚫어진 어망을 잇고 있었다. 그 어망은 어찌나 큰지 벽 한쪽을 다 차지하고 있었는데 마치 거미가 쳐 놓은 집 같았다.

마당 입구에 놓여진 집으로 만든 의자에는 이 집의 큰딸인 14살짜리 소녀가 앉아서 그나마 다 해어진 속옷을 꿰매고 있었다. 이미 몇 번이나 깁고 또 기운 그 속옷은 이미 너덜너덜해진 상태였다. 그리고 그 옆에서는 그녀보다 한 살 작은 여동생이 갓 태어난 아기를 안고서 귀여워 못 견디겠다는 투로 아기를 어르고 있었다.

또 두세 살쯤이나 됐을까, 고만고만한 아이들이 땅바닥에 철퍼덕 주저앉아 아직은 서툴게 흙을 만지며 놀고 있었다. 그러다가는 한줌의 흙을 집어들고 서로 던지며 장난질을 했다.

그러한 광경은 몹시 평화로워 보였으며 큰소리로 떠들어 대는 사람은 없었다. 갓난아기는 어느덧 졸린지 칭얼거리며 약간 보챌 뿐이었다.

이 집의 식구인 고양이 한 마리도 햇볕이 마음에 드는 양 창가에 걸터앉아 졸고 있었다. 만개한 무꽃들이 짙은 향기를 뿜어내고 있었으며 꿀벌들이 향기에 취해 몰려들었다.

그때였다. 아무 말 없이 속옷을 깁던 이 집 큰딸이 갑자기 입을 연 것이었다.

"엄마!"

"응?"

"저기 좀 보세요. 저 사람이 또 왔어요."

아침부터 집 주위를 서성대고 있는 이 남자 때문에 모녀는 계속

귀
향

신경이 쓰이던 차였다. 그는 아주 나이가 많아 보였는데 행색이 초라한 것이 꼭 거지꼴이었다.

아침에 이 집 주인이 고기잡이를 나가려 하자 모녀는 그를 도와주기 위해 배에 갔다가 그곳에서 이 늙은이를 보았었다. 이 늙은이는 집 앞에 있는 개울가에 앉아 있었다. 모녀가 바닷가에서 돌아왔을 때도 그는 그때까지 죽 그곳에 앉아 이 집을 바라보며 있었다.

그는 병색이 완연해 보였고 차림은 매우 초라했다. 벌써 그 자리에 앉아 꼼짝 않고 있는 것이 한 시간 이상이나 되었는데 사람들의 눈초리가 이상해서인지 이윽고는 자리에서 일어나 아픈 다리를 절름거리며 어딘가로 가 버렸던 것이다.

그런데 그 남자가 다시 또 나타나 집 주위를 서성거리는 것이었다. 아픈 기색이 역력했고, 여전히 다리를 질질 끌었다. 그는 이번에는 이 집 사람들의 행동을 살피려고 작정이나 한 듯 아예 가까운 곳에서 자리를 잡고 앉았다.

어머니를 비롯한 이 집 식구들은 왠지 두려움이 일기 시작했다. 그중에서도 어머니가 제일 안절부절못하고 있었는데, 그녀는 원래 겁이 많은데다가 남편이 돌아오려면 아직도 멀었기 때문이다. 남편은 해가 저물녘에야 돌아오지만 아직은 해가 중천에 떠 있었던 것이다. 남편 레베스크와 아내 마르탱은 이 고장에서는 '마르탱 레베스크'라 불렸다. 그런 데는 연유가 있었다.

아내는 레베스크와의 결혼이 첫 결혼이 아니었다. 아내의 첫 남편은 원래 마르탱이라는 선원이었는데 해마다 여름철이 되면 그는 대구잡이를 위해 뉴펀들랜드로 나가곤 하였다.

그녀가 첫 남편과 결혼한 지 두 해째 되는 어느 날이었다. 남편이 타고 출항을 했던 '자매호'라는 배가 그만 행방불명이 되고 만 것이다. 그때 그녀는 이미 남편과의 사이에 딸 하나와 임신 6개월 된 태아를 두고 있었다.

그 사건이 있은 후 아무리 기다려 보아도 남편과 그 동료들에 대한 소식은 들리지 않았으며 사람들 모두 배가 조난했음이 틀림없다고 믿게 되었다.

그래도 마르탱 부인은 혼자 둘째를 낳고는 10년 동안이나 포기하지 않고 남편을 기다려 왔다. 그간 두 아이를 키우며 먹고살기 위해 그녀가 한 고생은 이루 말할 수 없었다.

그런데 이 고장에서 아들 하나를 키우며 홀로 살고 있는 홀아비가 그녀에게 청혼을 해 왔다. 그가 바로 레베스크였던 것이다. 그는 신체 건강하고 마음이 선량한 사람이었다. 그녀가 레베스크라는 남자와 같이 살게 된 까닭은 이러했고, 그와 같이 산 3년 동안 아이 둘을 낳은 것이다.

하지만 생활은 더 나을 것이 없었다. 여전히 고되고 힘든 삶이 그들 앞에 있었다. 빵값은 그들에게 너무 벅찬 가격이었고, 더군다나 고기 따위는 엄두도 내지 못할 지경이었다. 그래서 고기가 잡히지 않는 겨울철이면 외상으로 빵을 구입해야만 했다. 그럼에도 불구하고 아이들은 무럭무럭 건강하게 자라났다.

마을 사람들은 이들 부부를 보고 한결같이 이렇게 말했다.

"참 훌륭한 부부야. 아내는 인내심이 많고 남편은 뛰어난 어부지."

한편, 울타리 가까이 있는 의자에 앉아서 다 해어진 속옷을 꿰매던 큰딸이 어머니를 향해 말했다.

"이상해요, 어머니. 어쩐지 저 사람이 우리에 대해서 잘 알고 있다는 느낌이 들어요. 혹시 에프레빌르나 오제보스크에서 온 건 아닐까요?"

어머니는 그런 말을 하는 딸에게 주의를 주었다.

"잘 알지도 못하면서 왜 그런 말을 하니? 내가 볼 때는 네 생각이 틀린 것 같구나. 아무리 봐도 저 사람은 이 지방 사람이 아니야. 그래, 내 말이 맞아. 틀림없어."

하지만 아침부터 지금까지 저렇게 꼼짝 않고 앉아서 자기 집을 뚫어져라 바라보는 남자 때문에 마침내 마르탱 부인은 치미는 화를 참을 수가 없었다. 겁이 많은 그녀였지만 이런 상황에서는 의외로 대담해져서 손에 삽을 들고 뛰쳐나갔다. 그를 내쫓기 위한 심산이었다.

"대체 당신 누구예요? 언제까지 앉아서 우리 집을 쳐다보고 있을 거냐고요. 속셈이 뭐예요?"

그녀는 화난 목소리로 그 남자에게 소리쳤다.

그러자 그 남자가 거친 음성으로 대답했다.

"그냥 바람 좀 쐬고 있는 거니까 신경 쓰지 마시오."

그 말에 그녀는 따지듯이 물었다.

"그러면 바람이나 쐴 것이지 우리 집 근처는 왜 기웃거리고 있는 거예요?"

그 남자는 대답했다.

"아무런 폐도 끼치지 않을 테니 걱정 마시오. 내 마음대로 쉬지도 못한다는 겁니까?"

이 말에 할말이 없어진 그녀는 다시 집안으로 들어왔다.

그날 따라 유난히도 하루가 길게 느껴졌다. 그 남자는 정오쯤되자 집 주위를 떠났다. 그런데 저녁때가 되니 다시 왔다가는 밤이 이슥해지자 또 사라지는 것이었다.

레베스크는 늦은 밤이 되어서야 일을 마치고 돌아왔다. 그리고는 오늘 일어난 이상한 이야기에 관해 듣더니,

"별 이상한 놈도 다 있군. 장난질이 취민가 보지."

하고는 대수롭지 않다는 듯 곧 곯아떨어지고 말았다. 그러나 마르탱 부인은 쉽게 잠을 이룰 수가 없었다. 자기를 바라보는 그 남자의 눈빛이 예사롭지 않았던 것이다. 자꾸만 그 남자가 뇌리에서 떠나지 않아 가슴이 답답해졌다.

다음날은 유난히도 바람이 많이 불었다. 그래서 레베스크는 고기잡이를 나갈 수가 없었다. 그는 오늘은 하루 집에서 쉬며 그물이나 수선해야겠다고 생각했다.

그런데 아침 9시쯤 빵을 사 가지고 돌아오던 큰딸이 얼굴빛이 파래진 채 집안으로 뛰어들며 소리쳤다.

"엄마, 엄마! 글쎄, 그 사람이 또 바깥에 와 있어요!"

이 말을 들은 마르탱 부인은 가슴이 뛰었다. 그녀는 창백해진 얼굴로 남편에게 말했다.

"여보, 안 되겠어요. 당신이 가서 그 사람 좀 쫓으세요. 제발 우리 주위를 맴돌며 노려보지 말라고 전하세요. 이것도 정말 못 견딜 노릇이에요."

레베스크는 부인의 재촉에 밖으로 나와 보지 않을 수 없었다. 건장하게 보이는 구릿빛 피부와 덥수룩한 수염, 파란 눈과 두터운 목덜미, 매서운 바닷바람을 막기 위해 늘 몸에 걸치는 털옷 차림의 레베스크는 딸과 아내가 말하는 그 이상한 남자를 향해 다가갔다.

마르탱 부인과 아이들은 무슨 일이나 일어나지 않을까 가슴이 조마조마했다. 그래서 먼 데서 그들을 살피고 있었다.

그런데 레베스크가 그 부랑자 같은 놈을 쫓기는커녕 함께 집을 향해 나란히 걸어오는 것이었다. 마르탱 부인은 이에 놀라 입을 벌리며 뒷걸음질을 쳤다. 집안으로 들어온 남편은 아내에게 말했다.

"여보, 이 사람이 며칠 동안 아무것도 먹지 못했다는군. 빵이랑 사과주를 조금 가져다주시오."

그 남자와 남편은 집안으로 들어갔다. 마르탱 부인과 아이들도 그 뒤를 졸졸 따랐다. 그 낯선 남자는 신기한 듯 자기를 바라보는 시선을 느끼며 말없이 빵을 먹었다.

마르탱 부인은 앉지도 않고 힐끔힐끔 그를 바라보았다. 큰딸과 언제나 갓난아이는 제몫이라는 듯 여전히 아이를 안고 서 있는 둘째딸이 유심히 그 남자를 쳐다보았다. 난로 앞에서 냄비를 가지고 놀며 장난을 치던 두 아이들도 이 처음 보는 방문객이 궁금하다는 듯 놀이를 멈추었다

레베스크는 의자에 앉으며 그 남자에게 이것저것 묻기 시작했다.

"어디 먼 데서 오셨습니까?"

"세트에서 왔습니다."

"세트? 그렇다면 걸어서 왔다는 말입니까?"

"그렇소. 걸어서 왔소. 거기에서 오려면 그 길밖에 없잖습니까?"

"그래, 이제 어디로 갈 참이오?"

"어디로 가는 게 아니라 난, 이곳으로 온 겁니다."

"그렇다면 이곳에 무슨 연고(緣故)라도 있소?"

"글쎄요……. 있을 수도 있겠죠."

두 사람의 대화는 거기서 잠시 중단되었다. 몹시 허기져 보이는 남자는 그렇다고 게걸스럽게 음식을 먹지는 않았다. 나름대로 천천히 품위를 잃지 않으며 음식을 먹고 있었다. 그는 빵을 조금 떼어 내서 입에 넣을 때마다 사과주를 조금씩 마셨다. 무슨 고생을 했는지는 모르지만 주름투성이의 얼굴에 바싹 야윈 몸은 동정심을 불러일으켰다.

귀

향

레베스크는 그런 그를 잠시 바라보다가 별안간 질문을 하기 시작했다.

"그런데, 당신 이름은 뭡니까?"

남자는 이 질문에 고개를 푹 숙이며 대답했다.

"마르탱이라고 하오."

이 이름을 들은 순간, 마르탱 부인은 전신을 휘감는 듯한 충격으로 전율했다.

그녀는 자신도 모르게 그 남자 옆으로 조금 다가섰다. 좀더 자세히 살펴보기 위해서였다. 그녀는 두 손을 힘없이 늘어뜨린 채 멍하니 입을 벌리고 서 있었다. 주위는 찬물을 끼얹은 듯 조용했다. 그러자 레베스크가 다시 입을 열었다.

"그렇다면 당신은 본디 이 지방 사람입니까?"

그 마르탱이라는 남자는 이 말에 대답했다.

"그렇소. 이곳이 내 고향이오."

이렇게 말한 그는 갑자기 얼굴을 쳐들었다. 그러자 그 남자의 눈과 마르탱 부인의 눈이 마주쳤다. 한동안 두 눈은 서로를 바라보며 움직이지 않았다. 마치 두 시선이 붙어 버린 것 같았다.

마르탱 부인은 갑자기 온몸이 뻣뻣해졌다. 그녀의 목소리는 떨려 왔고 목에 메이는 듯한 음성이었다.

"그럼, 바로 다, 당신이었군요."

남자는 침착하게 대답했다.

"그렇소, 나요. 내가 돌아왔소."

그 남자는 여전히 빵을 입에 넣으며 말했다.

레베스크 역시 충격으로 당황한 나머지 말을 더듬기 시작했다.

"조난을 당한 줄 알았는데 그렇다면 여태 살아 있었단 말입니까? 그럼 도대체 어디서 왔단 말입니까?"

남자가 이에 대답했다.

귀
향

"아프리카 해안에서 왔소. 배가 암초에 부딪히는 바람에 타고 있던 배가 침몰하고 말았지요. 피카르라는 사람하고 바티넬, 그리고 나 세 사람만이 살아남았소. 우리는 아프리카 토인들에게 붙잡혀 12년 동안이나 그곳에 갇혀 있었소. 하지만 그 동안 피카르하고 바티넬은 죽었고, 나는 운 좋게도 지나가는 영국 여행자에 의해 구조되었소. 그가 나를 세트까지 데려다 준 거요. 그래서 난 이렇게 고향으로 돌아온 거고……"

그 말을 들은 마르탱 부인은 두르고 있던 앞치마에 얼굴을 묻으며 울음을 터뜨렸다.

레베스크는 침착을 되찾으며 말했다.

"그렇다고 이제 와서 새삼 무얼 어쩌겠습니까?"

남자는 레베스크를 향해 물었다.

"그럼, 당신이 이 사람의 남편이란 말이오?"

레베스크가 대답했다.

"그렇게 됐습니다."

두 사람은 서로 쳐다볼 뿐 아무 말이 없었다.

마르탱은 방안에 서 있던 많은 아이들을 보더니 그중 제일 큰 두 딸을 가리키며 물었다.

"저 두 아이가 내 딸들이오?"

레베스크가 마르탱의 물음에 대답했다.

"그렇습니다. 당신 딸들이지요."

하지만 마르탱은 그 말을 듣고도 가만히 앉아 있었다. 만남에 대한 기쁨의 표시라든가 입맞춤도 없었다. 그저 자기 딸들이라는 것을 확인할 뿐 아무런 행동도 하지 않았다.

"허, 얼굴을 보니 진짜 영락없는 내 딸이로군."

레베스크는 계속 같은 말을 반복했다.

"뭐, 이제 와서 달라질 게 있겠습니까?"

마르탱도 자신이 어떻게 행동을 해야 할지 난감했다. 그러나 잠시 후 단호한 결단이라도 내린 듯이 레베스크를 향해 말했다.

"난 아무래도 상관없소. 당신 좋을 대로 하시오. 난 당신에게 조금도 상처를 줄 생각은 없소. 하지만 간단한 문제는 아니군. 내 아이가 둘이고 당신 아이가 셋이니 원, 각각 자기 아이를 찾으면 될 일이지만 이 아이들의 엄마는 대체 내 아낸지 당신 아낸지 모르겠소. 어쨌든 지금의 나로서는 당신의 뜻에 따르겠소. 그런데 이 집만큼은 양보할 수 없소. 난 이 집에서 태어났고 또 이 집에서 자랐으니까. 이 집은 아버지에게서 물려받은 내 집이니 그렇게 해야 하지 않겠소? 문서상으로도 이 집은 내 집으로 되어 있소."

마르탱 부인은 아무 말 없이 울기만 할 뿐이었다. 끊임없이 흘러내리는 눈물을 그녀는 계속해서 앞치마로 닦아 내고 있었다. 두 딸들은 자신의 피붙이인 친아버지를 말없이 바라보았다.

이제까지 묻는 말에 대답만 하던 마르탱은 식사가 끝나자 먼저 말을 꺼냈다.

"그래, 당신은 어쩌면 좋겠소?"

레베스크는 잠시 생각에 잠기다가 자신의 의견을 내놓았다.

귀
향

"신부님을 찾아 뵙는 건 어떨까요? 신부님이라면 현명한 판단을 내려 주실 겁니다."

마르탱은 자리에서 일어서더니 천천히 아내 곁으로 갔다. 그러자 마르탱 부인은 첫 남편의 가슴에 안겨 오열했다.

"마르탱, 당신이 돌아왔군요. 아, 가엾은 마르탱! 이렇게 돌아왔군요!"

그녀는 자신의 두 팔로 남자를 안으며 불쌍하다는 듯 다독거렸다. 그러자 남편에 대한 옛정이 되살아남을 느꼈다. 그와 동시에 고통스러웠던 10년 간의 생활을 떠올리며 괴로워했다.

마르탱도 그녀와 같은 심정이었는지 그녀가 머리에 쓰고 있던 수건에 애정 어린 키스를 했다. 벽난로 앞에서 장난하며 놀고 있던 아이들은 엄마가 울자 덩달아서 울기 시작했다. 둘째 딸이 돌보던 갓난아기도 무언가를 느낀 듯 여느 때보다 더 큰소리로 울음을 터뜨렸다

레베스크는 일어나서 가만히 그들을 지켜보다가 이윽고 입을 열었다.

"자, 이제 결정을 내리십시오. 어떻게 하실 작정이십니까?"

마르탱은 아내에게서 떨어져 이제는 다 커 버린 두 딸에게 눈을 돌렸다. 그는 딸들을 바라보며 말했다.

"키스라도 해 주지 않겠니?"

그 말이 끝남과 동시에 두 딸은 친아버지 곁으로 다가갔다. 하지만 겁을 집어먹은 듯 주뼛주뼛하고 있었다. 그러자 마르탱이 먼저 한 사람씩 차례로 얼굴에 입맞춤을 해 주었다. 둘째딸은 갓난아이를 안은 채 아버지 곁으로 갔기 때문에 아기는 이 낯선 남자를 가까이서 보자 더욱 자지러지게 울어 댔다.

그런 후에 두 남자는 바깥으로 나갔다.

그들이 '코메르스' 라는 술집 앞을 지날 때였다. 갑자기 레베스크가 마르탱을 보며 말했다.

"어떻습니까? 술이라도 한잔 걸치며 얘기할까요?"

"좋은 생각이오."

마르탱은 레베스크의 말에 동의했다.

술집으로 들어간 그들은 탁자를 마주하고 앉았다. 술집 안엔 아직 손님들이 없었다. 그때였다. 마르탱이 술집 주인을 향해 소리쳤다.

"어이 쉬코! 여기 아주 좋은 술로 두 잔 가져다주지 않겠나? 좋은 것으로 말이야. 쉬코! 내가 누군지 알겠어? 내가, 마르탱일세. 마르탱이 돌아왔다고! 왜 예전에 자매호를 탔던 마르탱 말이야."

그러자 비곗살이 덕지덕지 붙은 뚱뚱한 주인이 그 불룩한 배를

내밀며 다가왔다. 그의 한 손엔 술병이 또 다른 손에 세 개의 술
잔이 들려졌다. 그는 마르탱 곁으로 다가와서는 그다지 놀라지
않으며 조용히 말했다.

"그래, 마르탱! 마르탱이 맞구먼. 마르탱, 자네가 돌아오다
니……."

이에 마르탱이 대답했다.

"응, 내가 돌아왔다네……."

귀
향

219

독후감

길라잡이

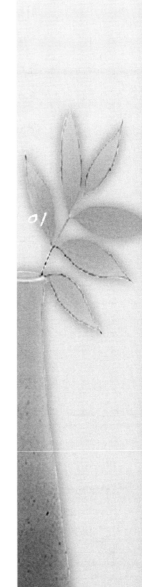

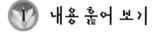

목걸이

가난한 마틸드는 빼어난 미모의 여자였습니다. 그녀는 늘 사치를 꿈꾸며 상류 사회를 부러워하였기에 현실에 만족하지 못했습니다. 그것이 그녀의 불행이었지요.

어느 날 교육부 말단 관리에 불과한 남편이 장관으로부터 파티 초대장을 받아 오자 그녀는 한숨만 쉬었습니다. 입고 갈 마땅한 옷이 없었던 것입니다. 남편은 사랑하는 아내를 위해 자신의 비상금으로 거금이 드는 파티 복을 마련해 주었습니다. 그러나 아내는 기뻐하지 않았고 또 투덜거리는 것이었습니다. 이번에는 그 옷에 어울리는 장신구가 없다는 이유였지요. 그녀는 할 수 없이 돈 많은 친구 폴레스체 부인에게서 다이아몬드가 박힌 화려한 목걸이를 빌렸습니다.

드디어 파티가 열렸습니다. 그녀는 그곳의 어느 부인도 따라오지 못할 만큼 아름다웠고 모든 남자들은 그녀에게 관심을 보였습니다. 그녀는 행복했고 이것이야말로 자신이 살아야 할 삶이라고 생각했습니다. 그러나 그것도 잠시뿐, 파티는 끝났고 그녀는 남편과 함께 집으로 돌아와야 했습니다.

행복의 절정에 이르렀던 그녀는 좀 전의 파티로 들떠 있다가 갑자기 비명을 질렀습니다. 자신들로서는 평생을 모아도 사지 못할 가격의 다이아몬드 목걸이가 없어진 것이었습니다. 이에 남편은 미친 듯이 목걸이를 찾아 헤맸으나 끝내 그 목걸이는 찾을 수 없었습니다. 하는 수 없이 이들은 그것과 똑같은 걸로 다시 사서 돌려주기로 했습니다.

남편은 아버지가 남긴 유산을 정리하고 가지고 있는 모든 걸 담보로 하여 마구 돈을 빌렸으며, 결국 그들은 다락방으로 이사까지 해야 했습니다.

목걸이는 주인에게 돌려주었지만 그때부터 마틸드의 처참한 생활이 시작되었습니다. 어마어마한 빚을 갚기 위해 하나밖에 없는 식모를 내보내야 했으며, 손수 온갖 궂은일을 닥치는 대로 해야만 했습니다. 남편은 직장 일을 마치고 나면 밤늦도록 아르바이트를 해서 그 빚을 갚아야 했습니다.

그렇게 하층민으로 전락하여 10년 동안 고생한 끝에 마침내 그 엄청난 빚을 다 갚은 어느 날, 마틸드는 한숨 돌리기 위해 샹젤리제 거리를 산책하고 있었습니다. 그녀는 그녀의 친구였던 폴레스체 부인을 그곳에서 만났습니다. 그러나 친구는 그녀를 알아보지 못했습니다. 10년 동안 너무나 고생을 한 마틸드였기에 그새 그녀의 아름다움은 사라져 버렸고 초라한 행색으로 전락해 버렸기 때문입니다. 자신이 누구라는 것을 밝히자 마침내 그녀를 알아본 폴레스체 부인은 그간의 사정을 듣고는 이렇게 말했습니다.

"이 일을 어떡하면 좋아, 마틸드! 그건 가짜였어!"

비곗덩어리

보불 전쟁(프랑스와 프러시아간의 전쟁으로서 1870년 7월 시작됨) 당시, 프랑스 북부에 위치한 노르망디 지방의 중심 시가지 루앙은 프러시아군에 의해 점령당하고 말았습니다.

시민들은 프러시아 장교를 자기 집에 분숙시키면서 이들을 잘 사귀어 둠으로써 이 시를 떠날 수 있는 출발 허가증을 사령관으로부터 받아 내었습니다. 그리하여 10명의 사람들이 마차를 타고 디에프를 향해 출발하게 되었습니다.

합승객들은 포도주 장사로 한밑천 모은 르와조 부부와 면직물업계 거물인 카레 라마동 부부, 노르망디 굴지의 명문 위베르 드 브레빌 백작 부부와 공화주의자 코르뉘데, 수녀 두 사람, 그리고 젊은 창녀였습니다.

쏟아지는 눈 때문에 마차가 제때에 도착하지 못하고 지체하자 미처 음식을 준비해 오지 못한 사람들은 허기로 인해 지치고 탈진했으나 창녀 불 드 쉬프만큼은 철저히 먹을 것을 준비해 왔기 때문에 허기를 면할 수 있었습니다. 그녀가 음식을 먹을 때 사람들은 군침을 흘렸고 한 사람씩 가세하여 그 음식을 먹기 시작했습니다. 처음에는 창녀의 음식이라고 꺼리던 부인들도 배고픔을 이기지 못해 음식을 나누어 먹게 되고 분위기는 점점 좋아졌습니다.

이어 하룻밤 묵을 토트 시에 도착했으나 이 젊은 창녀에게 눈독을 들인 프러시아 장교가 하룻밤 잠자리를 요구했습니다. 불 드 쉬프가 응하지 않자 장교는 이들이 출발하는 것을 허락하지 않았습니다. 그녀는 창녀이기는 했으나 애국심이 강한 여자였기 때문에 적과의 동침을 거부했던 것입니다. 처음에는 그녀 편을 들어주던 합승객들이었으나 자신들의 발이 묶이자 그녀에게 프러시아 장교의 요구를 들어주라며 충동질하기에 이르렀습니다. 그러나 그녀는 완강히 거부했습니다.

수녀들은 이렇게 지체하고 있는 동안 자신들이 종군 간호사로 가기로 했던 곳의 병사들이 하나둘씩 죽어 가고 있다며 털어놓았고 모든 위대한 성인들도 살아생전 사람들에게 대접을 받지 못했다는 이야기를 해 주었습니다. 백작 역시 그녀의 희생이 전 합승객들을 구하는 길이라며 타일렀습니다.

결국 그녀는 프러시아 장교의 요구에 응했고 일행은 다음날 출발해도 좋다는 허락을 받았습니다. 그러나 자신들의 목적이 이루어지자 사람들은 창녀에 대한 고마움을 잊은 채 경멸 어린 시선으로 그녀를 쳐다보았습니다.

그녀가 프러시아 장교와 잠자리를 갖는 동안 사람들은 각자들먹을 것을 준비했으나 그녀는 부랴부랴 나오느라 아무것도 준비하지 못했습니다. 그러나 일행 중 어느 누구도 그녀를 거들떠보는 사람이 없었습니다. 그녀는 더 이상 쓸모없는 쓰레기 같은 존재가 되어 버린 것이지요.

그녀는 조용히 앉아 이 은혜를 모르는 사람들을 위해 자신의 애국적 절개를 굽힌 것을 뼈저리게 후회하며 하염없이 눈물을 흘립

독후감 길라잡이

225

니다. 그리고 가장 인간적인 척하던 코르뉘데도 휘파람으로 혁명의 노래만을 부르며 방관했습니다.

테리에 집

루앙 시의 생테티엔 교회 뒷거리에는 '테리에 집'이라고 하는 매음굴이 있었습니다. 이곳 마담은 이런 일을 하는 사람답지 않게 고상하고 점잖았습니다. 이 집에는 5명의 매춘부들이 있었습니다. 5명 중 2명은 아래층에서 서민들을 상대로 술을 팔았고, 나머지 세 여자는 이 고장의 유지들을 상대로 몸을 팔았습니다. 아래층과 2층 여자들은 서로 시기하고 다투기도 했으나 마담이 그들을 중재하며 잘 지낼 수 있었지요.

그러던 어느 날, 문이 닫힌 이 집 한쪽 벽면에 '첫 영성체 참가로 잠시 휴업함.'이라고 적힌 종이 쪽지가 붙어 있었습니다. 매일 밤, 혹은 토요일 밤이면 이 집을 찾아와 마음껏 놀던 남자들은 어쩔 줄을 몰라하며 떼를 지어 시가지를 헤매고 다녔습니다.

휴업의 이유는 마담의 조카가 첫 성체를 모시는 날인데 그녀는 조카의 대모로서 성체식에 참가해야만 했기 때문입니다. 하지만 5명의 여자들을 두고 자기 혼자 그곳으로 간다면 필시 난동이 벌어질 것 같아 차라리 모두 데리고 가기로 했던 것입니다.

드디어 영성체를 받는 날, 성당 안의 사람들은 이들의 화려한 옷차림을 보고는 고귀한 신분으로 오해하고 말았습니다. 미사가 진행되던 중 여자들 중 한 명인 로자가 갑자기 어렸을 때의 기억을 떠올리며 가슴이 벅차올라 눈물을 흘리자, 그 눈물이 전염되어 성당 안은 온통 눈물바다가 되었습니다.

　모두들 즐거운 마음으로 의식을 끝내고는 마담은 다시 루앙으로 돌아옵니다. 그리고 영성체의 거룩함이 있던 그날 저녁, 여자들은 다시 이들의 영업을 시작합니다. 이들이 돌아오자 시가지의 남자들은 기쁨에 넘쳤고 여자들은 더욱 활기차게 영업을 시작합니다.

 작품 분석하기

　목 걸 이

　이 작품은 자연주의의 대표 작가 모파상의 단편들 중 하나입니다. 이 작품만큼 아주 짧은 내용을 통해 인간의 허영심을 적나라하게 풍자한 소설도 드물 것입니다.

▌ **작품의 주제** ▌

　인간의 끝없는 허영심이 그 사람을 어떻게 파멸시키는지에 대한 내용을 주제로 하고 있습니다.

▌ **작품의 시점** ▌

　전지적 작가 시점으로 마틸드와 남편의 심리가 잘 드러나 있습니다.

▮ 시대적 배경 ▮

작가가 살았던 19세기 후반, 당시 시민의 생활상이 사실적으로 묘사되어 있습니다.

▮ 공간적 배경 ▮

프랑스의 어느 하류 생활지를 배경으로 하고 있습니다.

▮ 사상적 배경 ▮

무슨무슨 주의나 특별한 사상이 바탕을 이루고 있는 것은 아니지만, 분수를 모르는 인간의 허영심에 대한 작가의 견해가 잘 나타나 있습니다.

이 작품은 허영심 많은 한 여자의 일생을 매우 함축적으로 보여주고 있습니다. 주인공의 허영심과 목걸이를 중심으로 전개되는 사건을 통해 자기 분수나 능력, 수준에 넘치는 겉치레가 사람의 일생을 망쳐 놓을 수도 있다는 것을 여실히 보여주는 작품이라고 할 수 있습니다.

남편의 벌이로는 도저히 살 수 없는 파티 복, 그것도 모자라 장신구에 대한 불평, 그리고 잃어버린 목걸이에 대해 사실대로 말하지 않고 어마어마한 빚을 내면서까지 돌려주었던 것 모두가 그녀의 허영심에서 비롯된 것이라고 할 수 있습니다. 만약 그녀가 허영심을 버리고 잃어버린 목걸이에 대해 사실대로 고백했다면 적어도 그녀는 평범한 시민에서 하층민으로 전락하지는 않았을 것입니다. 목걸이 대금을 치르기 위해 엄청난 빚을 낸 그들 부부가 10년 동안 겪은 힘든 생활은 바로 허영심의 대가라고 해석할 수 있습니다.

결국 10년의 고생 끝에 그 목걸이가 가짜였다는 것이 밝혀지지만 이러한 극적 반전을 통해 작가는, 인간의 삶이 얼마나 사소한 계기에 의해 좌우될 수 있는지, 또 작은 것 하나가 어이없게도 사람을 파멸시키거나 구원할 수도 있다는 것, 그리고 인간의 어리석은 욕망이 어떤 결과를 불러오는지를 여실히 보여주고 있습니다.

비곗덩어리

모파상의 처녀작인 이 작품은 인간의 추악한 이기주의를 그린 걸작으로서, 프러시아군에 점령된 루앙으로부터 디에프로 가는 역마차 안에서 생긴 일을 그린 내용입니다. 이 작품 속에서 보여주는 이기적인 부르주아(시민계급)의 모습에, 스승 플로베르는 감복하여 걸작이라는 칭찬을 아끼지 않았다고 합니다.

▌작품의 주제▐

사회적 통념으로 볼 때 명망 있고 존경받는 부르주아나 민주주

의자 그리고 종교가들이, 실은 사회로부터 멸시당하는 창녀보다
도 더욱 이기적이라는 것을 작품의 주제로 하고 있습니다.

▌작품의 시점 ▌

전지적 작가 시점입니다. 각 등장 인물들의 심리 묘사가 아주
뛰어난 작품입니다.

▌시대적 배경 ▌

프로이센의 지도하에 통일 독일을 이룩하려는 비스마르크의 정
책과 그것을 저지하려는 나폴레옹 3세의 정책이 충돌하여 일어난
1870년대의 보불 전쟁이 그 시대적 배경이 됩니다.

▌공간적 배경 ▌

보불 전쟁 중의 루앙 시와 토트 시의 한 여인숙이 공간적 배경
을 이루고 있습니다.

▌사상적 배경 ▌

시민 사회가 발전하고 자본제 생산 양식에 입각한 근대 사회가
도래하자 자본가 계급이 형성되었는데, 이 자본을 가진 자를 부
르주아라고 합니다. 봉건적 특성이 폐지된 프랑스 혁명 이전에는
그것을 꿈꾸는 공화주의자들의 활약이 두드러졌었지요. 그러니까
이 작품은 자신의 기득권을 유지하기 위해 체제가 전복되지 않기

를 바라는 자와, 자본주의의 발전으로 부르주아가 된 자, 민주주의를 꿈꾸는 자, 종교가 모든 것의 우위에 있기를 바라는 자들이 공존했던 프랑스 혁명 전의 복잡한 시대상을 반영하고 있습니다.

〈비곗덩어리〉에 나오는 인물들은 우연히 한 마차에서 만났다고 보기는 어려울 만큼 다양한 외양들을 지니고 있습니다. 즉 백작과 자본가, 공화주의자와 종교가, 그리고 사회의 쓰레기로 취급당하는 창녀가 한자리에 있게 된 것이지요. 이 어울리지 않는 일행을 자연스럽게 한 자리에 불러 모으기 위해 작가는 전쟁이라는 특수한 상황을 활용했습니다. 그들을 자연스럽게 어울리게 하는 여러 설정과 장치는 치밀하면서도 정교하여 어느 한 부분에서도 억지를 느낄 수 없을 정도로 작가의 역량이 뛰어난 작품입니다. 게다가 그들을 감싸고 있는 상식적 가치들을 한 꺼풀씩 벗겨내 그 안에 감추어진 본성을 드러내는 수법은 감탄스럽기까지 하지요. 그 한 예를 들어 볼까요?

'그러나 얼마 안 있어 세 부인들은 다시 대화를 시작했다. 한 매춘부의 출현이 갑자기 세 부인들을 친밀하게 유착시켜 거의 친구 사이로 만들어 놓은 것이다. 그녀들은 수치를 모르는 매춘부 앞에서 가정주부의 위엄을 지켜야만 한다고 생각했다. 원래, 모범적인 사람은 자유 분방한 상대를 언제나 경멸의 눈초리로 바라보기 마련 아닌가.'

백작 부인의 정숙은 천박한 성적 호기심을 감추는 기술이었으며, 수녀들이 보이는 신(神) 앞에서의 경건은 그 상황을 모면하기 위한 수단으로 사용되었습니다. 그들의 애국심이란 한낱 먹지 못하는 감처럼 떨떠름하게 끝이 나 버렸고, 백작으로서의 신분과 부유한 상인으로서의 재산은 나약함과 위선의 상징이 되었습니다.

모파상의 스승인 플로베르는 〈비곗덩어리〉를 보고 모파상에게 이런 편지를 보내기도 했습니다.

'빨리 자네에게 말해 주고 싶은 마음에 얼마나 초조했었는지 모른다네. 자네의 〈비곗덩어리〉는 대단한 걸작이야. 정말이라네! 구상이 아주 독창적이고 품격이 있어. 자네는 틀림없이 대가(大家)가 될걸세. 굉장히 훌륭한 문장이었어. 심리 묘사도 뛰어나고 작품 속의 배경과 인물이 눈앞에 아른거렸다네. 어쨌든 결론부터 말하자면 대만족이야. 자네 작품에 대한 내 생각은 틀림없이 길이 남을 테니 두고보게. 부르주아에 대해 언급한 부분은 정말 그럴싸하고, 코르뉘데 또한 멋있게 묘사되어 있더군. 곰보 수녀에 대한 묘사 역시 완벽해. 모든 것이 공감되는 내용이었지. 게다가 결말이 아주 우수하더군. 정말 훌륭해!'

이처럼 플로베르가 이야기했듯이 이 작품은 인간의 이기주의와 비열함이 숨김없이 해부되어 있다고 할 수 있습니다.

테리에 집
단편 〈테리에 집〉은 〈비곗덩어리〉가 발표된 직후에 나온 작품입니다. 이 작품이 나오게 된 배경은 다음과 같습니다.

어느 날, 모파상의 서재에 친구들 몇몇이 모여서 루앙 시에 있는 매음굴에 대한 이야기가 화제에 올랐는데 그 중 누군가가 그 곳에 갔더니 '첫 영성체 참가로 잠시 휴업함.'이라는 쪽지가 붙어 있더라고 말했다는군요. 이 말을 들은 모파상은 참 좋은 소재라고 말했다는데 그 말을 들은 친구들은 그걸로는 단편 소설이 될 수 없다고 단언했다고 합니다. 그러나 그 뒤 얼마 지나지 않아 이 작품이 발표되었던 것이지요.

▌작품의 주제 ▌

창녀들을 찾는 루앙 시의 사람들, 그리고 그것과 대비되는 교회 사람들의 모습에서 현대인의 진정한 삶의 모습은 과연 어떤 것인지 생각하게 합니다.

▌작품의 시점 ▌

전지적 작가 시점입니다. 심리 묘사보다는 등장 인물의 모습을 있는 그대로 묘사하고 있습니다.

▌시대적 배경 ▌

19세기 후반 프랑스 시민의 생활상이 반영되어 있습니다.

루앙 시의 생테티엔 교회 뒷거리에 위치한 어느 매음굴과 시골인 비르빌의 한 성당이 공간적 배경을 이루고 있습니다.

▮ 사상적 배경 ▮

그 시대에 행해지고 있는 생활 전반에 걸친 습관, 즉 풍속의 지배를 받는 인간 군상들의 모습이 어느 사상을 갖고 의도적으로 그려진 것이 아니라 적당한 거리를 유지한 채 객관적으로 서술되어 있습니다.

모파상의 작품들은 자연주의 사조에 그 바탕을 두고 있습니다. 그러나 그는 《목로 주점》의 저자 에밀 졸라와 같이 생리학적이고 과학적인 관찰의 기록으로 문학을 보지는 않았습니다. 또한 그에게 문학 지도를 해 준 플로베르처럼 문학이나 예술에 대한 지적(知的) 불안도 없었습니다. 그는 감정의 토로나 그 내면에 대한 주도면밀한 추적의 유혹도 받지 않는 객관성을 가진 작가였습니다. 그는 항상 자신이 만들어 낸 인물들과 적당한 거리를 유지한 채, 동정도 비난도 없이 등장 인물의 생을 추적하는 기법을 썼습니다. 즉 에밀 졸라가 사회 구조적인 면에서 인간을 탐구했다면, 모파상은 한 시대를 풍미한 풍속의 한 단면을 우리에게 제시해 주었다고 할 수 있는 것이지요.

이런 이유로 모파상은 인간에 대한 묘사가 겉으로만 표현되고 있다는 평도 받고 있지만 오히려 이러한 성향이 추상적이고 논리적이며 의도적인 작가의 관점에서 탈피하게끔 해 주었습니다. 〈테리에 집〉에서도 모파상은 회의주의자의 시각으로 당시의 풍속을 관찰하고 있습니다. 즉 그가 다른 작품에서 노르망디의 소박한 농어민들, 파리의 소시민들과 귀족들의 허위, 범속한 인간들의 실상을 회의주의자의 말없는 조롱 투로 그렸듯이 말입니다.

 등장인물 알기

목걸이

마틸드   자신이 처한 상황에 늘 불만을 품고 살아가는 여인으로서 자신의 미모만 믿고 상류층의 생활을 꿈꾸는 인물입니다. 그녀의 허영심은 자존심으로까지 확대되어 잃어버린 목걸이에 대해 숨김으로써 10년 간이나 고생을 하게 됩니다.

르와젤   마틸드의 남편으로서 착실하게 살아가는 소시민입니다. 그러나 아내의 허영심에 대해 적극적으로 대처하지 못하고 아내를 너무나 사랑한 나머지 그녀에게 끌려가다가 함께 고난의 세월로 빠져 드는 인물이지요.

폴레스체 부인   마틸드의 친구로서 돈 많은 부인입니다. 엄청나게 비싸 보이는 가짜 다이아몬드 목걸이를 마틸드에게 빌려 줌으로써 그녀를 더욱더 불행으로 치닫게 한 장본인이지요.

비곗덩어리

불 드 쉬프 비곗덩어리라는 이름의 창녀로서 이 작품의 주인공입니다. 자신의 희생으로 다른 사람들을 살리지만, 그녀의 순수한 애국심과 희생 정신은 그녀가 창녀라는 이유로 멸시당하고 맙니다.

르와조 탁월한 사업 수단을 발휘하여 부(富)를 축적한 사람입니다. 사기성이 짙고 술책에 능하며 능글맞은 인물로 묘사되어 있습니다.

카레 라마동 부르주아 계급으로서 면직물 업계의 거물이며 면직물 공장을 3개나 갖고 있습니다. 자신의 재산을 영국으로 빼돌리는 주도면밀함을 보여줍니다.

위베르 드 브레빌 백작 노르망디의 유서 깊은 귀족으로 겉으로는 점잖은 척하지만 불 드 쉬프가 프러시아 장교의 요구에 응하도록 회유책을 쓰는 이중적 성격의 인물입니다.

수녀 두 명 항상 조용히 앉아서 순결한 듯한 인상을 주지만 이들 역시 다른 합승객과 다를 바가 없는 것으로 묘사되고 있습니다. 창녀라는 이유로 불 드 쉬프를 무시하고 자신들만이 순결한 사람인 양 열심히 기도만 하지요.

코르뉘데 공화제를 위하여 혁명적 소비를 마다하지 않는 민주주의자입니다. 작품에서는 그의 민주주의에 대한 확신이 어느 정도인지 구체적으로 나와 있지는 않지만, 불 드 쉬프가 위기에 처해 있을 때 아무런 도움도 주지 못하면서 가장 인간적인 척하는 인물로 등장합니다.

테리에 집

마담　테리에 집 주인으로서 품격과 고상함을 갖추고 있습니다. 종업원들과의 모든 불협화음을 잘 조정해 가며 사업을 이끌어 갑니다. 고상함이 있는 아름다운 미모의 소유자인 그녀는 사람들의 호감을 사는 인물입니다.

페르낭드　테리에 집 창부로 금발 미인을 대표하고 있습니다.

라파엘　역시 테리에 집 창부로 전형적인 유대 미인을 대표하고 있습니다.

로자 라 로스　다리가 짧지만 나름대로의 매력이 있으며 끊임없이 지껄여대는 수다쟁이입니다.

루이즈와 플로리　테리에 집의 1층에서 서민들에게 술을 파는 인물들입니다.

조제프　마담의 동생으로 자신의 딸의 대모인 누이를 영성체 의식에 초대합니다. 누이를 딸의 대모로 한 이유는 나중에 딸이 누이의 재산을 물려받게 되지나 않을까 하는 마음에서 나온 것이지요.

돼우강 길라잡이

작가 들여다보기

    모파상은 1850년 프랑스의 노르망디에서 하급 관리의 아들로 태어났습니다. 그가 11세 때 그의 부모님은 이혼을 했는데, 이로 인해 그는 결혼에 대한 두려움을 안고 평생 독신으로 살았습니다. 모파상이 문학가로 성장할 수 있었던 것은 예술적 천성이 풍부한 그의 어머니 로르의 영향이었습니다.

    플로베르와의 만남을 통해서 그는 문학 수업뿐만 아니라 에밀 졸라, 투르게네프, 콩쿠르와 같은 문학가들과 사귈 수가 있었습니다. 플로베르는 "그는 내 제자이고, 나는 그를 친아들처럼 사랑한다."고 말할 만큼 모파상을 아꼈다고 합니다. 모파상의 작품에서 보여지는 사물에 대한 정확한 관찰과 간결하고 단순한 문체는 바로 플로베르에게서 받은 엄격한 문학 수업의 결과라고 볼 수 있습니다. 1870년, 20세의 나이로 보불 전쟁에 참가한 모파상은 전쟁의 잔인함과 인간의 잔혹함을 뼈저리게 느끼게 되는데, 이러한 전쟁 체험은 후에 여러 작품의 소재로 등장하게 됩니다.

    그에게 작가로서의 명성을 안겨 준 〈비곗덩어리〉는 그의 처녀작으로, 1880년에 발표하였습니다.

    1883년 모파상은, 잔느라는 순진한 처녀가 아내로서 그리고 어머니로서 겪는 애처로운 숙명을 그려 낸 걸작 《여자의 일생》을 발표했습니다. 러시아의 대문호 톨스토이가 격찬을 아끼지 않았던 이 소설은, 한 세기가 지난 오늘까지도 많은 여성들의 공감을 얻을 정도로 보편성을 지닌 작품으로 평가받고 있습니다.

모파상은 처음 데뷔한 1880년부터 창작 활동을 할 수 있었던 1890년까지 10년 동안 왕성한 창작 활동을 했습니다. 그는 노르망디의 어부, 농부, 소시민의 삶과 파리의 귀족, 창녀들의 이야기를 소재로 하여 작품을 썼는데, 그의 작품에는 결정론적 인간관과 염세주의적 성향이 짙게 흐르고 있습니다.

20대 초반, 그는 당시로선 치료가 힘든 매독에 걸렸다는 사실을 알게 되었습니다. 이 병은 그가 점점 나이를 먹어 감에 따라 그에게 짙은 그림자를 던져 주었을 뿐 아니라 신경쇠약증으로까지 발전하고 말았습니다.

결국 절망적인 생명력의 소모를 계속한 모파상에게 찾아온 것은 다름 아닌 죽음이었습니다. 생명력이 점차 쇠진해질수록 그의 우울증은 점점 심해졌고, 죽음은 조금씩 다가오고 있었습니다. 1892년 42세가 되던 해에 모파상은 자살을 기도했으나 실패했고, 이듬해 "어둡다. 아아, 어둡다."라는 마지막 말을 남긴 채 한 정신병원에서 쓸쓸하게 생을 마감했습니다.

모파상은 자연주의 계열의 단편 및 장편 소설을 썼으며, 프랑스 최고의 단편 소설 작가로 인정을 받고 있습니다. 그의 문체는 간결하면서도 정확하고, 평범해 보이는 일상적 소재를 다룸으로써 읽는 이로 하여금 생각에 잠기게 하는 작가의 깊은 정신이 작품 밑바탕에 깔려 있습니다.

플로베르의 영향으로 모파상은 다음과 같은 창작 태도를 지니게 되었다는군요.

"우리가 하려는 이야기가 무엇이든 간에 그것을 표현하는 데는 단 하나의 낱말밖에는 없고, 그 움직임을 보이는 데는 단 하나의 동사밖에 없으며, 그것을 수식하는 데는 단 하나의 형용사밖에 없다. 따라서 우리는 마침내 단 하나의 그 낱말, 그 동사, 그 형용사를 발견할 때까지 찾아내야만 한다. 그리고 어려움을 피하려고 비슷한 것으로 만족하거나 잔꾀를 써서는 안 되며, 게다가 말〔言〕의 기교를 부리거나 해서는 안 된다."

그의 단편들은 대개 노르망디 지방의 자연을 배경으로 한 농민, 어부, 사제들의 이야기, 파리 및 근교의 풍경을 무대로 한 관리, 귀족, 상인, 창녀들의 이야기, 전쟁으로 인해 상처받은 인간성과 잔인성을 소재로 한 이야기, 애정 이야기, 사생아를 대상으로 한 부자간의 이야기, 환상 · 공포 · 발광 등을 소재로 한 괴이한 이야기들로 구성되어 있다고 할 수 있습니다.

자, 그러면 연도에 따른 기 드 모파상의 생애를 간략하게 살펴볼까요?

1850년 8월 5일 노르망디 지방의 한 시골 마을에서 출생.

1863년 이브토 신학교에 입학. 엄격한 종교 교육에 반발, 2년 후 퇴교.

1867년 루앙의 국립 중 · 고교에 입학. 그곳에서 시인 루비 뷔에를 만나 시 창작에 대한 지도를 받게 되고, 그의 권유로 플로베르를 만남.

1870년 보불 전쟁에 참전.

1876년 시(詩) 〈강변〉 발표. 졸라를 중심으로 한 자연주의 그
룹에 참여.

1880년 졸라를 중심으로 한 합동 작품집 《메당의 저녁》에 〈비
곗덩어리〉 발표. 이때부터 명성을 얻게 됨.

1883년 장편 《여자의 일생》을 출판하여 큰 반향을 불러일으
킴.

1884~1891년 〈벨 아미〉 등 여러 작품을 출판. 신경병 악화로
스위스, 이탈리아 등지로 요양을 떠남.

1892년 자살을 기도했으나 미수에 그침. 정신병원에 수용됨.

1893년 7월 6일 병원에서 사망.

독우 강 기 라 갑 이

5 시대와 연관짓기

목걸이

계몽 시대를 거치면서 철저하게 계급간의 관계가 유지되던 중
세와는 달리 계급의 구분이 모호해졌습니다. 이른바 시민 계급이
형성된 것이지요. 또한 산업 사회가 도래하면서 예전에는 좋은
옷이 있어도 나와는 상관없는 것으로 여겼지만 이제는 자신이 일
만 열심히 한다면 원하는 재화를 획득할 수 있는 시대가 된 것입

니다. 사람들은 현재보다 더 나은 것을 동경하기 시작했고, 물질 중심적 사고가 더욱 부채질을 하였습니다.

따라서 사람들의 마음에 허영심이 생기는 것은 어쩌면 당연한 일이었을지도 모릅니다. 작가인 모파상은 자연주의적 기법과 극적인 기법을 동원하여 이런 인간의 허영심을 적나라하게 보여주고 있습니다.

비곗덩어리

이 작품의 시대적 배경은 보불 전쟁입니다. 하지만 전쟁 자체가 이 작품의 주제는 아닙니다. 그렇다고 전쟁으로 인한 인간의 고독 내지는 소외를 말하려는 것도 아닙니다. 그는 이 작품에서 겉으로 드러나는 인간들의 모습과 그들 내면의 모습을 비교해 봄으로써 그들의 허위적 모습을 드러내고자 했던 것입니다.

시대적 배경은 보불 전쟁이고, 공간적 배경은 프랑스이지만, 결국 이것은 너무나도 물질화·산업화되어 있는 현대 사회에서 수많은 인간이 이기주의에 젖어 살아가는 가슴 아픈 현실을 이야기하는 것입니다.

또한 자본주의의 발달과 함께 사회주의와 민주주의도 함께 발달했지만 작품 속의 공화주의자 —— 국가의 권력을 개인이 장악하는 것에 대한 반대 의미로 여러 사람이 공화제에 의해 공동으로 정치를 하는 것을 의미한다 —— 코르뉘데를 통해 볼 때 그 민주주의라는 것도 어찌 보면 겉으로의 민주주의였지, 내면 깊숙이 인간을 위한 것은 아니었다는 결론이 나옵니다. 그는 불 드 쉬프를 장교로부터 구해 내지 못했을 뿐만 아니라 떠나는 마차 위에서 혁명가나 부를 수밖에 없었던 것입니다. 모든 것의 겉과 속이 작품 속에서 뚜렷이 구분되어 있는 것이지요.

하지만 이러한 결과를 가져온 것이 과연 한 인간의 잘못일까요? 그렇지는 않다고 봅니다. 인간들이 거쳐야 했던 그 무시무시한 전쟁 등으로 인하여 어쩌면 인간은 어쩔 수 없이 이기적으로 변해 버렸을지도 모릅니다.

테리에 집

전쟁과 과학의 발전은 프랑스의 모습을 그리 좋게 만들어 놓지는 않았습니다. 사회 구석구석에 성당의 수만큼이나 되는 창녀들의 집이 생겨났으니까요. 모파상은 그 모습을 있는 그대로 객관적으로 묘사하고 있습니다. 그것이 좋다, 나쁘다 하는 어떤 비판의 말을 전혀 하지 않고 있는 것이지요.

그는 다만 사람들이 살아가는 모습을 있는 그대로 종이 위에 올려 놓았을 뿐, 과연 이것이 옳은 삶의 모습인지 아닌지는 작품을 읽는 독자에게 맡기고 있습니다.

6 작품 토론하기

1 〈목걸이〉에서는 허영심 많은 한 여인이 물질에 대한 욕망으로 인하여 10년이라는 세월 동안 수많은 고초를 겪게 되는데, 이 작품을 통해서 무엇을 깨닫게 되었는지 토론해 봅시다.

➡ 마틸드는 자신의 능력이나 분수를 잊고 허영심을 채우려 했습니다. 그러나 현실의 벽에 부딪히게 되자 괴로워했습니다. 너무 지나치면 오히려 화가 된다는 말도 있듯이 허영심이라는 것에 대해 생각해 볼 수 있는 기회를 만들어 봅시다.

2 〈목걸이〉의 마지막은 극적 반전으로 끝을 맺고 있습니다. 주인공 마틸드는 얼마나 황당했을까요? 여러분에게도 이런 경험이 있었는지 각자 이야기해 봅시다.

➡ 어떤 일이 진행되다가 마지막에 가서는 전혀 다른 상황으로 뒤집히는 것을 누구나 한 번쯤은 겪어 보았을 것입니다. 인생은 우리에게 뜻밖의 사고를 안겨 주기도 하고, 뜻밖의 행운을 주기도 합니다. 마치 억수같이 내리는 빗속에서 우산 없이 서 있다가 아는 사람을 만난다거나, 아니면 비가 내릴 때는 실내에 있었는데 나와 보니 갑자기 비가 멈추었다든가 하는 일 말입니다. 각자

의 경험을 이야기해 봅시다.

3 '비곗덩어리'라고 불린 창녀 불 드 쉬프는 희생 정신과 애국심이 있는 인물입니다. 그럼 작가는 왜 그녀에게 '비곗덩어리'라는 이름을 붙였을까요? 작가가 말하고자 하는 '비곗덩어리'란 어떤 사람을 말하는지 이야기해 봅시다.

➡반어 혹은 역설이라는 단어를 들어 보았나요? 작가는 반어의 형식을 통해 우리들에게 무언가를 일깨워 주려고 한 것 같습니다. 그것은 무엇이었을까요? 가장 더럽다고 생각했던 사람이 사실은 가장 순수하고 희생적인 사람일 수도 있다는 것입니다. 그래서 사람은 겉만 보고 판단해서는 안 되는 법이지요.

4 〈비곗덩어리〉에는 여러 가지 인물 유형이 나오고 있습니다. 그 중 한 사람을 선택해서 그 인물에 대한 자신의 견해를 이야기해 봅시다.

➡이 작품에는 여러 인물들이 등장하고 있습니다. 즉 귀족, 부르주아, 민주주의자, 성직자, 창녀가 그들이지요. 하지만 창녀 불드 쉬프를 제외한 나머지 인물은 한결같이 겉과 속이 다른 모습

을 보여주고 있습니다. 이것에 대해서 어떻게 생각하고 있는지 이야기해 봅시다.

5 〈테리에 집〉에 등장하는 창녀와 신부(神父)는 어떠한 점이 비슷하고, 또 어떠한 점이 다른지 한번 이야기해 봅시다.

➜현실적으로 창녀와 신부를 함께 비유하고 비교하기란 힘든 일입니다. 하지만 모파상은 그 두 부류의 사람을 하나의 테두리 안에 묶어 놓았습니다. 신부가 창녀를 비판하는 것인지 아니면 창녀가 신부를 비판하는 것인지 한번 생각해 봅시다. 창녀로 인해 더욱더 신의 은총을 충만히 받는 신부의 모습과, 그녀들로 인해 삶의 기운을 얻는 사람들, 아니면 신부로 인하여 삶의 의미를 찾아가는 사람들을 한번 비교해 보는 것은 어떨까요?

6 〈테리에 집〉에서 보면 이 고장 남자들은 일주일에 한 번은 꼭 이 집에 들러야만 삶의 희망이 생기는 듯한 인상을 풍기고 있습니다. 왜 이런 현상이 일어나게 됐는지 토론해 봅시다.

➜사회는 계속 발전하지만, 사람은 그 속에서 점점 더 소외감과 고독감을 느끼게 됩니다. 이런 문제를 극복할 수 있는 방법에는

어떤 것이 있을까요? 사람은 이성적인 동물이라고 합니다. 하지만 사람이 이성적이기를 거부하고 물질적으로만 살아가려 한다면 흔히 말하는 '속물'이 될 수도 있습니다. 그렇게 되면 사람들은 물질적인 것으로 인해 삶의 위안을 얻게 되겠지요. 사람들이 자신의 삶에 대해 좀 더 진지해진다면 삶을 살아가는 데 있어서의 불만이나 스트레스를 다른 식으로 해결할 수도 있지 않을까요?

독후감 길라잡이

 독후감 예시하기

▌독후감 1 ▌ 허영심이 만들어 낸 비극적 인생

— 〈목걸이〉를 읽고

이 글을 읽으면서 나는, 왜 마틸드는 그녀의 친구에게 자신이 목걸이를 잃어버렸다고 사실대로 말하지 않았을까 하는 의문을 계속해서 갖지 않을 수 없었다. 진실을 고백했더라면, 설령 그 목걸이가 진짜였다고 해도 친구에게 돈을 갚을 기간을 더 유예받았을지도 모르는 일인데 말이다. 그러나 얼마 가지 않아 이 의문은 풀리게 되었다. 이것이 또 다른 형태의 허영심이라는 결론에 도달했기 때문이다. 자신의 처지를 솔직하게 말하지 못하는, 다시 말해 자신의 비참함을 친구에게 드러내고 싶지 않은 것이 결국은 허영심인 것이다.

여자로서 다른 사람들에게 더 아름답게 보이고 싶고 또 화려한

247

장신구로 자신을 가꾸고 싶은 마음은 이해할 수 있지만 그것이 정도를 넘어섰을 때는 문제가 된다. 물론 요즘은 여자든 남자든 간에 더 나은 모습으로 살고 싶은 마음에 성형 수술도 마다하지 않는 게 새 풍속으로 자리잡을 정도이기는 하다. 그러나 자신의 능력 밖의 욕심을 부린다면 그것은 마틸드와 같은 어리석음을 저지르는 일밖에 되지 않는다.

물론 여기서는 여자의 허영심만을 말하는 것 같지는 않다. 인생을 살아가는 데 있어서의 모든 허영심, 즉 자신의 분수와 능력과 처지를 망각하고 겉만 요란스럽게 치장해서 남에게 보이고 싶어 하는 모든 허영심을 말하려는 것 같다. 그래서 물질에 대한 허영뿐만 아니라 무조건적인 신분 상승을 꿈꾸는 허영까지도 이 작품에서는 지적하고 있는 것이다. 그러나 정작 우리가 진심으로 욕심을 부려야 할 것은 물질에 대한 것이 아니라, 정신에 관한 것 아닐까?

그녀의 비극은 돈 많은 여자들 틈에 끼어 궁색한 꼴을 비추기 싫어하는 마음과 빌린 목걸이를 잃어버리고도 자존심 때문에 그것을 숨김으로써 시작되었다고 할 수 있다. 나는 마틸드라는 여인에게 두 가지 말을 해주고 싶다.

"너 자신을 알라!"

"오르지 못할 나무는 쳐다보지도 말라."

▌독후감 2▐ 위선과 이기심으로 가득 찬 현대인이 바로 비곗 덩어리다!

— 〈비곗덩어리〉를 읽고

모파상의 〈비곗덩어리〉는 여러 가지 부류의 인간상을 볼 수 있는 작품이다. 이 작품에는 돈 많은 상인과 고귀한 신분의 귀족 계급, 사회적 명망가, 그리고 기도에 열중하는 성직자와 새로운 공화제를 위하여 혁명적 소비를 마다하지 않는 민주주의자, 창녀라는 신분이지만 프러시아의 점령에 수치를 느끼고 루앙 시를 탈출하려는 여자 등 여러 부류의 사람들이 각자의 이유를 안고 한 곳에 모이게 된다.

사람들은 각자 나름대로의 생각에 빠져 있다. 귀족은 하층 계급의 창녀를 깔보고, 수녀들은 자신들만이 성스러운 척하며, 공화주의자는 자신이 민중을 위한 대변자인 양 생각하고 있는 것이다.

하지만 이런 상황도 잠시뿐이다. 모두들 배고픔에 지쳐 있을 때, 그들은 자신의 신분을 벗어 던지고 창녀인 불 드 쉬프의 음식을 먹게 된다. 그리고는 그녀에게 감사하는 마음을 갖기보다는 자신들이 이 창녀의 음식을 먹어 준 것이 그녀에게는 영광이 될 것이라고 생각한다.

음식을 나누어 먹음에 따라 이들 사이에는 좋은 분위기가 흐르게 되지만 그것도 잠시뿐이다. 그들은 창녀에 대한 고마움을 잊은 채, 자신들을 위해서 이 창녀가 희생해 주기를 바란다. 그들은

249

단 한 순간도 자신이 아닌 다른 사람을 생각하지 않는다. 덮군다나 창녀가 그들을 위해서 희생하고 자신들의 목적이 이루어지자 또다시 그녀를 경멸한다. 그들은 모두 순간적이다. 필요하다면 동지가 되었다가도 불필요하면 적이 되는 것이다. 모든 것이 순간적으로 왔다갔다한다.

나는 이 글을 읽고 바로 이런 모습이 현대인들의 모습이 아닐까 하는 생각이 들었다.

그래도 우리에게 위안을 줄 수 있는 것이 있다면 그것은 바로 불 드 쉬프라는 창녀일 것이다. 다른 이들은 창녀라는 이유 때문에 그녀 곁에 오려고도 하지 않았고 그녀가 기꺼이 주려 했던 음식마저 거부하려 했다. 하지만 결국 소인배들에 불과한 그 사람들은 허기를 채우기 위해 창녀의 음식을 받아들인다. 그리고는 자신들이 무슨 관대한 사람이라도 되는 듯한 표정으로 그녀를 대하기 시작한다. 이렇게 고귀한 신분임에도 불구하고 창녀인 너와 대화를 해 주니 영광으로 알라는 듯이 말이다.

우리는 '비곗덩어리'라는 표현에서 마치 창녀를 낮추어 말하려는 것은 아닐까 하는 착각에 빠져서는 안 된다. 비곗덩어리 창녀는 오히려 겉으로만 고귀한 신분이며 점잖은 체하는 사람에 비해 순수하고 애국심이 강한 인물이다. 자신의 희생을 통해서 여러 사람들이 원하는 것을 이룰 수만 있다면 기꺼이 자신을 희생하는 것이다. 조국 프랑스에 대한 애국심으로 적국의 장교와는 잠자리를 같이할 수 없다고 말한 그녀의 단호함은 그녀 자신이 비곗덩어리가 아니라 다른 사람들의 위선과 이기심이 쓸모없는 비곗덩어리라는 것을 보여주는 것 같다.

▌독후감 3 ▌ 다시 한 번 생각해 보는 존재의 이유
— 〈테리에 집〉을 읽고

이 작품에는 창녀들에 대한 적대감이 드러나 있지 않다. 아니, 어쩌면 아닌 듯하면서 더 많은 적대감을 드러내고 있는 것인지도 모르지만. 어쨌든 그들은 성당에서조차 성스러움으로 추앙되는 듯했다. 작가는 자신의 감정 개입 없이 그저 상황 묘사에만 그치고 있어 그에 대한 해답은 각자가 찾아야 할 것 같다.

창녀들은 그들이 사는 고장의 남자들에게는 거의 신부(神父)와 같은 존재이다. 일주일에 한 번씩 이곳을 들러야만 직성이 풀리는 남자들은, 꼭 일주일에 한 번씩 성당이나 교회에 가는 사람을 연상시킨다. 그리고 일주일에 한 번씩이라도 그 집에 가지 못하면 앞으로의 일주일을 어떻게 보내야 할지 그저 막막한 남자들에게 이 집은 활력소가 되어 준다. 마치 성당을 찾은 신도들이 활력을 얻듯이 말이다. 또한 창녀들과 신부의 모습을 비교하게끔 하기도 한다.

그녀들이 첫 성체를 모시는 의식에 참여했을 때, 어쩌다 감동을 받은 창녀의 눈물이 다른 사람들에게 전파되고, 그것을 본 신부는 가장 은혜로운 순간을 자신이 접했다고 생각하게 된다. 그녀들이 들른 이 시골 마을의 사람들은 그녀들의 옷에서 풍기는 화

려함과 눈물을 통해 높은 신분일 것이라고 추측한다. 즉 손가락
질받아야 할 대상이 부러움과 존경을 받게 된 것이다.

어쩌면 이것은 틀린 것이 아니라 맞는 것일지도 모른다. 정말로
그녀들이 하는 일이 신부가 하는 일과 같은 것인지도 모르는 것
아닌가. 신부가 사람들에게 사랑과 기쁨과 구원의 희망을 주듯,
그녀들은 남자들에게 기쁨과 희망과 활력을 준다. 그것도 똑같이
일주일에 한 번씩 말이다. 이렇게 된다면 그 누가 그녀들에게 돌
을 던질 수 있으랴.

작가는 이 작품 속에서 그녀들을 드러내놓고 비판하지는 않았
지만 그녀들을 고귀한 신부와 같은 역할을 하는 사람으로 만들었
다는 사실 자체가 그녀들을 비판하는 것이고, 그녀들을 탄생시킨
이 사회를 비판하고 있는 것인지도 모른다.

독후감

제대로 쓰기

책을 읽기 전에

우리는 책을 통해서 지식을 쌓고 학문을 연마하게 됩니다. 또한 교양을 얻고 수양을 쌓게 되지요. 그리하여 즐겁고 보람 있는 생활을 할 수 있는 것입니다. 이러한 습관이 지속된다면 이것이 곧 나의 생활 자체가 되고, 책을 읽는 시간이 얼마나 가치 있고 즐거운 시간인지 깨닫게 될 것입니다.

독후감을 쓰기 위해서는 책을 읽어야 함은 말할 것도 없습니다. 그러나 아무 책이나 읽는다고 다 좋은 것은 아닙니다. 특히 중학생은 아직 양서를 구별할 만한 충분한 지식을 갖추지 못했기 때문에 선생님 혹은 부모님, 그리고 선배들이 권하는 책이나, 이미 국내적으로나 세계적으로 잘 알려진 명작이나 명저를 찾아 읽는 것이 바른 방법이라고 볼 수 있습니다. 예컨대 사회적으로 존경받을 만한 사람들의 일대기를 그린 위인전이나 자서전 같은 것은 읽을 가치가 있으며, 명시 모음집이나 명작 소설, 특정한 분야의 관찰기, 평론집 같은 것도 좋은 읽을거리가 될 수 있습니다.

그럼 효율적인 독서를 위해서 어떤 점에 유의해야 할지 알아볼까요?

첫째, 본문을 읽기 전에 책의 앞부분에 있는 머리말이나 해설하는 글을 먼저 정독합니다. 그러면 책을 쓰게 된 동기나 평가 등에 대하여 잘 알 수 있게 되죠.

둘째, 목차를 잘 살펴봅니다. 목차에서 그 책의 내용이 어떻게 전개될 것인가에 대해 미리 파악할 수 있기 때문입니다.

셋째, 본문을 읽기 시작하면, 그 중에 잘 모르는 단어나 문구가 나오기 마련입니다. 그런 것은 곧 사전을 찾아 뜻을 알아두어야 합니다. 그런 것을 무시했다가는 자칫 전체를 이해하지 못하는 오류를 범할 수 있거든요.

넷째, 각 문단별로 소주제가 무엇인지를 파악하고, 그 줄거리를 요약하는 습관을 길러야 합니다. 특히 필자가 표현하려는 것과 그 뒷받침되는 내용이 무엇인지 알아내는 것이 필수겠지요.

다섯째, 글의 배경은 무엇인지, 앞뒤 맥락이 어떻게 이어지고 있는지를 잘 생각하면서 읽어야 합니다. 그리고 소설일 경우에는 주인공과 등장인물들의 성격이나 특성을 파악하는 것이 무엇보다 중요하겠지요.

여섯째, 다 읽은 다음에는 줄거리를 만들어 보고, 전체적인 주제가 무엇인지 정리하는 작업도 필요합니다.

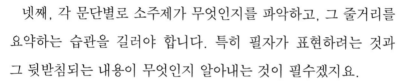 책을 감상하는 방법

책을 읽을 때는 내용을 진지하게 파고들어 가며 읽어야 합니다. 즉 자기의 현재 생활과 비교해 가면서 생각의 폭과 사고를 넓혀 나가는 것이 중요하답니다. 그리고 작품의 문체·제목·주제·논제 등도 염두에 두고 읽으면 나중에 독후감을 쓰기가 좀더 수월

해집니다.

그리고 저자가 강조하고 있는 내용과 사건들이 현재 우리 사회에 어떤 의미를 가지고 있으며 어떻게 발전시켜 나가야 할 것인가를 생각하며 읽습니다. 더불어 저자가 작품에서 강조하려고 하는 것이 무엇인가를 파악하며 읽을 필요가 있습니다. 그렇다고 굉장한 부담을 느끼면서 책을 읽을 필요는 없습니다. 책 읽는 것 자체를 즐긴다면 그리 깊게 생각하지 않아도 작가가 말하려는 바를 깨닫게 될 테니까요.

그렇다면 각 문학 장르에 따라 어떤 점에 유념하여 책을 읽어야 하는지 알아볼까요?

▌소설▌ 작품의 주제를 파악하고 작중 인물의 성격과 배경을 생각하며 주인공이 어떻게 변화되어 가고 있는가를 염두에 두고 읽습니다. 자신의 생각이나 현실과 결부시켜 보는 것도 재미를 배가시켜 줄 거예요.

▌시▌ 선입견을 갖지 않고 그대로 느낌을 받아들이며 읽습니다.

▌희곡▌ 무대 상연을 전제로 하여 쓰여진 것이기 때문에 시간적·공간적 제약을 받는다는 것을 염두에 두어야 합니다.

▌역사 소설▌ 인물·사건 등을 작가가 상상력에 의존하여 구성한 글로서, 항상 계몽사상이나 민족의식 고취 등 어떤 목적이 들어 있는지를 파악하며 읽어야 합니다.

▌역사 ▌ 역사는 역사 소설과는 구분지어야 합니다. 이것은 정확한 기록으로 글쓴이의 주관적 해석이 들어 있을 수 없으며, 시간의 흐름에 따라 사건을 나열한 것임을 생각해야 합니다.

▌수필 ▌ 지은이의 인생관이 들어 있습니다. 심리적 부담감이 적으므로 편안한 마음으로 읽을 수 있습니다.

▌전기문 ▌ 인물의 정신, 자취, 시대적 배경과 사회적 환경을 먼저 파악해야 합니다.

▌과학 도서 ▌ 미지의 세계에 대한 탐구심, 합리적 사고력 배양, 지식과 정보의 입수, 창의력을 기르는 데 도움이 되므로 평소 이에 대한 흥미를 갖는 것이 중요합니다.

③ 독후감이란 무엇인가?

독후감은 말 그대로 어떤 글이나 책을 읽고, 그에 대한 느낌이나 생각을 쓰는 것입니다. 좋은 책을 읽고 그것을 정리해 두지 않는다면 곧 그 내용을 잊어버려, 독서를 한 만큼의 가치를 얻지 못할 수도 있으니까요. 그러므로 한 권의 책을 읽으면 곧 그 책의 내용을 정리하고, 느낌이나 생각을 적어 두는 것이 좋습니다.

독후감은 느낌이나 생각을 거짓 없이 써야 하나, 그렇다고 아무렇게나 써도 되는 것은 아닙니다. 즉 독후감도 글이므로 수필의 형식으로 쓰든, 논술의 형식으로 쓰든, 정확하게 읽고 주제와 내용에 맞게 써야 함은 물론이죠. 아무리 좋은 글이나 책이라도, 잘 못 읽어 실제와 맞지 않는 생각이나 느낌을 쓰면 좋은 독후감이라고 할 수 없거든요. 그러므로 좋은 독후감을 쓰려면 독서를 잘해야 한다는 것이 전제됩니다. 독서를 잘하는 방법은 따로 있는 게 아니라, 그저 많이 읽다 보면 요령이 생기고, 이해도 쉽게 되며, 능률도 오르게 되는 것입니다.

독후감은 왜 쓰는가?

독후감을 쓰는 목적은 독후감을 작성함으로써 독서하는 능력이 향상되고 글 쓰는 훈련을 할 수 있기 때문입니다. 그러므로 독후감을 쓰기 위해 책을 읽으면 보다 깊은 생각을 하면서 책을 읽게 됩니다. 또한 책을 통해 생활을 반성하며, 책에서 얻은 지식과 감명을 음미하여 자기 생활에 적용시킬 수 있습니다. 문장력과 논리적 사고가 향상되는 것은 물론이고요! 그럼 독후감을 왜 쓰는지 다음과 같이 정리해 볼까요?

1 읽은 책의 내용을 되살려 다시 음미해 볼 수 있습니다.

2 감동을 간직하고 책 읽는 보람을 얻을 수 있습니다.

3 책을 통해 지식을 심화시킬 수 있습니다.

4 책을 통해 자신의 문제를 연관지어 볼 수 있습니다.

5 글을 써 봄으로 해서 생각을 깊이 있게 할 수 있습니다.

⑥ 독서 목표를 확실히 할 수 있습니다.

⑦ 작품에 대한 비판력과 변별력을 기를 수 있습니다.

⑧ 자신의 생각을 조리 있게 쓸 수 있는 작문력을 향상시켜 줍니다.

⑨ 사고력과 논리력, 추리력을 기를 수 있습니다.

⑩ 바르게 책을 읽는 습관을 형성할 수 있습니다.

5 독후감을 쓰기 전에 생각하기

독후감은 수필의 형식이든 논술의 형식으로든 쓸 수 있다고 했는데, 사실 이 둘의 차이는 모호합니다. 다만, 수필이 자유롭게 붓 가는 대로 쓰는 것이라면 논술은 논리 정연하게 쓴다는 점이 다르다고 할 수 있습니다.

붓 가는 대로 자유롭게 수필의 형식으로 쓰는 독후감이라도 글의 앞뒤가 맞지 않는다든지, 주제가 통일되지 않으면 좋은 평가를 받을 수 없습니다. 논리 정연하게 쓰는 독후감이라면, 서론 · 본론 · 결론으로 나누어 서술해야 함은 물론이구요.

서론에 해당되는 부분에서는 그 책에 대한 소개나 쓴 사람의 생애, 또는 특기할 만한 일화 같은 것을 적는 것이 일반적입니다.

본론에 해당하는 부분에서는 그 책을 읽고 특별히 다루려는 내용을 체계적이고 구체적으로 써야 합니다.

결론에서는 본론에서 다룬 내용을 요약하거나, 자신이 읽은 후의 감상, 그 책의 좋은 점, 나쁜 점 등을 들어서 마무리를 해야 합니다.

독후감은 짧게 쓰는 것이 상례이므로, 작품 전체를 거론하기보다는 특정한 주제를 잡아서 쓰는 것이 좋습니다. 보편적으로 다룰 수 있는 몇 가지 주제를 제시해 보면 다음과 같습니다.

첫째, 작가의 의식이나 주인공의 언행, 성격과 연관지어 주제를 구현시키는 방법입니다. 문학 작품이라면 주제가 애정이나 애국, 의리나 배반일 수 있으므로 이러한 점에 초점을 두고 써야겠지요. 또한 과학에 관계된 것이라면, 그 발명의 의의나 연구자의 노력과 관련시켜 서술해야 하겠지요.

둘째, 저자의 이념이나 생애, 업적에 관심을 두고 쓰는 방법입니다.

그 작품을 통하여 알 수 있는 저자의 철학이나 사상 또는 저자가 그 작품을 남기기까지의 역경이나 작품을 쓰게 된 동기, 작품의 가치나 다른 작품에 미친 영향 등 작품과 연관시켜 쓰는 것이지요.

셋째, 작품의 내용을 중심으로 기술합니다.

예컨대, 작품 속 주인공의 성격을 분석하거나 다른 사람과 비교해 볼 수도 있고, 그 작품의 사건이나 시대적 배경을 논의하거나, 작품의 구성 같은 것에 초점을 두고 이야기할 수도 있습니다.

이와 같이 작품을 읽기 전에 먼저 어떤 점에 중점을 두고 독후감을 쓸 것인가를 염두에 둔다면, 그렇지 않은 경우보다 훨씬 이해가 쉽고, 나중에 독후감을 쓰는 데도 도움이 될 것입니다.

독후감의 여러 가지 유형

1. 처음에 결론부터 쓴 다음 왜 그러한 결론이 도출되었는지 자기의 감상을 자세하게 쓰거나 또는 감상을 먼저 쓰고 결론을 씁니다.

2. 책을 읽게 된 동기부터 설명하고 글 중간에 자기의 감상을 씁니다.

3. 저자나 친구에 대한 편지 형식으로 감상을 쓰거나 주인공에게 대화 형식으로 씁니다.

4. 시(詩)의 형태로 감상문을 씁니다.

5. 대화문(對話文) 형식으로 씁니다.

6. 줄거리부터 요약한 다음 자기의 느낌이나 생각을 씁니다.

독후감을 구체적으로 쓰는 방법

어렵게 쓰겠다는 생각은 하지 말고 쉽게 써야겠다는 마음가짐을 가져야 좋은 글이 나올 수 있습니다. 그리고 무엇보다 감상문을 쓰기 전에 무엇을 어떻게 쓸까 조목별로 골자를 먼저 쓰고, 이 골자에 살을 붙이는 방법으로 쓰려고 노력해야 합니다. 이때 의도적으로 아름답게 잘 쓰려고 하지 않는 것이 좋습니다. 자, 그럼 더 자세하게 알아볼까요?

1. 먼저 제목을 붙입니다.
2. 처음 부분(머리글)을 씁니다.
   ◈ 책을 읽게 된 이유나 책을 대했을 때의 느낌을 씁니다.
   ◈ 자신의 생활 경험과 관련지어 써 봅니다.
   ◈ 제일 감동받은 부분을 씁니다.
   ◈ 지은이나 주인공을 소개하는 글을 씁니다.
3. 가운데 부분을 씁니다.
   ◈ 자기의 생활과 견주어 씁니다.
   ◈ 주인공과 나의 경우를 비교해서 씁니다.
   ◈ 시시비비를 분명히 가려야 합니다.
   ◈ 가장 극적이었던 부분을 소개합니다.
4. 끝부분을 씁니다.
   ◈ 자신의 느낌을 정리합니다.
   ◈ 자신의 각오를 씁니다.

독후감을 쓴 다음에는 다음과 같은 추고의 과정이 필요합니다.
첫째, 쓴 글을 다시 한 번 읽으면서 맞춤법이나 표준어 규정에 어긋나는 것은 없는지 살펴봐야 합니다.

둘째, 문장이 잘 구성되어 있는지, 또 문단이 잘 짜여져 있는지 알아보아야 합니다. 한 문단에는 소주제문과 보조문들이 있어야 하는데, 그런 점이 잘 지켜져 있는지 유의해야 합니다.

셋째, 글 전체의 구성이 잘 이루어졌는지 살펴봅니다. 예를 들어 서론에 해당하는 부분이 지나치게 길다든지, 결론에 해당하는 부분이 너무 짧다든지, 전체적인 구성이 균형을 잃고 있다면 다시 고쳐 써야 하겠지요.

우리가 시간을 들여 열심히 책을 읽고 난 후 독후감을 잘 쓰기 위해서는 책을 읽고 있는 동안의 느낌을 잊지 않고 글로써 표현할 줄 알아야 하며, 책을 읽고 가장 감명받은 부분을 기억하고 있어야 합니다. 또한 다른 사람들은 어떻게 독후감을 썼는지 남의 것을 읽어 보고, 자신의 것과 비교해 보며 자주 글을 써 보는 것이 중요합니다. 그렇게 하다 보면 자신만의 개성 있는 필치로 독특한 감상문을 쓸 수 있게 되지요. 학교에서 아무리 독후감 숙제를 내주어도 부담없이 즐거운 기분으로 끝낼 수 있을 겁니다!

독후감 제대로 쓰기

그 밖에 알아두면 유익한 것들

▎ 독후감 쓰기 10대 원칙 ▎

1. 자신의 수준에 맞는 책을 선택합시다.
2. 독후감 쓰는 형식이 있기는 하지만 너무 거기에 구애받을 필

요는 없습니다.

　3. 자신이 작가라면 어떻게 글을 이끌어갈지를 생각하며 읽어 봅시다.

　4. 평소 음악 평론이나 영화 평론을 많이 읽어 봅시다.

　5. 읽으면서 마음에 와닿는 것이 있다면 따로 적어 둡시다.

　6. 현대 사회의 문제점과 비교하면서 읽어 봅시다.

　7. 모르는 것이 있으면 적어 두는 습관을 기릅시다.

　8. 신문 사설이나 칼럼을 스크랩해서 필요할 때 사용합시다.

　9. 요약하는 데에만 집착하지 말고 제대로 책을 읽읍시다.

　10. 읽은 후에는 꼭 독후감을 직접 써 봅시다.

▌책을 읽는 10가지 방법 ▌

　1. 아주 어릴 때부터 책과 친하게 지내는 습관을 기릅시다.

　2. 너무 속독하려 하지 말고 담겨진 내용을 충실히 읽는 습관을 기릅시다.

　3. 항상 작품이 나와 어떠한 상관 관계가 있는지 체크를 해 가며 읽읍시다.

　4. 무조건 책장을 넘길 것이 아니라 시시비비를 가려 가면서 읽읍시다.

　5. 매일매일 조금씩이라도 책을 읽는 습관을 들입시다.

　6. 책 속에 담긴 뜻을 음미하고 되새기면서 읽읍시다.

　7. 너무 자신의 취향에 맞는 책만 읽지 말고 다양한 장르의 책

을 골고루 읽도록 합시다.

8. 책 속에 담겨진 교훈을 깊이 생각하고 생활에 적용시킵시다.

9. 책에 따라 읽는 방법을 달리하는 습관을 들입시다. 모든 책이 만화책은 아니기 때문이죠.

10. 바른 자세로 앉아 눈과의 거리를 30cm 두고 밝은 곳에서 읽읍시다.

원고지 제대로 사용하기

▌제목 및 첫 장 쓰기 ▌

1. 제목은 석 줄을 잡아 둘째 줄 가운데에 씁니다.

2. 1행 2칸부터 글의 종별을 표시합니다. 가령 수필이면 '수필'이라고 씁니다. 간혹 글의 종별을 표시 없이 비워 두는 경우가 많은데 이는 적는 것을 잊었거나, 원고지 사용법에 무관심하기 때문입니다.

3. 제목을 쓸 때에는 마침표를 찍지 않고, 물음표와 느낌표는 붙이지 않는 것이 좋습니다.

4. 제목에 줄임표는 사용하지 않는 것이 상례입니다.

5. 이름은 넷째 줄 끝에 두 칸 정도를 남기고 씁니다. 특별한 경우에는 서너 칸을 남겨도 됩니다.

6. 성과 이름은 붙여 씁니다. 다만, 성과 이름을 분명히 구별할

필요가 있을 경우에는 띄어 쓸 수 있습니다. 예) 임채후(○), 남궁
석(○), 남궁 석(○)

7. 본문은 여섯째 줄부터 쓰는 것이 좋습니다. 단, 특수한 작문
인 경우는 적절히 올려 넷째 줄부터 본문을 시작해도 상관없습니
다.

8. 학교 이름이나 주소가 길 경우에는 세 줄을 잡아 쓸 수 있습
니다.

9. 주소는 보통 표제지에 기재하고 원고지 첫 장에는 제목과 성
명만 간단하게 적는 것이 상례입니다.

10. 성명의 각 글자는 시각적 효과를 위해 널찍하게 한두 칸씩
비워 써도 무방합니다.

11. 학교 앞에 지명을 기입할 때는 학교명을 모두 붙여 써서 지
방을 표시하는 지명과 학교명의 구분을 명확히 해 주는 것이 좋
습니다.

▌첫 칸 비우기 ▌

1. 각 문단이 시작될 때는 첫 칸을 비우고 씁니다.

2. 대화체의 경우는 첫 칸을 비우고 씁니다.

3. 인용문이 길 때는 행을 따로 잡아 쓰되, 인용 부분 전체를 한
칸 들여서 씁니다.

4. 첫째, 둘째, 셋째 등으로 이야기를 전개해야 할 때는 시작할
때마다 첫 칸을 비울 수 있습니다. 단, 그 길이가 길거나 제시된

내용을 선명하게 하고자 할 때 비워 둡니다.

  5. 시는 처음 두 칸 정도 줄마다 비우고 씁니다.

▌ 줄 바꾸기 ▌

  1. 문단이 바뀔 때는 줄을 바꾸어 씁니다.

  2. 대화는 줄을 새로 잡아 씁니다.

  3. 인용문을 시작할 때는 줄을 바꾸어 씁니다. 단, 그 길이가 길 때 한해서입니다.

  4. 대화나 인용문 뒤에 이어지는 지문은 글이 다시 시작되는 것이므로 한 칸을 들여 씁니다. 단, 이어 받는 말로 시작되는 지문은 첫 칸부터 씁니다.

▌ 문장 부호 및 아라비아 숫자, 영문자 ▌

  1. 문장 부호는 한 칸에 하나씩 넣는 것이 원칙입니다.

  2. 아라바아 숫자는 한 칸에 두 자씩 넣습니다.

  3. 한자(漢字)로 쓸 때는 띄어 쓰지 않습니다. 그러나 한자와 한글이 함께 쓰이면 띄어 쓰기를 합니다.

  4. 마침표(.)와 쉼표(,) 다음에는 통례상 한 칸을 비우지 않으며, 느낌표(!), 물음표(?) 다음에는 통례상 한 칸을 비웁니다.

  5. 행의 첫 칸에는 문장 부호를 쓰지 않습니다. 첫 칸에 문장 부호를 써야 할 경우는 그 바로 윗줄의 마지막 칸에 글자와 함께 씁니다.

6. 영문자의 경우, 대문자는 한 칸에 한 글자, 소문자는 한 칸에 두 글자씩 넣습니다.

🔟 문장 부호 바로 알고 쓰기

1. 마침표 : 문장을 끝마치고 찍는 문장 부호로 온점(.), 물음표(?), 느낌표(!)를 이르는 말입니다.

2. 쉼표 : 문장 중간에 찍는 반점(,) 가운뎃점(·) 쌍점(:) 빗금(/)을 이르는 말입니다.

3. 따옴표 : 대화, 인용, 특별어구를 나타낼 때 쓰는 문장 부호로 큰따옴표(" ")와 작은따옴표(' ')를 씁니다.

4. 그 밖의 문장 부호 : 물결표(~)는 '내지(얼마에서 얼마까지)'라는 뜻에 씁니다. 줄임표(……)는 할말을 줄였을 때와 말이 없음을 나타낼 때 씁니다.

1️⃣1️⃣ 마치며

초등학교나 중학교에서는 독후감이라는 말을 사용하지만 고등학교에 가게 되면 독후감이라는 말보다는 아마 논술이라는 말을 더 많이 쓰고 더 많이 듣게 될 것입니다. 논술이란 말 그대로 어떠한 논제를 가지고 논리적으로 서술하는 것을 말하는데, 이는 하루아침에 이루어지는 능력이 아니랍니다. 다양한 분야의 많은 것을 폭넓고 깊이 있게 알고, 자기의 주관을 뚜렷이 할 때만이 논술을 잘 쓰게 되는 것이지요. 그러기 위해서는 중학교 시절부터 많은 책을 읽어 보고 스스로 글을 써 보는 훈련을 하는 것이 중요합니다.

  실제로 고등학교에 가면 교과목 공부에도 시간이 모자라 제대로 책을 읽을 시간이 없거든요. 무엇을 알아야 글을 쓸 것이고, 자신의 주장을 피력할 것 아니겠어요? 그러니 조금이라도 시간이 더 있는 중학생 시절에 좋은 책을 많이 읽어 보고, 생각해 보며, 글을 써 보는 노력을 하는 것이 여러분의 미래를 더욱 밝게 해줄 것입니다. 시간도 절약이 되고요. 아마 그렇게 한 사람은 그렇지 않은 사람보다 10리쯤 앞서 나가지 않을까 생각되는데 여러분 생각은 어떠세요?

‖성 낙 수‖
한국교원대학교 교수, 연세대학교 졸업, 동 대학원에서 석사 · 박사 학위 받음.
‖이 은 성‖
전주 전일중학교 교사, 한국교원대학교 졸업, 한국교원대학교 박사과정 재학.
‖유 상 우‖
전주 서중학교 교사, 한국교원대학교 졸업, 한국교원대학교 대학원 재학.

판 권
본 사
소 유

중학생이 보는
목 걸 이

초판 1쇄 인쇄 2001년 5월 25일
초판16쇄 발행 2020년 9월 25일

엮 은 이 성낙수 · 이은성 · 유상우
지 은 이 모 파 상
옮 긴 이 김 용 훈
펴 낸 이 신 원 영
펴 낸 곳 (주)신원문화사

주   소 서울시 구로구 가마산로 27길 14 신원빌딩 10층
전   화 3664-2131~4
팩   스 3664-2130

출판등록 1976년 9월 16일 제5 - 68호

＊ 잘못된 책은 바꾸어 드립니다.

ISBN 89 - 359 - 0984 - X 43860